DÉSIRS D'ENFER

LA REINE DES DAMNÉS

MAGIE, DESTIN ET DAMNATION
TOME TROIS

KEL CARPENTER

À PROPOS DE L'AUTEURE

Kel Carpenter est une experte en griffonnage. Quand elle ne lit pas et n'écrit pas, elle voyage un peu partout, embête gentiment sa correctrice et passe son temps avec son mari et ses bébés à fourrure. Elle est toujours en quête de bons tacos et de la meilleure pizza du monde. Elle habite dans le Maryland où elle cherche désespérément à éviter les bouchons.

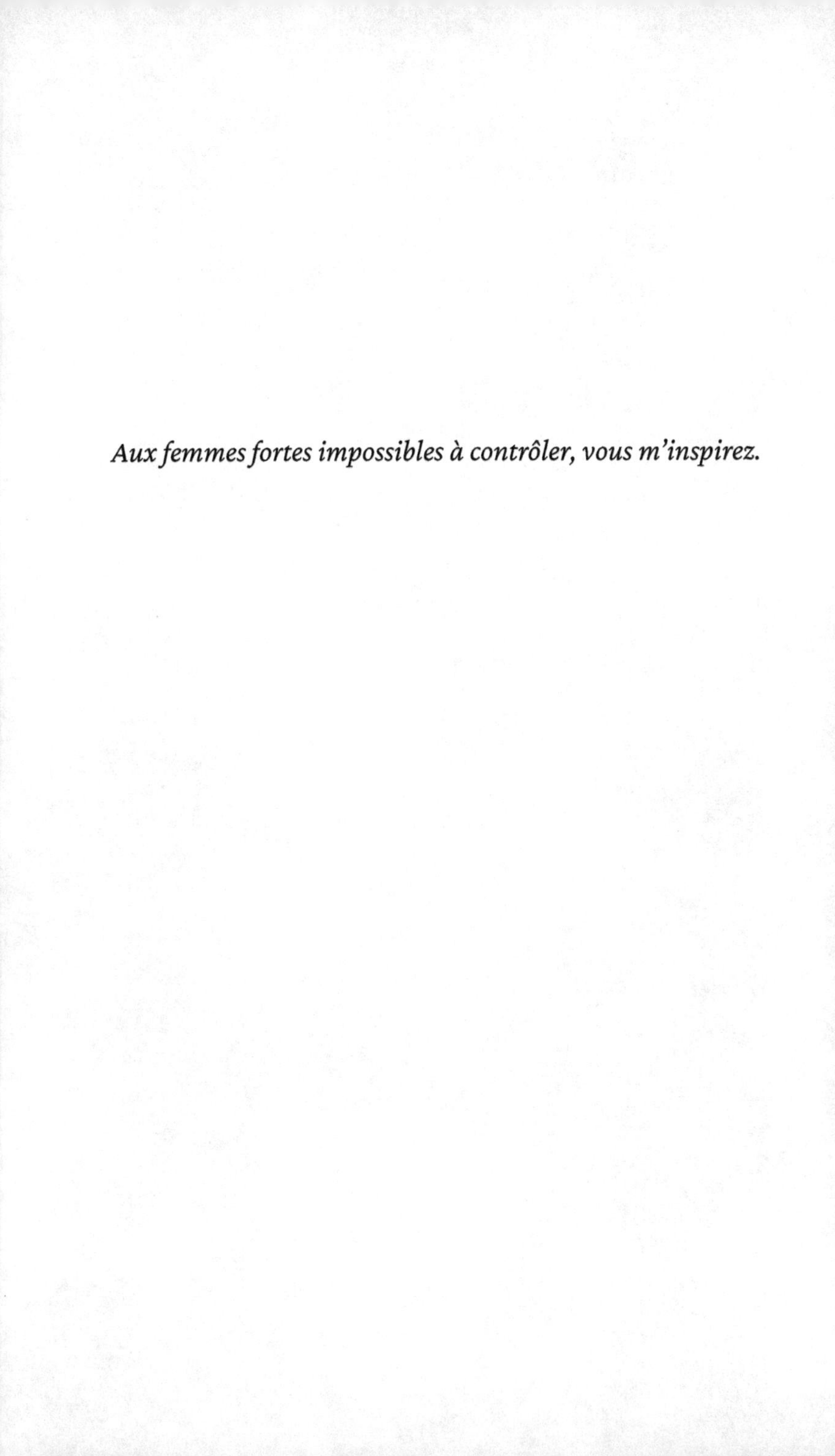

Aux femmes fortes impossibles à contrôler, vous m'inspirez.

« Tu vas juste rester là à me regarder me consumer
Ça me va, car cette douleur me plaît. »
Eminem et Rihanna, *Love The Way You Lie*

I

J'étais en feu.

Du moins, c'était l'impression que j'avais en tournant le dos à la paroi de verre qui offrait une vue intégrale sur la ville de La Nouvelle-Orléans. La cité des morts. Nous étions à ces satanées portes de l'Enfer, et qu'arriva-t-il ?

Je commençai ma transition.

Combien de temps avant que ce soit terminé, m'avait dit Rysten ? Quarante-huit heures ? Et ensuite ?

Je frissonnai et ce n'était carrément pas à cause du froid. J'étais à moitié succube et à moitié... la bête. En pré-transition. J'avais brûlé le salon Blue Ruby Ink. J'avais marqué Laran et Moira. J'avais réduit en miettes l'âme du lutin maléfique. Et j'avais quasiment baisé avec les Cavaliers de l'Apocalypse, sauf un.

Alors... jusqu'où irais-je pendant la transition ? Aurais-je seulement le contrôle... ou bien est-ce que ce sera la bête ? Je laissai échapper un profond soupir en passant ma main moite dans mes cheveux.

C'était seulement en supposant que je ne me consume pas d'ici là.

— Tout va bien, chérie ? demanda Rysten me ramenant sur terre.

Je clignai des yeux pour me concentrer et l'aperçus debout dans l'embrasure de la porte.

— Tu m'as dit que j'avais quarante-huit heures. Mais que se passera-t-il ensuite ? demandai-je, la gorge sèche et irritée.

J'avançai d'un pas vers lui puis m'arrêtai tout à coup en ressentant un changement d'atmosphère. Quasi imperceptible. Il ferma ses yeux dilatés en prenant une profonde inspiration.

Puis il ouvrit les yeux, et ce n'était plus le Rysten que je connaissais et que j'appréciais.

Je clignai des yeux tandis qu'un voile se formait autour de lui. De petites taches blanches se formaient sur sa peau, s'amalgamaient et fusionnaient lentement, pour tomber autour de lui comme de la neige... ou de la cendre. Un spectacle étrangement beau, horriblement étrange.

—Tu vois ce que je vois...

Les mots moururent sur mes lèvres alors qu'il

prenait une inspiration tremblante. Il laissa échapper un grognement.

— C'est tellement agréable, murmura-t-il.

Je fronçai les sourcils, les yeux plissés. Le voile se mouvait et tourbillonnait autour de lui, se tordait et s'agitait en rythme avec quelque chose. *Son cœur.*

— Que se passera-t-il ensuite ?

Ces quelques mots résonnèrent d'une manière plus ensorcelante que je ne le croyais possible. J'avançai d'un pas et les yeux de Rysten s'assombrirent, passant de verts à presque noirs, mais sans la moindre colère. Plutôt avec...

— Soit ton côté succube soit la bête prendra le dessus. Probablement les deux.

Il sortit la langue pour lécher sa lèvre inférieure, augmentant d'autant plus la chaleur qui m'embrasait. J'étais à deux doigts de m'évanouir, ce qui serait peut-être préférable étant donné comment Rysten me regardait.

— Et ensuite ? mumurai-je d'une voix rauque.

Il m'adressa un sourire loin d'être innocent ou rassurant. Dans ses yeux, il y avait l'éclat sauvage du prédateur qui n'a qu'une chose à l'esprit.

— Tu devras nourrir ton corps.

Il avança de trois pas vers moi avant que mon cerveau ne réalise ce qu'il faisait. Le voile commençait déjà à s'estomper à nouveau et la chaleur qui palpitait en moi m'attirait vers son ombre. Vers lui.

— Que fais-tu ? chuchotai-je les lèvres sèches.

Plus il avançait et plus mes genoux tremblaient, sans pouvoir décider si c'était de fatigue ou de désir. Malgré son état d'excitation, je ne me sentais pas vraiment menacée. Il ne me ferait jamais de mal.

Rysten s'approcha d'un pas mesuré. En arrivant juste devant moi, ses yeux étaient totalement noirs. Il n'y avait plus aucune trace de couleur.

Je me mordis les lèvres pour lutter contre mon envie irrépressible de me pencher vers lui ou de m'évanouir. Rysten facilita mon choix en s'approchant pour enrouler un bras robuste autour de ma taille. Il saisit ma hanche, enfonçant ses doigts dans la peau juste sous mon sweat-shirt épais. J'émis un soupir rauque en inspirant profondément.

Son odeur me frappa avec la force d'un train de marchandises et je plongeai mes deux mains dans le tissu de sa chemise. Rysten prit ce geste comme l'invitation qu'il attendait. Il avança son autre main et l'enfouit dans mes cheveux, inclinant ma tête en arrière de sa poigne. Mon corps se ramollit à son contact tandis que l'incendie qui me consumait devenait incontrôlable en quête d'un quelconque assouvissement.

Il posa ses lèvres sur les miennes, effaçant toute pensée cohérente.

Je ne pouvais tout simplement plus réfléchir. Je ne pouvais plus rien ressentir à part ses lèvres qui fondaient contre les miennes. Il m'embrassait avec tellement de fougue que le désir m'aveuglait, m'embrasait.

À tel point que je n'y réfléchis pas à deux fois lorsqu'un de ses bras glissa de ma taille vers mes fesses et qu'il me souleva. J'enroulai mes jambes autour de lui sans qu'il me le demande. La bosse dure dans son pantalon se frottait contre moi, provoquant un déchaînement dans mon corps.

Je posai mes mains sur ses épaules, profitant au passage de sa musculature fine et bandée. Mes doigts titillèrent son col, s'immisçant sous sa chemise avant que l'impatience me submerge. Mes doigts s'enroulèrent dans le tissu épais de sa chemise et tirèrent d'un coup. Les boutons sautèrent tandis que je déchirai sa chemise à mi-hauteur. Mes mains se posèrent à plat sur la douce peau de son torse. Il grogna son approbation ce qui me prit aux tripes. En moi, les flammes redoublaient d'ardeur.

Le contact de mon dos contre le verre froid m'éclaircit suffisamment les idées pour que je me rende compte que ce n'était pas normal. Même si je m'excitais plus souvent que je n'aimais l'avouer, généralement je ne sautais sur personne en deux secondes. Je m'écartai de ses lèvres pour respirer et lui demander ce qu'il était en train de se passer.

Rysten profita de ce bref instant pour se frotter contre moi en parcourant mon cou de délicieux baisers et de morsures.

Ma tête s'inclina en arrière, s'appuyant contre la vitre tandis que je me cambrai pour *tout* lui offrir, car en ce moment précis rien d'autre n'avait d'importance. Il n'y avait que l'incendie qui m'embrasait, qui nous consumait et qui me faisait flotter dans une semi-réalité où la seule chose qui importait était sa peau contre moi.

— Qu'est-ce que...

Cette soudaine interruption fut suffisamment présente pour que je la remarque, mais pas assez pour imprégner la chaleur torride qui me submergeait. J'étais appuyée contre la vitre et l'instant d'après je me retrouvai à quatre pattes.

Un grognement sauvage s'échappa de mes lèvres en apercevant les deux Cavaliers de l'Apocalypse qui retenaient Rysten dont le regard sombre et démoniaque était ancré dans le mien.

— Tu es un putain d'imbécile, lui balança sèchement Guerre.

Il avança pour faire une clé de cou à Rysten, et Mort le laissa faire. J'émis un grognement pour les mettre en garde laissant s'exprimer la colère qui me dévorait. Je ne réalisai même pas que c'était la bête qui guidait mes réactions avant d'avoir dégagé Julian du chemin et mis une baffe à Laran.

Je m'arrêtai net tandis que le voile s'évaporait à nouveau et que je sentais l'appréhension me nouer l'estomac. Lara se figea, bouche bée, et lâcha Rysten comme s'il s'agissait d'un poids mort. Quelle qu'ait été cette sorte de désir hypnotique qui l'avait possédé, il disparut dès qu'il toucha le sol. Ses yeux se clarifièrent et reprirent une teinte vert foncé et vive tandis qu'autour d'eux, la brume couleur ivoire s'estompait.

Je secouai la tête pour essayer de comprendre cette folie.

— Ruby, chérie, je suis *tellement* désolé...

Ses excuses s'interrompirent lorsque Laran lui donna un coup de pied dans la tête.

— Hé, dis-je sèchement à Laran alors que cette spirale de colère responsable de tout cela refaisait surface. C'est quoi ce bordel, Laran ?

Instinctivement, je serrai les poings, mais réfrénai mon envie de lui balancer une droite.

— Ruby, dit Julian d'une voix étonnamment douce. Tu te rends compte que tes mains sont en feu ?

J'osais jeter un coup d'œil sur mes mains et constatai que des flammes bleues les embrasaient. Les flammèches s'enroulaient le long de mes bras jusqu'à mes coudes, mais sans me brûler.

Je déglutis et serrai les dents, essayant d'éteindre l'incendie.

Bien entendu, ce n'était pas aussi simple.

Au début, rien ne se produisit. Il ne diminua pas, mais n'empira pas non plus. D'une certaine manière, je trouvais que c'était presque une victoire. Après tout, pratiquement chaque fois que j'avais utilisé les flammes, soit quelqu'un était mort soit un bâtiment avait été détruit, aussi que rien ne se passe était pratiquement un progrès.

Jusqu'à ce que mes vêtements prennent feu.

— Putain de merde, grognai-je en m'adressant à la bête en moi.

Elle éteignit les flammes sans que j'aie besoin de le lui demander, cependant son sourire vicieux ne m'échappa pas. La bête savait ce qu'il se passait. Que très bientôt je n'aurais que peu ou plus aucun contrôle.

Dans quelques jours, personne ne pourrait plus se mettre entre la bête et le monde.

Personne sauf les Cavaliers de l'Apocalypse.

Je supposais que c'était une bonne chose qu'ils aient été créés pour cela, car s'occuper de moi devenait un travail à plein temps.

2

J e passai devant Laran en soufflant et m'engageai dans le couloir à grands pas. Moira était dans l'embrasure de la porte, pliée en deux, riant telle-ment qu'elle se balançait de gauche à droite et me cogna. Je levai les yeux au ciel, la saisis par le bras et la traînai derrière moi jusqu'à la chambre avant de fermer violemment la porte. Ça ne retiendrait pas les Cavaliers de l'Apocalypse très longtemps, mais cela m'accorderait peut-être un répit de quelques minutes.

On frappa à la porte derrière moi.

— Pour l'amour de... dis-je en entrouvrant la porte pour découvrir Julian, à ma grande surprise.

— Ruby, je sais que ça doit être...

— Cinq minutes. Putain, je peux avoir cinq minutes toute seule ? le coupai-je.

Julian ne broncha pas, mais ne s'en alla pas.

— Avec la transition qui commence...

— Rysten a dit que j'avais quarante-huit heures. Je te demande cinq minutes.

Refusant de céder, je soutins son regard jusqu'à ce qu'il devienne glacial et inexpressif.

— Bien, lâcha-t-il en serrant les mâchoires.

J'allais fermer la porte, mais il la bloqua de la main.

— Si j'entends quoi que ce soit...

— Cinq. Minutes, répétai-je en poussant la porte.

Elle ne bougea pas avant qu'il ne s'éloigne, en me faisant un petit signe de la tête en s'exécutant.

La porte se ferma et je me retournai, m'appuyant la tête contre la porte et fixant le plafond avant d'oser dire :

— Qu'est-ce que je vais faire ?

— Ce que tu fais toujours, répondit Moira.

Je balançai mon corps vers l'avant en prenant appui sur la porte. Mon regard se posa sur ma meilleure amie et je haussai un sourcil pour lui demander ce que c'était.

Elle pinça les lèvres et ne prononça qu'un seul mot.

— Survivre.

Bandit s'approcha de moi et tira sur mon jean. Je me baissai pour le prendre dans mes bras puis j'allais m'installer sur la couette blanche en plume. Moira nous rejoignit et s'affala près de moi.

— J'ai peur, murmurai-je contre sa fourrure.

Il se mit à ronronner et me donna des petits coups de museau.

— Pas étonnant, se moqua-t-elle. Je m'inquièterais si ce n'était pas le cas.

Moira se redressa légèrement pour croiser ses deux bras sous sa tête comme si elle n'avait pas le moindre souci au monde. Ce n'était pas vrai, mais je ne le savais que grâce à mon empathie et les années passées à l'observer.

— Mais je suis là, moi, poursuivit-elle d'un ton très sûr. Et il y a le Panda glauque, et les Cavaliers de l'Apocalypse. Enfin, au moins une partie d'entre eux quand ils n'essaient pas de te baiser.

Elle ricana et Bandit émit un petit cri horriblement éraillé. Je passai une main sur mon front puis la laissai glisser sur mon visage en soupirant exagérément.

— C'est justement ce qui m'inquiète, marmonnai-je. Et si les Cavaliers de l'Apocalypse ne parvenaient pas à m'arrêter ? Et si...

Je m'interrompis, me préparant à lui avouer la vérité avec les mots justes.

— Et si la bête surgit et qu'elle finit par tuer tout le monde à La Nouvelle-Orléans ?

Moira semblait ruminer ses pensées, inspirant entre ses dents avant de répondre.

— Je ne pense pas qu'on en arrivera là.

Je louchai vers le plafond, la tête inclinée.

— Qu'est-ce qui te fait dire ça ?

— Deux choses. La première c'est que ces quatre feignasses en pincent grave pour toi. Je croyais que Julian allait te pencher en avant et te baiser sur place quand tu as commencé à leur grogner dessus en les allumant à quatre pattes, dit-elle en gloussant à nouveau.

—Je n'ai pas...

— Bien sûr que si, ricana-t-elle en agitant un doigt. Garde ta modestie pour les autres. Tu es ma meilleure amie depuis plus de dix ans. Je sais comment tu es quand tu es en chaleur et que tu ne peux pas baiser. Salut, repense aux cinq dernières années.

Je levai les yeux au ciel, me cambrant pour attraper l'oreiller sous moi pour le lui lancer à la figure. Elle le rattrapa au vol.

— La deuxième chose, dit-elle avec une lenteur exagérée, c'est parce que tu es une succube qui est en manque depuis plus de cinq ans. Quelque chose me dit que ta transition risque d'être un sacré spectacle.

Elle sourit et les pentagrammes bleus dans ses yeux se mirent à tournoyer malicieusement.

—Je t'en prie, promets-moi que tu ne prévoies pas de regarder...

— Putain, jamais, s'écria-t-elle avec un râle qui se transforma en gloussement. Je t'aime beaucoup, Rubes, mais tu es comme ma sœur. Ta transition c'est un porno que je n'ai pas très envie de regarder. Si j'ai envie de m'envoyer en l'air, la rue Bourbon n'est pas loin.

La rue Bourbon. Le seul endroit du continent où tu peux jeter un caillou à l'aveugle et tu as plus de chances de toucher un démon qu'un humain. Située à deux pas des Portes de l'Enfer, elle était envahie par notre espèce, ce qui signifiait que ni elle ni moi n'étions en sécurité avec ces yeux lumineux marqués de bleu.

Elle portait la marque du Démon et si son charme s'estompait ne serait-ce qu'une seconde, tout serait fichu. Le monde entier saurait qu'une nouvelle âme portait son nom.

— S'il te plaît, dis-moi que tu n'as pas l'intention de descendre dans la rue Bourbon avec tout ce qu'il se passe… dis-je.

Elle pencha la tête et la méfiance pesa entre elles.

— Moira, tu n'es pas sérieuse !

Elle soupira.

— Je ne dirais pas que j'ai l'intention, mais plutôt que *je pèse* le pour et le contre, se défendit-elle. Ce n'est pas comme si on allait passer de l'autre côté avant que tu aies accompli ta transition. Il pourrait se passer des semaines avant qu'elle ne soit totale, alors ce serait dommage de laisser passer des occasions avant de quitter la terre…

Je savais qu'elle ne voulait pas le dire pour me faire culpabiliser, mais plus pour tirer subtilement sur ma corde sensible, parce que je suis ainsi faite et aussi parce que je l'avais déjà presque perdue une fois. Malgré cela, elle avait décidé de me suivre non seulement pour en finir avec ce monde, mais carrément dans un tout autre univers.

Je m'assis en ignorant les protestations de Bandit tandis que je le poussai sur le côté pour la serrer, entourant mes bras autour de son petit gabarit.

— Je ne vais pas te dire ce que tu peux ou ne peux pas faire. Seulement, je m'inquiète pour toi, murmurai-je tout contre ses cheveux vert foncé.

Elle sentait la menthe et le printemps.

— Je sais.

Elle enroula ses bras autour de ma taille et me serra tout contre elle.

— Je ressens la même chose. Jamais de ma vie je ne me suis inquiétée pour quoi que ce soit ou qui que ce soit, jusqu'à ce que tu arrives, et en plus je n'en retire rien, marmonna-t-elle. Ce qui explique pourquoi j'y *pense*, mais je n'ai rien décidé. Tu sais que je ne ferais jamais rien qui puisse te mettre en danger.

— Je ne m'inquiète pas pour moi.

Nous fûmes interrompues par un coup sur la porte et je grognai dans ma barbe. Moira me serra plus fort, secouée de rires silencieux tandis que la porte s'ouvrait d'un coup.

— Ruby, chérie, je déteste interrompre ce moment,

mais Allistair sera bientôt là et nous devons discuter sur la manière dont tu veux procéder.

Je supposai qu'il voulait parler de la transition, ce à quoi je n'avais pas de réponse. Néanmoins, je me dégageai des bras de Moira et le suivis dans le salon.

Il s'installa dans le fauteuil isolé au milieu de la pièce en me lançant un regard désolé. Je me demandai brièvement s'il mettait cette distance entre nous à cause de notre séance de bécotage inexpliquée un peu plus tôt, ou si c'était dû à une confiance brisée et à reconstruire depuis le kidnapping de Moira. À en juger par la posture de Julian qui regardait par la baie vitrée, le dos tourné et les mains derrière son dos, c'était probablement un peu des deux.

J'avançais vers Laran qui était installé dans la causeuse en cuir noir et me figeai en croisant son regard sexy, ardent et méfiant. C'est la méfiance qui me donna à réfléchir.

— Quelque chose ne va pas ? demandai-je d'une voix plus sèche que prévue laissant s'exprimer la bête en moi.

Elle n'était pas contente de lui. Ni elle ni moi ne comprenions pourquoi lui, entre tous, se montrait méfiant envers nous.

Il portait notre marque.

Il *nous* appartenait.

Une brume lourde se forma autour de lui et qui ne semblait venir de nulle part. Aussi rouge que du sang humain, écumant et mousseux tandis qu'il se dégageait de lui. Je battis des paupières, les yeux plissés en inclinant la tête.

— Je t'ai posé une question, Laran.

Ce n'était pas ma voix, celle-ci était douce et sensuelle, chargée de séduction et de feu, et les mots semblaient l'enrober. Ses yeux s'obscurcirent complètement, effaçant toute trace de blanc. Mes lèvres s'entrouvrirent alors que la chaleur m'envahissait, irradiant mes veines jusqu'au fond de moi, où ça faisait mal. Martelant mon crâne.

J'avançai d'un pas vers lui, à peine consciente des voix autour de moi qui disaient des choses sans importance. Laran serra les poings comme s'il essayait de se contenir. Contre quoi, je ne le savais pas, mais le martèlement dans ma tête m'incitait à m'approcher, me poussait vers lui.

Je me déplaçai jusqu'à me trouver directement entre ses jambes et me penchait à travers la brume...

Des mains vigoureuses me saisirent la taille pour me tirer en arrière, loin de lui. Loin de ma...

— Reprends-toi, Ruby, murmura à mon oreille une voix dure chargée de désir.

Je reculai et me cognai contre quelque chose de dur. Mes lèvres s'ouvrirent toutes seules et goûtèrent l'air autour de moi. Désir et chaleur. Obscurité et ombres. Un froid si brûlant qu'il embrasait mes poumons d'un désir s'insinuant jusqu'à cet endroit entre mes cuisses.

Le corps derrière moi resta figé ne m'attirant pas à lui et ne me relâchant pas non plus, comme s'il avait du mal à se décider. Je levai les bras et les fis basculer en arrière pour attraper ses épaules. Mes doigts suivirent ses muscles tendus, balayant la peau nue de son cou et s'enroulant dans de courtes mèches de cheveux – blancs, je le savais. Je tirai d'un coup et souris quand un grognement brisa son calme.

Les mains autour de ma taille se resserrèrent, presque douloureusement, mais il ne bougea pas.

— Ne me provoque pas, murmura Mort à mon oreille.

Ses lèvres fraîches descendaient le long de ma nuque et remontaient. Il inspirait profondément et je frémis de plaisir.

— Toute héritière de l'Enfer que tu sois, personne ne flirte avec Mort à moins d'être prêt à se *soumettre*.

Ma maîtrise ne tenait déjà qu'à un fil très mince, et l'imaginer en train de me dominer le brisa d'un coup. La bête se fraya un chemin et frotta mes hanches contre l'érection qui était collée tout contre moi.

Il expira en sifflant entre ses dents.

— Toute Mort que tu sois, tu t'agenouilleras pareil, répliqua la bête.

Son idée de s'agenouiller n'avait rien à voir avec ce que la plupart des gens imaginaient. Elle ne voulait pas seulement qu'il se soumette. Elle voulait qu'il l'adore, qu'il la vénère, elle voulait carrément son âme.

L'image qu'elle avait de Mort agenouillé finissait avec lui, le visage entre mes cuisses et ma marque sur son sexe.

Oh bordel, j'étais vraiment dans la merde.

Pourtant je ne pouvais me résoudre à l'arrêter.

La chaleur me submergeait comme un brasier qui s'amplifiait. Qui me martelait. Qui me pilonnait. Qui me poussait vers quelque chose que je ne comprenais pas totalement. Je me reculai contre lui faisant glisser mes fesses sur toute sa longueur…

Pan !

Je clignai des yeux. Non que je sois opposée à toute forme de violence, mais je fus plutôt surprise. Je repris mes esprits, et devant moi ce n'était ni Mort, ni aucun autre des Cavaliers de l'Apocalypse, mais Moira.

Elle haussa un sourcil vert foncé, les bras croisés sur la poitrine d'un air suffisant.

— Je sais que tu es carrément en chaleur ces jours-ci, mais il y a un moment et un endroit pour tout, mais vraiment pas devant mes yeux pas si prudes. Ressaisis-toi, Rubes.

Ma bête cilla en la regardant.

— Tu viens vraiment de me gifler ? demanda ma bête, le front plissé, troublée.

Moira ne recula pas.

— Oui. Tu as la dalle, je le comprends, mais il faut que tu te maîtrises un peu plus longtemps.

La bête la regarda, inclinant ma tête, et la fièvre dans mes veines se calma un instant.

— Pour moi. Tu peux faire ça pour moi ? demanda-t-elle calmement.

Elle n'implorait pas, car Moira ne suppliait jamais. Au lieu de cela, elle exigeait de la bête ce que personne d'autre dans cette pièce ne pouvait demander.

Parce qu'elle était notre lien. Le lien qui nous reliait tous ensemble quand tout le reste échouait.

Alors, pour elle, nous étions prêts à faire n'importe quoi.

La bête tendit la main pour écarter une mèche de cheveux vert foncé rebelle. Un geste intime, mais nullement sexuel.

— Pour toi, qui l'as toujours protégée. Mais attention, bientôt je ne pourrai plus me contenir.

Notre tête se leva tandis qu'elle plongeait son regard dans celui de Laran qui était assis à quelques centimètres derrière Moira et me fixait avec insistance de ses yeux sombres.

— Je réclamerai mon dû à *tous* mes partenaires avant que nous ne rentrions à la maison.

Sur ces mots, elle s'évanouit, me laissant moite et désorientée.

Je n'eus même pas le temps d'enregistrer la voix derrière moi avant que les taches blanches n'explosent dans mon champ de vision. Le monde devint tout blanc tandis que je sombrais dans le sommeil, mais le feu qui m'habitait ne se calma pas. Même le sommeil ne parvenait pas à me sauver de mon infernale souffrance... ou de mes désirs.

Julian

Elle me possédait. Elle me possédait et elle le *savait*.

Alors que Ruby et moi avions évité de parler franchement de son attirance grandissante pour moi et de l'addiction douloureuse que j'éprouvais pour elle, ce n'était pas le cas de la bête. Nous avions été choisis, créés, pour être ses protecteurs, mais la bête en voulait plus.

Elle nous voulait tous. Elle me voulait intégralement.

Elle voulait posséder chaque aspect de ma personne. Mon âme.

Au moins, la créature se moquait de savoir s'il y avait encore en moi quelque chose qui ressemblait à un cœur, hormis ces palpitations inutiles dans ma poitrine. Je ne la décevrais pas à ce stade-là. Elle avait peut-être été élevée comme une humaine, pourtant la femme qui se trouvait dans mes bras était tout feu tout flamme.

Sa peau brillait comme les braises d'une flamme naissante. Plus chaude qu'une étoile et plus mortelle que n'importe quoi dans ce monde, l'énergie qui dormait en elle ressortait que rarement, sauf quand elle dormait. Dans son sommeil, je ressentais son désir qui me griffait, s'insinuant sous ma peau, encore plus prononcé que lorsqu'elle me titillait.

Je serrai tendrement son corps contre ma poitrine, faisant comme si la façon qu'elle avait d'enrouler ses bras autour de mon cou pour s'accrocher à moi-même dans son sommeil ne m'affectait pas. J'inspirai son odeur, ce qu'elle provoquait en moi.

— Nous devons la déplacer, dit Laran.

Je ne pouvais pas leur avouer ce que je ressentais. Je ne pouvais pas non plus l'avouer à Ruby, même en étant conscient qu'elle souffrait du fait que je nie ce qu'il nous arrivait à tous les deux. Je la désirai comme je n'avais jamais désiré rien ni personne avant elle.

J'avais beau essayer de garder mes distances pour notre bien à tous, pourtant j'approchais rapidement de mon point de rupture.

— Elle aura besoin de se nourrir quand elle se réveillera, commença Allistair.

Rien qu'en y pensant je laissais échapper un petit grognement, car je ne serais pas celui qui s'en chargerait.

— Tu as quelque chose à dire, Mort ?

Je la serrai un petit peu plus.

Avais-je un problème ?

En effet.

J'étais beaucoup trop partagé à ce sujet. Si je faisais mon satané boulot, je la confierais à d'autres mains et qu'il en soit ainsi. Je refuserais ses avances. J'ignorerais les connexions sexuelles qu'elle proposerait. J'assurerais sa sécurité sans me laisser distraire. Sans imaginer la couleur de sa peau après avoir rencontré ma ceinture ni fantasmer sur les gémissements qu'elle pousserait pour moi.

Je saurais que la seule issue possible serait les flammes.

Et pourtant... Je n'arrivais pas à m'éloigner.

Ni ne parvenais à l'admettre à voix haute.

Au lieu de répondre, je m'en allais, portant la démone dans mes bras.

— Hé, cria la banshee derrière moi. Que fais-tu ? Où crois-tu aller comme ça ?

— La mettre en sécurité.

C'était la seule réponse que je trouvai. Je ne voulais pas imaginer ce qu'Allistair lui ferait. Ce qu'il ferait avec elle. Ma possessivité ne me poussait pas vers le partage, et si je devais la nourrir pour sa première fois... je marquerais le moindre centimètre de sa peau.

Pourtant, Ruby n'aimerait pas ça, mais je ne pouvais pas me réfréner.

Quelque chose me heurta le dos et explosa. Pas une personne, mais un objet. Je me tournai légèrement et aperçus les bris de verre. Une lampe, que la banshee m'avait jetée.

— Tu ne peux pas l'emporter ainsi sans explications. Je t'ai demandé ce que tu faisais, car si vous ne la jouez pas fine, espèces d'imbéciles, tout ce que vous allez réussir à faire c'est de la mettre en rogne, et si vous me trouvez excessive, eh bien, vous n'avez encore rien vu !

Plus elle s'emportait et plus ses mots prenaient un accent du sud.

— Calme-toi, répliquai-je froidement. La transition la met dans tous ses états. Elle n'arrivera pas à réfléchir posément tant qu'elle ne se sera pas nourrie. Je l'emmène dans une pièce suffisamment sécurisée pour la protéger et empêcher qu'elle se mette en danger en ville.

La banshee resta silencieuse. Elle ne nous faisait pas confiance, et c'était admirable de voir combien elle était méfiante avec tout le monde quand il s'agissait de sa meilleure amie. Elle était vraiment proche d'elle. Possessive. Un peu irrationnelle. Mettant en doute les intentions de tout le monde, cependant totalement loyale à celle avec qui elle était liée.

C'était la seule raison pour laquelle elle était encore debout après m'avoir jeté une lampe.

— Elle ne va pas apprécier.

— La seule autre alternative serait d'attendre qu'elle se réveille et lui donner le choix, mais dans ce cas soit elle acceptera, soit, ce qui est plus probable, elle va encore entrer dans une colère noire et je n'arriverai pas à l'endormir.

Allistair choisit ce moment pour intervenir et donner une version plus diplomatique du scénario.

— Ruby est la succube la plus puissante que j'ai jamais vue en phase de pré-transition et elle craint de l'affronter. Cela va déjà rendre les choses difficiles pour elle. Si sous la rage, elle mettait le feu à la ville, cela ne fera que plus la braquer et la rendre instable. C'est la meilleure solution.

Elle posa les yeux sur Ruby et son regard s'adoucit en la regardant avec inquiétude. Elle n'aimait pas ça, mais elle était dépassée par la situation. Nous étions les Cavaliers de l'Apocalypse et cela faisait partie de notre rôle. Proche d'elle ou non, la responsabilité de s'assurer que Ruby effectue sa transition sans accrocs nous incombait à nous quatre. Après que la banshee eut acquiescé d'un signe de tête, je leur tournai le dos en espérant que nous serions assez nombreux. Que nous pourrions nous acquitter de ce que nous lui avions promis, parce que dans le cas contraire... nous n'aurions pas que la colère de la banshee à affronter.

3

Lorsque je repris connaissance, des ombres dansaient à la lueur de la bougie. Je restai un moment allongée, dans un état de semi-conscience, réveillée, mais pas tout à fait, à fixer les noirs et les gris qui flottaient dans tous les sens. C'était un spectacle tellement apaisant, mais qui ne me touchait pas. Pas cette fois-ci. Pas alors que mon corps était tendu à l'extrême, lové et en attente de ma libération.

Où me trouvai-je ?

Je roulai sur le côté, m'arrêtant à mi-geste. Des lampes en forme de globe pendaient du plafond, diffusant une lumière tamisée. De minuscules lueurs éphémères clignotaient avant de disparaître... leur sobre beauté m'accaparait. Je me redressai, tendant la main pour tenter d'en saisir une.

— Comment te sens-tu ?

Je sursautai. La voix était rauque, riche, ajoutant une pointe de séduction à la paix et à la tranquillité. Je tournai la tête vers l'endroit d'où elle provenait, au bout du lit où Allistair était assis en train de m'observer dans le silence de la pièce. Je laissai retomber ma main sur mes genoux et repoussai les draps pourpres, essayant d'ignorer le doux contact entre mes doigts et la caresse sur mes cuisses.

Mes cuisses nues.

Je clignai des yeux.

— Où est passé mon jean ?

J'avais la gorge aussi sèche que le Sahara et mes mots sortirent écorchés. Je déglutis malgré la boule qui se formait. C'était étouffant, mais tout à fait délicieux dans la chaleur accablante qui m'habitait encore.

— Tu l'as brûlé, répondit-il, sa voix provoquant un frisson le long de ma colonne vertébrale. Moira t'a habillée pendant que tu dormais. Elle s'est dit que tu te sentirais plus à l'aise dans... une tenue légère.

Ses yeux parcoururent la peau claire de mes jambes, balayèrent le simple sous-vêtement noir que je portais et remontèrent sur mon tee-shirt moulant. La chair de poule couvrit mes bras que je croisai sur ma poitrine afin qu'il ne remarque pas mes tétons durcis sous le fin tissu.

L'éclair prédateur dans ses yeux et le rictus sur ses lèvres en disait long.

— Où est Moira ? Et pourquoi es-tu ici ? Je croyais que tu gérais...

— Moira est sortie. Pestilence l'a emmenée dans la rue Bourbon pour qu'elle essaie de se détendre. Nous lui avons expliqué que si tes proches sont stressés, cela rendra la transition plus délicate. Je me suis dit que tu apprécierais ce pieux mensonge afin qu'elle ne soit pas présente pour assister à la suite, dit-il en prenant une profonde inspiration avant de se lever pour retirer sa veste. Quant à moi, j'imagine que c'est plutôt évident. Tu ne peux pas rester plus de quelques minutes sans avoir envie de te nourrir et je suis l'unique incube parmi nous. Nous allons... rectifier cela.

C'était quoi ce bordel ?

Je me levai d'un bond du lit, mais mes jambes s'emmêlèrent dans les draps. Je glissai sur le sol en pierre froid, ne me rattrapant *qu'après* avoir atterri sur mes fesses, les jambes écartées et les bras enroulés autour de moi. Une position particulièrement équivoque de là où se tenait Allistair. Je redressai la tête d'un coup, dégageant d'un geste les longues boucles bleues de mon visage afin de pouvoir le fixer correctement.

— Rectifier ? Tu ne vas rien rectifier du tout, connard, coupai-je sèchement en tentant de reculer loin de son regard insistant.

Mesurant plus d'un mètre quatre-vingt et se tenant à moins d'un mètre cinquante de moi, il aurait pu en profiter pour lorgner ma poitrine qui dépassait de mon haut décolleté, pourtant il ne le faisait pas.

Il gardait son regard doré ancré dans le mien et haussa un sourcil interrogateur.

— On est toujours là-dessus ? demanda-t-il d'un ton désinvolte.

De l'indignation me submergea, mais je ne répondis pas, trop craintive des mots qui auraient pu franchir mes lèvres.

— Je vois, murmura-t-il en défaisant ses boutons de manchette. Eh bien, pourquoi ne me dirais-tu pas ce que tu veux ?

Il continuait de parler d'un ton léger tout en commençant à déboutonner sa chemise.

Je déglutis, mais les mots ne voulaient pas sortir.

Désir et envie cognaient en moi comme un satané bélier, mais je ne voulais pas céder. Pas ainsi. Pas alors qu'il...

— Tu m'as mise KO, dis-je dans un souffle chargé à la fois de colère et de désir.

Qu'est-ce qui ne tournait pas rond avec moi ?

— J'ai fait ce qui s'imposait, répondit-il d'un ton détaché. Guerre a préparé cette pièce exprès pour ta transition, et comme tu l'as commencée si rapidement, nous avons pensé qu'il était plus sage de t'y installer plus tôt. Essaie d'en profiter avant que les choses ne commencent.

Je serrai les dents, fermai les jambes pour tenter de me relever. Bien entendu, Allistair était là.

Il m'offrit sa main comme un parfait gentilhomme, mais je l'écartai d'une tape et grimaçai quand il recula de quelques pas en trébuchant.

Cette satanée force.

Cette satanée transition.

Ces satanés Cavaliers de l'Apocalypse pensent pouvoir décider de ce qui est le mieux pour moi.

Et Moira ? Avait-elle vraiment donné son aval ?

Des gouttes de sueur coulaient dans mon dos tandis que la fièvre atteignait de nouveaux sommets. J'allais mourir de déshydratation avant que quiconque n'insère son sexe en moi.

— Ruby, je sais qu'il t'est difficile d'être rationnelle en ce moment précis, mais il faut que tu me fasses confiance, ronronna Allistair.

Il ne lui avait fallu que peu de temps pour se remettre et m'approcher à nouveau, usant de sa belle voix pour tenter de m'apprivoiser.

Ce connard pensait que de belles paroles allaient tout arranger ? Réfléchis bien.

Il n'était pas le premier de notre espèce que j'avais dû gérer.

— Te faire confiance ? demandai-je d'une voix sèche. Tu m'as assommée contre mon gré et m'as amené Dieu sait où...

J'agitai la main pour désigner la pièce et remarquai

alors tout un panel *d'instruments* disposés sur le mur du fond.

— Sans ma permission. Je n'ai pas à faire quoi que ce soit que vous, espèces de...

— Laisse-moi te soulager afin que nous puissions parler d'une manière rationnelle, m'interrompit Allistair.

Il fit glisser sa chemise de ses épaules et elle tomba pêle-mêle sur le sol. Elle coûtait probablement plus que mon prêt immobilier, mais il s'en fichait. Il garda les yeux rivés sur moi tout en avançant à pas feutrés, pieds et torses nus, vêtu de son seul pantalon noir et de sa froide insolence.

Je lui lançai un regard noir et me tournai pour chercher une porte dans un des coins de la pièce, tentant par tous les moyens de contourner Allistair. Il me saisit par la main avant que je ne puisse parcourir cinquante centimètres et me ramena brutalement tout contre lui, comme une balle attachée à un élastique. Je percutai violemment son torse.

De la colère. Du désir. De la trahison. De l'envie. De la peur. De l'espoir.

Tout cela s'agitait en moi comme les rafales annonçant la tempête. Mon désespoir s'amplifia quand la bête au fond de moi explosa de colère. Je ne comprenais pas ce qu'il se passait. Je n'arrivais pas à l'appréhender. Je ne comprenais rien.

Moira m'avait laissée seule avec eux pour que je puisse les... les... baiser.

Leur apposer ma marque.

Me soumettre à eux.

Effectuer ma transition avec eux.

Je n'arrivais pas à le comprendre. Je ne voulais pas le comprendre.

Ils n'avaient pas gagné le droit d'être les démons qui m'aideraient à faire ma transition. En fait, ils m'avaient enlevé ce choix, convaincus qu'ils pourraient précipiter le processus. Me presser.

— Je n'ai aucune envie de te brusquer ou de t'empêcher de choisir, Ruby, mais si personne ne te soulage, tu vas aborder ta transition d'une très mauvaise façon, encore plus désorientée que tu ne l'es actuellement. Si c'est ce que tu désires dans ce cas je vais prendre un siège juste là, dit-il en désignant un large fauteuil capitonné à l'autre bout de la pièce.

À côté se trouvait tout un attirail de contention, des colliers, des liens en cuir ou en métal, des laisses de différentes longueurs terminées par des pinces, suspendus à des patères sur le mur.

— Et je resterai là jusqu'à ce que tu me demandes de partir. Pourtant, je ne pense pas que c'est ce que tu désires réellement.

Une fois de plus, sa seule proximité me liquéfiait. Ces changements incessants en moi me déstabilisaient et me donnaient d'autant plus envie de retrouver toute ma tête. Si seulement ce feu en moi pouvait se calmer...

Des doigts fins et élégants parcoururent mes flancs, de haut en bas, un geste qui aurait dû être apaisant, mais qui ne l'était pas. Pendant mon sommeil, ma peau était devenue hypersensible. Ses doigts ne m'auraient fait que l'effet d'une caresse avant, pourtant à présent, ils m'embrasaient et attisaient mes veines jusqu'au plus profond de mon être.

— Ça va s'arrêter ? demandai-je dans un souffle en posant mes mains sur sa poitrine sculptée.

Je haletais, de petites inspirations courtes et rapides alors qu'il me touchait à peine. Peut-être n'était-ce pas une si mauvaise idée...

— S'arrêter ? Non, répondit-il de manière directe. Diminuer ? Oui. Tu devrais avoir un court répit pendant lequel tu pourras y réfléchir les idées claires.

Son cœur palpitait sous ma paume, mais la caresse de son pouce sous ma poitrine restait constante.

Contrôlé. Allistair était en pleine maîtrise.

Et moi ? Pas tant que cela.

Je remontai mes mains sur son torse, passant le bout de mes doigts sur les bords de ses cicatrices qui s'étaient estompées depuis longtemps. Une chaleur grisante s'intensifiait en moi, et me faisait chanceler sur mes jambes. Je posai mes mains sur sa nuque et m'accrochai à ses muscles fermes en plongeant mes ongles dans des cheveux d'une douceur incroyable.

Pourquoi n'avait-il pas la douceur d'un porc-épic ? Cela rendrait les choses tellement plus faciles. Bien sûr, il fallait que l'incube ait des cheveux plus fournis que les miens.

— Pas de sexe. Je n'ai pas les idées claires.

Je m'accrochai plus fort à lui, mais il ne bougea pas la tête d'un centimètre. Je supposai que cette toute nouvelle puissance était aussi peu fiable que mon feu.

— Tu m'apprends à me nourrir et c'est tout. Tu m'entends ?

Mes paroles auraient semblé beaucoup plus effrontées si le sentir tout serré contre moi ne m'avait pas fait haleter.

— Je pense que tu trouveras cette expérience très addictive, dit Allistair en glissant le bout de ses doigts sous mon tee-shirt, caressant ma peau délicate. Je retins ma respiration et il ricana.

Quel con !

— Réponds-moi.

Je n'étais pas prête à fermer les yeux ni à m'offrir sans qu'il me donne sa parole au préalable. Peut-être ne devrais-je pas être aussi confiante étant donné que nous étions des démons et que lui c'était Famine. Un des quatre Cavaliers de l'Apocalypse. Je ne pouvais lui imposer aucune loi ni aucune promesse que je pouvais le forcer à me faire. Quoi qu'il arrive, je devais avoir confiance en ce qu'il m'avait dit, car au bout du compte, il n'y avait que lui qui pouvait honorer sa propre parole.

— Pas de sexe *cette fois-ci*. Tu as ma parole, répliqua Allistair.

Un rictus insolent se dessina sur ses lèvres tandis que ses mains poursuivaient leurs légères caresses. Je grognai de frustration, mais aussi de désir. Que le diable l'emporte. Il allait causer ma perte et nous venions à peine de commencer.

Mais vous savez quoi ? Nous étions deux capables de jouer à ce petit jeu.

Je l'attirai à moi et Allistair se pencha plus près m'offrant une meilleure ouverture pour caresser sa mâchoire de mes lèvres. Ses mains s'arrêtèrent autour de ma taille et j'ondulai légèrement des hanches amenant mon ventre tout contre lui. Son sexe en érection se contracta et il souffla entre ses lèvres.

— Que fais-tu, petite succube ? dit-il dans un souffle.

Je m'interrompis en remarquant comme le ton de sa voix était dangereusement rauque. Comme si je l'avais un peu trop poussé dans ses retranchements, mais la bête en moi pensait que c'était loin d'être suffisant.

Je plaçai mes mains sur chacune de ses épaules et poussai.

Son corps céda, il vacilla contre le lit avant de tomber doucement sur ces draps rouge sang. Je n'attendis pas qu'il se remette de la surprise pour le chevaucher. La bête acquiesça d'un signe de tête en ronronnant alors que j'enroulai mes bras autour de lui et frottai mes hanches contre son érection.

Mon délire fiévreux annihilait toute rationalité. J'oubliai rapidement ce que je voulais dire, à la place je recherchais quelque chose d'infiniment plus primitif.

La délivrance.

Allistair fit le premier pas, remontant d'un coup pour m'embrasser si fort que nos dents s'entrechoquèrent. Une personne censée aurait tout arrêté pour réfléchir au fait que cette urgence bestiale venait de nulle part une fois de plus, pourtant quand sa langue franchit le bord de mes lèvres toute résistance m'abandonna.

J'émis un grognement. Cet homme embrassait comme un Dieu. Je m'étais toujours considérée comme douée pour embrasser, mais Allistair n'avait rien à voir avec tous les petits amis trop pressés que j'avais eus ces dernières années. Il ouvrit mes lèvres avec une telle précision que je ne me rendis même pas compte que je m'étais finalement décontractée et que je me laissais aller à son étreinte avant qu'il ne soit trop tard. Ces doigts longs et experts s'enroulèrent autour de mes poignets. Il positionna mes bras dans mon dos et changea de prise, retenant mes deux poignets d'une seule main.

Je luttai contre lui pour tester ma propre force.

Une fois de plus, elle m'avait abandonné, faisant de moi la prisonnière peu réticente d'un incube ayant une main libre et tellement plus d'années de pratique.

— Beaucoup mieux, ronronna-t-il.

La façon dont sa voix flotta sur ma peau me fit frissonner. Je l'avais sous-estimé. Il n'avait rien d'un incube lambda attrapé dans la rue. Il était la séduction pure. Le désir à l'état brut. Sa peau elle-même était un aphrodisiaque puissant qui ferait perdre la tête aux femmes les plus fortes.

Pendant tout ce temps, j'avais eu peur de lui enlever son pouvoir de choisir quand il aurait si facilement pu m'enlever le mien. Mon corps tremblait, submergé par un désir incontrôlable.

— Que me fais-tu ? murmurai-je tandis que sa main libre glissait à l'arrière de ma cuisse, serrant un peu plus mes bras, mon dos s'arcboutant alors qu'il me faisait me mettre à genoux.

Des doigts parcoururent ma peau, aussi légers qu'une plume. Il prit mes fesses dans ses mains, les malaxant comme s'il ne pouvait résister tandis qu'il roulait des hanches, m'effleurant à peine. Mes lèvres s'entrouvrirent sur un grognement alors que les sensations me submergeaient, et je ne voulais pas que ça cesse.

Que le diable me vienne en aide. J'allais avoir besoin de ressentir beaucoup plus que cela pour pouvoir me libérer, mais à ce rythme j'allais le supplier pour qu'il le fasse.

— Allistair.

Je mordis sa lèvre inférieure pour le mettre en garde et la suçai. Il avait un goût de sang et de scotch, une saveur épicée qui réussissait à me faire planer. Il grogna et mon corps, ce traître, tenta de se coller un peu plus alors même qu'il resserrait son emprise, effaçant toute liberté de mouvement que j'aurais pu avoir.

— Petite succube si sauvage. Est-ce que c'est de la douleur que tu recherches ?

— Vas-tu me montrer comment me nourrir, ou rester un vrai connard ?

Sa main se glissa entre nous et me frotta au travers du tissu de mon caleçon. Mes yeux se révulsèrent et mes hanches suivirent son rythme.

— Je t'ai posé une question, Ruby. Pas besoin d'être grossière.

Sa voix me berça plus profondément dans un état de flottement désespéré, ma fièvre s'accentuait à chaque point de contact entre nos corps. Sa voix. Son odeur. Son contact. Tout cela me faisait sombrer dans une version de moi que je ne connaissais pas. J'étais la passion. J'étais le désir. J'étais l'incendie.

— J'ai besoin d'une réponse. Est-ce de la douleur que tu recherches, ou bien vas-tu te soumettre à moi pendant que je t'enseignerai comment te nourrir ?

Ses doigts étaient une torture et ils glissaient entre

plus loin entre mes jambes, il en plia un qu'il inséra sous la fine bande de coton. Il effleura ma peau nue et apprécia l'humidité qu'il provoquait.

— Je ne me soumets à personne, grognai-je.

— Ruby, dit-il pour me mettre en garde. Je suis en train de perdre les pédales tellement je veux être en toi. On a tous les deux besoin de se nourrir, et tu me demandes de ne pas te baiser jusqu'au sixième cercle de l'enfer. Ce qui veut dire que tu as deux options.

Il fit une pause pour frotter le dos de son doigt contre mon intimité et mes hanches se mirent à onduler lentement à son rythme.

— Soit tu te soumets à moi, soit j'amène Julian ici et tu te soumettras à lui. Que choisis-tu ?

La bête en moi les voulait tous. En même temps.

Elle était un peu pute, comme ça.

Je n'étais pas certaine de survivre à leurs assauts à tous les deux en même temps. Alors quatre.

Mais l'idée était intéressante...

Je gémis tandis qu'Allistair opérait un mouvement de va-et-vient pour me titiller.

— Je n'ai pas envie de douleur en ce moment précis, lâchai-je.

Allistair eut un petit sourire, mais il n'allait pas me laisser m'en sortir si facilement.

— Dans ce cas que vas-tu faire ? demanda-t-il doucement.

Encore la même histoire. Bien entendu que nous étions encore sur la même histoire.

— Je vais...

Il haussa un sourcil, me mettant au défi de répondre. C'était suffisant pour agacer la bête, mais ce n'était pas ce qu'il voulait à cet instant.

— Je ferai ce que tu me *demanderas*, finis-je par dire.

L'espace d'un instant, je crus qu'il allait insister jusqu'à ce que je lui dise ce qu'il voulait entendre, mais même Allistair n'était pas assez patient pour cela. Il plia son doigt et déchira le tissu de ma culotte d'un geste rapide.

— Très bien, dit-il d'un ton pénétrant tandis qu'il me dénudait. Tu vas jouir. Violemment. Et quand cela se produira, je vais me nourrir de ton énergie sexuelle. Cela te fera l'effet d'une tempête, mais ne t'inquiète pas. Nous l'avons déjà fait.

Sans crier gare, il plongea deux doigts en moi et je criai sous l'effet de la surprise. Il garda le rythme en commençant à les remuer d'avant en arrière, créant peu à peu une cadence. Mon sang bouillait du désir ardent qui me submergeait.

Un épais voile de fumée se formait autour de lui, scintillant comme de l'or en fusion. Son pouce appuya sur mon bouton d'amour et la brume se propagea, se modelant autour de nous. Épousant nos formes. Elle attisait ma peau et son énergie faisait frémir mes poils. Je frissonnai sous ses doigts qui ne ralentissaient pas.

— Encore, soufflai-je en essayant de me tortiller sur mes genoux, mais Allistair ne céda pas d'un pouce.

Le dos courbé, les bras fermement tenus derrière moi, de sa poigne il me gardait à genoux alors que j'essayais de prendre tout ce qu'il avait à offrir. Allistair ronronnait son approbation en se penchant pour poser sa bouche sur mon téton droit.

— Tu connais les règles.

Tout en le suçant goulûment, il enroula sa langue autour de la pointe, me faisant grimper de plus en plus tandis que ses doigts ralentissaient. Son pouce traçait de petits cercles autour de mon point sensible, y mettant suffisamment de pression pour me faire perdre les pédales, mais sans que je sombre totalement.

Je grognai en le regardant et le connard me mordit. Mon essence même était douloureuse et se contractait, tentant désespérément d'atteindre ma délivrance, alors j'émis un grognement frustré, presque un cri.

— Prononce mon nom quand tu jouis.

Connard possessif.

— Oui, coupa-t-il sèchement. C'est vrai.

Je n'eus même pas le temps de répondre que déjà il parsemait ma poitrine de suçons. Il mordilla mon autre téton et le suça avec frénésie tout en faisant tourner ses doigts.

— Allistair, criai-je.

Mon corps convulsa autour de lui, se resserrant sur ses doigts alors qu'il poussait toujours avec avidité en moi, déclenchant tout mon plaisir et même plus. Au moment même où je pensais que l'apogée allait décliner, je ressentis cette tempête qui me suspendit dans l'extase. Je m'embrasai, et avec moi, la pièce elle-même.

Cet orgasme suspendu s'interrompit bien trop vite en me laissant vidée et pourtant... alors qu'Allistair relâchait mes bras en me permettant de m'asseoir sur ses genoux, le tissu rêche de son pantalon me frotta à l'endroit où son sexe durci le tendait. Je me collai contre lui, appréciant le grognement rauque que je ressentis plus que je l'entendis.

Il me désirait.

Alors pourquoi refusait-il de se satisfaire ?

Allistair se pencha et me saisit par les hanches, me souleva sans effort et s'inclina pour me déposer au sol, devant lui.

— Qu'est-ce que tu...

— Mets-toi à genoux.

Je cillai au ton de sa voix. Elle était plus sourde que d'habitude. Plus rauque. Presque... *désespérée.*

Je m'assis sur le sol froid entre ses jambes ouvertes.

Mon cœur battait la chamade dans ma poitrine en levant les yeux vers lui. Je ne m'étais jamais considérée le moins du monde comme soumise, mais cette facette de lui m'intriguait. Cette facette où je pouvais presque le sentir jouir... incapable de lutter. Il portait son arrogance avec une assurance comme seuls peu de gens pourraient le faire, pourtant sous ce masque je devinais du désespoir. Le contrôle qu'il affichait était plus pour lui que pour moi.

— Ça ira comme ça ? demandai-je doucement.

— Oui.

J'avais envie de frissonner quand la poussière d'or frôlait ma peau, me chatouillant partout où elle me touchait. Je passai ma langue sur ma lèvre inférieure, appréciant le goût du sang mêlé à quelque chose de puissant. Quelque chose de... délicieux.

— Cette saveur, c'est ce qu'on appelle le kama. C'est l'énergie sexuelle qui nourrit notre espèce.

Ses mots faisaient mollement leur chemin vers mon cerveau tandis que les volutes de particules d'or m'attiraient vers lui. Me poussant plus près de lui. Pour en prendre plus.

— Kama... murmurai-je. Comme le Kama Sutra ?

Allistair ricana.

— Tout à fait.

Je levai une main vers lui, la laissant planer à quelques centimètres. La substance jaune et luisante recouvrit mes doigts que j'approchai de mon visage pour les examiner. On aurait vraiment dit de la poussière d'or. Hésitante, je portai mon index à mes lèvres et léchai la poudre d'or. Une envie irrépressible me saisit et j'enroulai mes lèvres autour de mon doigt, grognant longuement en le suçant.

— Ça suffit, dit sèchement Allistair ce qui attira à nouveau mon attention vers lui.

Je levai les yeux en mordillant mon doigt. Ses pupilles se dilatèrent et un sourd grognement se forma dans sa poitrine.

— Ce n'est pas poli de flirter avec ceux de ton espèce, petite succube.

Je reconnus le timbre dans sa voix, ces mots secs et assez coupants pour entailler la chair, mais dont les filles raffolaient.

— C'est toi qui n'arrêtes pas de me repousser, Famine.

Je n'étais pas totalement responsable de cette phrase. La bête était très proche de la surface et aveuglée par son propre désir, je n'étais pas sûre qu'Allistair s'en était rendu compte. Ses narines palpitaient et ses pupilles continuaient de se dilater, plus sombres, plus pleines. Jusqu'à ce qu'il ne reste plus la moindre trace de blanc. Il me regardait comme le Cavalier de l'Apocalypse qu'il était. Un monstre appartenant aux deux mondes.

Mais j'étais comme lui, et il ne nous faisait pas peur.

— Déboutonne mon pantalon.

Devant l'audace de sa requête, je le fixai bouche bée l'espace d'un instant. N'étais-je pas celle qui essayait de provoquer cette situation depuis des semaines ? Jouant avec lui. L'aguichant. J'avais instauré la règle du non-sexe, pourtant j'avais besoin de me nourrir et il fallait que je baise. Ça au moins c'était clair.

Si me voir sucer mon doigt le faisait presque jouir spontanément... la bête revint à la charge et fit disparaître mes dernières hésitations.

Je m'avançai en plaçant mes deux mains sur l'intérieur de ses cuisses, l'agrippant de manière à pouvoir me glisser plus près de lui. Il grogna tandis que mes mains remontaient sur les muscles tendus de ses jambes, lentement, avançant vers la bosse dure dans son pantalon. Il tressaillit lorsque ma paume glissa en frottant deux fois de haut en bas son membre durci.

— Déboutonne mon pantalon, répéta-t-il.

Je pris la fermeture éclair entre deux doigts et la fis glisser avec une lenteur exagérée.

D'habitude, j'aurais eu une riposte toute prête, mais ce n'était pas aussi simple avec toute cette poussière d'or que j'inspirais. Son... kama. Cette satanée poussière m'embrumait le cerveau, rendant difficile pour moi de parler ou d'agir de manière cohérente, car tout ce que je désirais c'était de le baiser. Nous avions même un lit, et tout ce qu'il faut... non. Non. Je secouai la tête.

Sucer. Mais pas baiser. D'accord Ruby ?

Quand la fermeture fut à moitié ouverte, j'interrompis mon geste, et j'entrouvris les lèvres quand son érection se chargea de faire descendre la fermeture éclair jusqu'en bas.

— Tu ne portes pas de sous-vêtements ? demandai-je d'une voix moins légère que je ne l'aurais souhaité.

Il y avait trop de tension. Trop d'émotions qui s'agitaient dans ma poitrine. Trop de douleur entre mes jambes. La bête en moi s'exprimait trop.

Pourtant, il ne le remarquait toujours pas.

— J'aime bien être préparé, dit-il en haussant les épaules.

Pourtant, alors que je faisais glisser un doigt sur toute sa longueur, je sentis son corps se crisper à mon contact. Je me penchai en avant et suivis avec ma langue le même chemin que mon doigt.

Il tressaillit et une seule goutte brillante apparut à l'extrémité de son membre. J'allais vraiment aimer ça.

Je refermai mes lèvres autour de son gland gonflé, au goût salé, en faisant attention à mes dents. Allistair gémit d'une manière encourageante alors je le pris en bouche. Son gland toucha le fond de ma gorge, me provoquant un haut-le-cœur qui emplit ma bouche de salive.

Il enroula une main dans mes cheveux et me guida en avant. Je descendis le long de son sexe, le prenant plus profondément en bouche.

—Putain, nénette... tu vas me tuer, grogna-t-il.

Allistair n'était pas petit, aucune partie de son corps ne l'était, mais putain, s'il avait été un peu plus grand je n'aurais pas pu le prendre intégralement en bouche. Déjà que là j'avais les larmes aux yeux en le faisant, pourtant, ce pouvoir que j'avais sur lui... imaginer ce que je pourrais faire... prendre de lui... tout en étant à sa merci...

C'était excitant. Exaltant.

C'était... Je respirais par le nez et n'étais pas préparée à la sensation soudaine qui m'envahit. Je ne pourrais la décrire que comme l'expérience la plus sensationnelle de ma vie, comme si j'existais partout et nulle part à la fois. Mon corps fourmillait de puissance, d'énergie, de kama... Je remontai en passant ma langue sous son sexe et l'enroulai autour de son extrémité. Allistair tressaillit dans ma bouche et à ma grande surprise, le point sensible entre mes cuisses se mit à pulser violemment.

Je levai des yeux accusateurs vers lui. Même s'il ne prenait que ma bouche, le kama me donnait l'impression que ça allait au-delà. Il esquissa un petit sourire en me regardant.

— C'est beaucoup plus agréable que ce à quoi tu t'attendais, pas vrai ?

Pour toute réponse, je me contentai de baisser ma main gauche et commençai à me caresser.

— Quand je vais jouir, mon kama va se déverser. Il va falloir que tu l'inspires, Ruby. Visualise-toi absorbant autant que tu peux en toi, dit-il entre ses dents.

Comme si j'avais besoin d'encouragement. Bordel comme c'était bon.

La bête pensait de même, mais j'étais tellement partie que je ne le remarquai pas.

Je le suçai avec frénésie, enroulant une dernière fois ma langue autour de son extrémité avant qu'Allistair n'agrippe mes cheveux plus fermement. Tandis qu'il abaissait ma tête, il poussa en moi une fois, me forçant à le prendre entièrement. Les larmes me vinrent aux yeux et l'incendie en moi redoubla, plus chaud que les flammes de l'Enfer, tandis qu'il poussait au fond de ma gorge. Je me caressais en petits cercles, fiévreusement, approchant rapidement de mon propre orgasme en même temps que lui.

Oh bordel, oui.

Je gémis la bouche pleine, l'avalant une fois de plus, mais ce n'était pas tout. Son sperme gicla au fond de ma gorge tandis qu'il poussait mollement plusieurs fois, et puis soudain... *kama*.

Comme il l'avait dit, ça s'écoula de lui en moi. En sachant apparemment que faire, j'inspirai, essayant de me focaliser sur cette action tout en me caressant le clitoris, puis je me désintégrai. Mes doigts descendirent plus bas, j'en insérai deux en moi, surmontant mon propre orgasme tout en absorbant le maximum de lui.

Des tâches éclataient derrière mes yeux, des éclairs blancs et fulgurants éclairant l'obscurité qui m'avait submergé pendant quelques secondes. Quand ma vision s'éclaircit progressivement et que mon corps cessa de frémir, je me rendis compte que j'avais toujours les lèvres autour du sexe d'Allistair et qu'il fallait qu'il me laisse bouger. Je commençai à m'écarter, mais j'avais deux paumes qui me tenaient la tête dans cette position.

Maniaque du contrôle !

— *À moi*, grogna une présence.

Sa possessivité avait provoqué la bête et elle craqua. Dopée au kama et débordant de puissance, elle répliqua. Le temps d'un battement de paupière et elle prit le contrôle de la situation en posant sa main à plat sur le bas de son ventre. Allistair tenta de se repositionner, mais elle saisit la base de son membre de l'autre main, avalant sa demi-érection qui se contractait. Allistair enfonça ses mains dans ses cheveux, mais je ne pensais pas qu'il réalisait avec quelle Ruby il jouait, pas avant qu'elle ne diffuse une minuscule gerbe de flammes pour la déverser sur son ventre. La brûlure commença à se propager lentement, mais suffisamment longtemps pour qu'il se doute de ce qu'il se passait, pourtant il ne l'arrêta pas.

Pourquoi ne faisait-il rien ?

La panique commença à me submerger, mais la bête maintenait une totale maîtrise. Je lui avais clairement fait comprendre qu'il était un partenaire tout à fait acceptable. Nous étions toutes les deux d'accord, ce qui signifiait qu'elle pouvait le réclamer.

Allistair le savait forcément. Il devait l'avoir remarqué d'une manière ou d'une autre, pourtant son sexe se durcissait et il me tenait fermement la tête à deux mains. La bête leva vers lui un regard faussement pudique, alors il n'y eut aucun doute dans mon esprit. Il savait, et il se cambra à son contact.

La brûlure dans sa paume s'intensifia quand la magie atteignit le point d'ébullition. Il souffla entre ses dents tandis qu'elle apposait notre marque sur lui. Il émit un grognement sonore, l'attirant à lui... l'attirant plus près...

Elle s'écarta, la main droite recourbée à l'endroit où elle le marquait tandis que de la main gauche elle le masturbait avec ferveur. J'aurais été morte de trouille de lui arracher accidentellement son sexe à cause de la puissance qui coulait dans mes veines, mais la bête ne s'en inquiétait pas. Elle utilisait son incroyable force pour l'amener à nouveau à deux doigts de l'orgasme. Sa langue lécha son gland, mais le relâcha et s'écarta juste à temps avant qu'il ne puisse pousser en elle.

Allistair se pencha pour la saisir sans se soucier le moins du monde du pentagramme bleu qui trônait entre le V de ses abdos.

Il glissa une main le long de la courbe de mon cou pour guider ma mâchoire, enroulant fermement l'autre main dans mes cheveux. J'aurais accepté que cela continue, je le savais au fond de mon cœur. Je l'aurais encore sucé, et l'aurais probablement laissé aller plus loin.

Je lui aurais permis de me défoncer, car j'imaginai tout à fait… au diable les promesses… qu'il n'était pas du genre à faire les choses à moitié.

Je clignai des yeux et Allistair s'interrompit une fraction de seconde. Il ne relâcha pas sa poigne, mais ne m'attira pas plus près non plus.

— J'ai senti la salle qui vibrait…

La voix de Julian mourut lorsqu'il m'aperçut quasiment nue, le visage écarlate et les lèvres entrouvertes, prête à prendre en bouche le sexe en érection qui se trouvait à quelques centimètres de mon visage.

— Elle est nourrie, en déduisit Julian.

La froideur qui émanait de lui calma d'un coup la chaleur qui m'habitait, et fit également fuir la bête.

Je me dégageai de la poigne d'Allistair, ma force l'emportant temporairement sur la sienne encore une fois. Mes cuisses claquèrent sur le marbre lisse quand je me laissai tomber sur le côté en toussant violemment. Allistair grogna dans sa barbe et Julian resta à la porte, les bras croisés. Sans poignée et uniquement recouverte d'une peinture crème lisse, la porte dont je n'avais pas encore réalisé l'existence se fondait dans le reste du mur.. Il me fixait de ses yeux verts et durs, avec une expression que je ne parvenais pas à déchiffrer. Je crus y lire du désir et de la méfiance, avec une pointe d'envie qu'il essayait encore de contenir.

— Tu vois quelque chose qui te plaît ? lui demandai-je sèchement, submergée d'une colère folle en voyant la jalousie qui continuait de le ronger.

Cette jalousie qu'il choisissait d'ignorer comme un sale gosse et non pas comme un adulte, rendant tout cela tellement plus difficile et compliqué à gérer pour moi.

— De quoi tu parles ? demanda-t-il, mais pas sur le même ton aguicheur qu'Allistair aimait prendre.

Julian voulait vraiment rester sur ce terrain-là, agir comme si nous n'en savions rien ni l'un ni l'autre et que cela disparaîtrait comme par magie.

— C'est pas grave, dis-je en toussant avant de m'adosser au mur.

Au moins, Allistair eut la courtoisie de se lever pour aller me chercher quelque chose à boire. Pendant ce temps-là, Julian se tenait là, son regard de braise essayant de comprendre ce qu'il se passait vraiment. Je levai les yeux au ciel et acceptai le verre d'un breuvage couleur ambre qu'Allistair me tendit.

— C'est... c'est quoi, ça ? demandai-je en m'étouffant après avoir bu une gorgée cul sec.

— Un scotch de deux cents ans d'âge.

Je bafouillai un instant puis l'avalai d'un coup avant de tousser de plus belle.

— Bordel, d'où tu sors que le scotch est approprié contre la toux… ?

— Pourquoi ne partagerais-je pas mon scotch avec ma *partenaire* ?

Lorsqu'il le dit, un éclat dans ses yeux me confirma ce que je craignais déjà. Allistair désirait vraiment être sollicité. Comme c'était arrivé à Laran et comme Rysten le voulait encore.

Mais avec Julian, c'était une autre histoire.

Il était obstinément aveugle et la jalousie qu'il éprouvait à leur égard ne ferait qu'empirer. Nous étions censés rester ensemble pour l'éternité. Littéralement jusqu'à la fin des temps, car ils étaient mes gardiens. Au mieux, il allait rendre nos relations compliquées s'il continuait sur cette voie. La bête le voulait. Elle les voulait tous, mais l'éternité serait sacrément longue si nous avions à gérer ces conneries.

Je détachai mon regard d'Allistair et lançai à la ronde :

— Je veux prendre un bain. Je veux voir Moira. Ensuite, je veux que nous parlions. Dans cet ordre.

Un léger serrement de mâchoires fut l'unique signe trahissant l'agacement de Julian.

— D'autres exigences ? demanda sèchement Allistair soudainement froid.

Je savais que cela le blessait à un certain niveau. Alors qu'il l'avait désiré… j'y avais sérieusement réfléchi, mais mon attitude un peu réservée sur le sujet arrivait un peu trop tard maintenant que la bête avait pris une décision lourde de conséquences. La présence de Julian ne faisait que me rappeler qu'il fallait que je réfléchisse... car dès que j'entrerais en transition il serait trop tard. De cela, j'en étais douloureusement consciente.

— Oui, en fait... répondis-je en désignant la demi-bouteille de scotch que tenait Allistair. Je veux la fin de cette bouteille. Je pense que je vais en avoir besoin.

** Allistair **

Je pourrais lui arracher la queue et la lui fourrer dans la gorge pour qu'il s'étouffe dessus.

Malheureusement, Mort ne pouvait pas mourir, et moi j'avais un peu plus d'élégance.

Regarder Ruby s'enfuir de la pièce avec mon scotch fut un des spectacles les plus difficiles que j'avais jamais dû supporter. Il existait différents types de liens et de marques, mais le lien d'accouplement et le marquage étaient un engagement à part. Être marqué et choisi comme deuxième partenaire était tout ce que je désirais, aussi son attitude après... m'avait vraiment blessé.

Du bout des doigts, je suivis les contours du penta-gramme bleu foncé. Julian se mit à tousser de l'embrasure de la porte pour me signifier de mettre une chemise, parce qu'il n'était qu'un connard jaloux qui ne pouvait accepter la situation.

— Tu désires quelque chose, Mort ? Ou bien tu es juste adepte du masochisme ?

Son regard se glaça comme un hiver polaire.

— Putain, ne me cherche pas, Famine.

Je haussai un sourcil.

— Que je ne te cherche pas ? C'est toi qui nous as interrompus dans la *pièce*... que nous savions tous les deux capable de résister à sa première nourriture.

Ses yeux lancèrent des éclairs et il détourna le regard.

Oui, je suis tout à fait au courant de leur solidité.

— Admets le Julian. Tu te comportes comme un connard parce que tu ne veux pas partager, mais tu ne veux pas faire le premier pas.

— Tu dis n'importe quoi...

— Je vois clair dans tes émotions. Arrête avec tes conneries. Je sais pourquoi tu es ici. Tu voudrais bien me dire depuis combien de temps tu étais là avant de nous interrompre ?

J'ajustai mon pantalon malgré le cas extrêmement inconfortable de boules bleues que j'avais grâce à la démone qui m'avait quitté à cause de ce connard. Jamais une femme n'avait quitté mon lit. Ou du moins, aucune femme qui pouvait marcher normalement après que nous ayons conclu. En plus, jamais avant

Julian n'avait osé m'interrompre pendant une relation sexuelle.

— Suffisamment longtemps, rétorqua-t-il.

Une manière pour lui d'avouer qu'il n'avait pas bougé. Certaines personnes auraient été furieuses de l'entendre, peut-être même Julian au vu de la honte qu'il éprouvait, mais moi, je ne pouvais me permettre ce luxe. Pas quand nous avions tous… et surtout Ruby… trop d'enjeux pour laisser de petits problèmes se transformer en crises.

Même s'il m'en coûtait de cacher sa marque, ce n'était pas un engagement banal et il fallait se montrer beaucoup plus délicat qu'aucun d'entre eux ne pourrait le faire. Je retrouvai la chemise que j'avais jetée au sol et l'enfilai en m'assurant de bien la boutonner, puis je remis mes boutons de manchettes avant de me tourner vers lui.

— Tu as entendu ce que je lui ai proposé quand elle a commencé à résister ? lui demandai-je.

Il répondit à nouveau par un ronchonnement indéfini que je pris pour un oui.

— Parce que si tu l'as entendu, dis-je avant de m'interrompre un instant. Il faut que tu saches que cette éventualité… l'intrigue.

Julian se figea, et cette immobilité, tel un prédateur, encore plus dangereux que moi, me révélait à quel point elle le touchait.

—Je ne partage pas, répondit-il enfin.

Je secouai la tête tandis qu'il se tournait pour s'en aller.

— Tu n'auras pas le choix.

— Tu sais pourquoi je reste à l'écart ? Pourquoi je *dois* rester à l'écart ? se fâcha-t-il.

Je le savais, mais je ne trouvais pas ses raisons suffisantes. J'avais beau mourir d'envie de la garder pour moi, je pouvais quand même partager si cela impliquait de garder un peu d'elle en moi. Je pourrais la laisser devenir la Reine aux quatre consorts, du moment que ce n'était que nous.

Mais Julian n'y arrivait pas.

— Il existe dans ce monde, des monstres plus forts que toi, et l'un d'entre eux t'a choisi comme partenaire. Tu ne peux pas te soustraire à ton devoir, et pourtant tu ne veux pas lui accorder ce qu'elle demande. Tu penses que tu ne peux pas partager ? dis-je en ricanant sardoniquement.

Un éclair traversa ses yeux pour me mettre en garde.

— Imagine la prochaine éternité à ressasser la période triste et pathétique de sa transition en te demandant pourquoi tu as pris la décision la plus idiote de ton existence.

Je m'interrompis lorsqu'il inclina la tête et serra les poings. S'il était déjà à deux doigts de péter les plombs, alors lorsqu'elle ferait sa transition il risquait d'avoir des accès de colère dont la bête n'aurait rien à envier.

— Je ne peux pas prendre de décision pour toi, et franchement je ne sais pas pourquoi j'insiste pour avoir cette discussion, car moins je passe de temps avec toi, plus j'en passe avec elle. Tu dois te donner un bon coup de pied au cul à son sujet. Tu n'obtiendras jamais rien d'elle et tu risques d'anéantir tout sentiment qu'elle pourrait avoir pour toi en continuant à te comporter comme un adolescent et si tu refuses d'accepter la réalité de notre situation. Accouple-toi avec elle ou ne le fais pas, mais en attendant ne la traite pas comme de la merde. Elle a déjà beaucoup trop à gérer pour ne pas avoir à te regarder t'apitoyer sur ton sort.

Je n'avais dû sauver Julian de lui-même qu'à de rares occasions pendant notre vie. En traversant le miroir pour le laisser seul avec ses pensées, je me demandai s'il y repenserait un jour en se disant qu'aujourd'hui était une de ces occasions. S'il fallait que je le pousse dans ses retranchements pour qu'il réussisse à oublier ses propres démons, ou si ces pensées elles-mêmes étaient trop difficiles à gérer pour lui et qu'elles finissaient par le détruire.

4

Julian avait beau avoir levé les yeux au ciel, j'emportai tout de même le reste du scotch.

Une demi-heure plus tard, assise dans le jacuzzi, je me foutais de tout en finissant la fin de la bouteille avant de la mettre de côté. Les jets libérèrent la tension dans mes épaules et pour la première fois depuis ces seize dernières heures j'avais l'impression d'être une pâle copie de moi-même. Une bonne migraine à force de réfléchir aux choix de vie qui s'offraient à moi et picoler des litres d'alcool valait largement mieux que de mettre le feu à des trucs ou de me jeter dans les bras des Cavaliers de l'Apocalypse.

On frappa à la porte et elle s'ouvrit d'un coup.

— Tu sais que tu ne peux pas rester cachée ici à jamais.

La voix de Moira glissa sur moi quand elle entra

dans la salle de bain, pieds nus, mais vêtue comme si elle venait de rentrer de discothèque. Elle portait une petite robe noire et des anneaux en onyx qui brillaient dans la lumière tamisée. Ses cheveux vert foncé étaient impeccablement coiffés en un chignon de ballerine qui faisait ressortir ses yeux bleus où les pentagrammes tournoyaient. La marque du démon... ma marque... que j'avais apposée sur elle pour l'éternité.

— Je ne me cache pas, mentis-je, je ne me sens pas très bien.

Moira me regarda comme quelqu'un à qui on ne la faisait pas, alors je grognai en reposant ma tête sur Bandit qui avait choisi de se vautrer sur le bord de la baignoire derrière moi. Il ronronna en enroulant sa queue autour de mon cou. Je tendis distraitement la main pour le caresser derrière l'oreille.

— Bien sûr que tu ne te sens pas bien. Tu entres en phase de transition. Je serais étonnée si ce n'était pas le cas.

À pas furtifs sur le sol de pierre, elle vint s'installer derrière moi.

— Chaque fois que tu es en leur présence, soit tu veux les baiser soit tu veux les tuer, et étrangement... cela ne te ressemble pas. Ce sont les hormones ou je ne sais quoi.

Je sentis sa main dans mes cheveux quand elle dénoua le nœud lâche qui les attachait et commença à les démêler.

— Ça m'énerve qu'ils pensent pouvoir me dire ce que je dois faire et décider de ce qui est mieux pour moi, et nos relations étant particulièrement compliquées en ce moment, je ne trouve pas cela raisonnable, grommelai-je.

Moira me massa doucement le cuir chevelu et son inaltérable chaleur et sa quiétude se diffusèrent en moi.

— Ils... font de leur mieux. Ce n'est pas exactement une situation classique. Tu es largement plus puissante qu'ils ne s'y attendaient et tu as des sautes d'humeur incessantes. Désolée, mais c'est la vérité, ajouta-t-elle alors que je m'apprêtai à objecter. En plus, la bête a été très claire sur le fait qu'elle les veut tous. Sans oublier de parler tout ce dont nous n'avons pas eu l'occasion de parler à propos de cette histoire de lien.

J'ouvris la bouche pour m'excuser, mais elle me tira légèrement les cheveux.

— Ne pense même pas à t'excuser. C'est déjà assez le bordel, ça peut attendre qu'on ait un peu de répit. Sérieusement, je suis ton lien depuis des années si l'on en croit les Cavaliers de l'Apocalypse. Ta marque n'a fait que rendre les choses officielles.

Je ne comprenais toujours pas la chance que j'avais d'avoir une meilleure amie comme elle. Aussi folle qu'elle fût, elle n'en demeurait pas moins le roc dont j'avais besoin quand le monde partait en couille. Une larme se forma dans mon œil gauche et je l'essuyai avant qu'elle ne coule.

— M'en veux-tu de t'avoir marquée ? demandai-je doucement, de plus en plus consciente du bruit de l'eau gouttant du robinet et des trois cœurs qui battaient emplissant tout l'espace.

— Putain, non ! Pourquoi penses-tu cela ?

Elle n'eut même pas à réfléchir à sa réponse.

— Car je sais ce que tu penses des marques en général, et je ne voudrais pas que tu croies que tu m'appartiens ou une quelconque connerie du genre. Je ne suis pas ce genre de démone, expliquai-je en déglutissant. Je ne voulais pas... Je voulais juste te sauver.

Moira lâcha mes cheveux et fit le tour pour s'asseoir sur le côté de la baignoire.

— Tu n'as pas à t'excuser pour cela, Ruby, dit-elle en désignant ses yeux. Je sais le genre de démone que tu es, et que tu ne m'as pas marquée simplement à cause d'une sorte de complexe tordu de possessivité. Tu m'as sauvé la vie, et je vois surtout que je serais beaucoup plus en sécurité en Enfer en portant ta marque. Personne ne cherche de noises à un démon marqué du pentagramme du diable. Les gens y repenseront à deux fois avant de tenter quoi que ce soit.

Je tendis le bras pour saisir sa main et la serrai doucement. Elle prit ma main entre les siennes en retour.

— Les Cavaliers de l'Apocalypse sont également

furieux parce qu'ils étaient censés être tes compagnons. J'aime l'idée qu'être ta compagne signifie qu'ils ne peuvent pas t'enlever à moi. À présent, tout le monde sait ce qu'il en est, eux y compris.

Je gloussai entre mes dents. Bien sûr qu'elle pensait cela.

— Nous sommes indissociables, acquiesçai-je.

— Ouaip. Toi, moi et le panda glauque, ricana Moira.

Bandit grogna, puis serra un peu plus sa queue autour de moi.

— Raton laveur, la repris-je.

— Il mangeait vraiment des trucs glauques avant que tu ne l'adoptes. Tu ne peux pas nier qu'il n'est qu'un chat moins apprivoisé. Il mangeait des trucs glauques...

On frappa à nouveau à la porte qui s'entrouvrit.

— Tout se passe bien ici, chérie ? demanda Rysten.

— Nous sortons dans un instant, répondis-je.

Moira leva les yeux au ciel quand la porte claqua.

— Comment était-ce la rue Bourbon avec lui ?

— Difficile de s'amuser quand tu es chaperonnée par quelqu'un qui n'a aucune envie d'être avec toi, grogna-t-elle. Je te jure, il a passé son temps à faire la gueule parce que tu étais rentrée ici et qu'il ne voulait pas être de « corvée Moira ». C'est quoi son putain de problème ?

— Eh bien, je suis désolée que tu n'aies pas tiré ton coup, gloussai-je, pas vraiment désolée en fait.

J'étais persuadée que les démons feraient la queue à sa porte quand nous serions en Enfer, où j'espérais qu'elle serait plus en sécurité.

— En parlant de tirer son coup, commença-t-elle en haussant un sourcil. C'est quoi le problème ? J'ai bien vu qu'il y avait quelques *litiges*, tout à l'heure. C'est à cause de cette histoire de marques ? Qu'est-ce qu'il se passe ?

Oh la vache.

Je n'étais pas certaine de désirer avoir cette discussion, mais le temps passant je n'avais plus vraiment le choix. Je relevai la tête, m'écartant de Bandit, puis me penchai en avant pour sortir de la baignoire. L'air chaud attisa ma peau et me donna le vertige.

— C'est compliqué. Je les désire. Tous autant qu'ils sont, mais nous avons quelques problèmes à régler. Je refuse qu'ils prennent les décisions pour moi.

C'était un doux euphémisme. Nous avions quelques gros différents à régler, pourtant je n'étais pas certaine de vouloir en parler pendant le peu de temps qu'il me restait à passer avec Moira. Je lâchai sa main pour m'extirper de la baignoire et mes orteils s'enfoncèrent dans l'épais tapis de sol blanc.

— On aurait pu éviter ma dispute avec Allistair en me réveillant, s'ils m'avaient expliqué « hé, il faut que tu te nourrisses » plutôt que de me mettre K.O.

avant de m'enfermer dans cette pièce avec lui. Ce n'était vraiment pas sympa, et même si je me sens mieux, ça n'excuse rien, c'était vraiment un sale coup.

Je me penchai pour saisir une serviette blanche et moelleuse pour me sécher.

— Je ne sais pas si tu t'en rends compte, mais pour nous tu n'es pas très cohérente. Il faut que tu t'en souviennes, et c'est moi qui te le dis. Tu sais que je botterais les fesses de n'importe qui si je pensais qu'ils ne se comportaient pas correctement, mais en l'occurrence, tu as provoqué un début d'incendie dans le salon. Un incendie que personne d'autre que toi ne pouvait maîtriser.

Elle s'interrompit et serra les mâchoires en arborant un sourire en demie teinte.

— Je n'ai pas trouvé très intelligent tout ce qu'Allistair a fait. Je leur ai dit que ça risquait de te mettre encore plus en colère, mais en même temps je comprends pourquoi ils l'ont fait... le plus important, c'est que je veux m'assurer que c'est bien ce que tu désires parce que tu as déjà choisi ce connard de Guerre, et le beau gosse, Famine. Peste ronge son frein en attendant d'être le prochain. Alors, si ce n'est pas ce que tu veux...

Elle laissa la fin de sa phrase en suspens, mais nous savions toutes les deux ce qu'elle voulait dire. On ne peut pas enlever les marques.

Si seulement quelqu'un l'avait expliqué à la bête avant qu'elle ne commence.

Je secouai la tête puis me tournai vers le comptoir blanc opaque où m'attendaient mon pantalon de yoga et mon débardeur préférés. Dans l'Orégon il faisait trop froid pour porter des vêtements sans manches à cette période de l'année, mais à La Nouvelle-Orléans, dans la chaleur moite de la Louisiane, le temps restait chaud et humide durant toute l'année.

Je m'habillai lentement, prenant tout mon temps tout en essayant de rassembler mes pensées. Tout recommençait à s'embrouiller et je ne me donnais pas plus d'une heure avant d'être en plein délire.

— Ma vie changeait déjà trop vite à mon goût et maintenant je commence la transition qui va me rendre immortelle avec deux partenaires, mais la bête en veut plus, dis-je en me tordant les mains. Ce n'est pas à cause du sexe que je suis ici, mais à cause de mon manque de contrôle en les marquant. Je ne voulais pas apposer ma marque sur Laran, et je n'avais jamais envisagé de marquer Allistair. C'est la bête qui est responsable de toutes ces conneries, et aujourd'hui ils sont tous les deux mes partenaires même si nous n'avons pas consommé. Elle les veut tous et je n'ai aucun moyen de m'empêcher de les lier à moi de toutes les manières possibles.

Je m'interrompis, ayant l'impression de toucher le fond du problème.

— Mais si ce n'était pas ce qu'ils veulent ? Je *veux* dire... Je sais que Rysten le souhaite, mais Julian ? Il a été très clair sur le fait qu'il ne veut pas aller plus loin, même s'il est plus vert que toi. Il devrait avoir le droit de choisir, tout comme Allistair et Laran auraient dû l'avoir... pourtant je crains que s'ils ne veulent pas de moi, la bête ne laissera aucun d'entre eux choisir quelqu'un d'autre...

Je soupirai bruyamment en voûtant les épaules. Je les appréciais. Tous les quatre. Vraiment. Cependant, éprouverai-je la même chose dans une centaine d'années ? Et dans mille ans ? Il fallait déjà que je m'inquiète pour Laran et Allistair. Discuter avec eux serait beaucoup moins facile qu'avec Moira. En discuter avec les quatre ? Rien qu'à y penser, j'en avais le tournis.

Je m'appuyai contre le comptoir pour me frotter les tempes. J'imagine que c'est ce que signifie avoir des problèmes de démon et d'engagement, mais à quoi pouvait-on s'attendre de la part de quelqu'un qui ne pouvait pas sucer un gars sans qu'il devienne fou ?

— D'accord, pour commencer Julian mène une bataille perdue d'avance. Nous le savons tous. Bordel, même le panda glauque le sait...

Elle s'interrompit en fronçant les sourcils lorsque Bandit émit un gazouillis ressemblant à... un rire. Comme s'il gloussait.

— J'veux dire, il s'en remettra. Ensuite, tu les as rencontrés tous les quatre ? Nous parlons bien des mêmes Cavaliers de l'Apocalypse ? demanda Moira en croisant les bras sur sa poitrine.

Je fronçai les sourcils, me demandant où elle voulait en venir.

— Parce que tous les quatre sont complètement dingues de toi depuis le premier jour où ils sont apparus.

— Ça ne signifie pas qu'ils veulent passer toute leur vie avec moi, Moira.

Bandit avança et tira sur mon pantalon pour que je le porte.

— Ni même que je désire passer l'éternité avec eux, ajoutai-je en le prenant dans mes bras.

— Tu passes tout ton temps avec eux, que tu les baises ou non, fit-elle remarquer en tapotant du pied avec impatience.

— Oui, et je préférerais que la bête n'essaie pas d'arracher les couilles de qui que ce soit parce qu'ils ont décidé qu'ils ne veulent plus être avec moi, ou même se mettre avec moi, répondis-je sèchement avec impatience.

Son agacement devant mes hésitations commençait à me gagner.

— Mais si tu ne peux pas l'arrêter, eh bien, ça se produira d'une façon ou d'une autre, reprit-elle en haussant les sourcils et en serrant les lèvres pour faire valoir son point de vue. Leur as-tu seulement demandé ce qu'ils en pensent plutôt que de le deviner ? Je veux dire, putain, Ruby, toute leur existence tourne autour de toi. À leurs yeux, tu es capable de décrocher la lune, bébé.

— N'avons-nous pas déjà eu cette conversation au sujet du fait de se précipiter sans réfléchir ? demandai-je en gémissant presque.

Bandit resserra son étreinte et me caressa la joue d'une patte, et Moira leva les yeux au ciel.

— Oui, c'est vrai. Et nous en sommes arrivées à la conclusion que tu es la putain de Reine de l'Enfer, que ça te plaise ou non. Ça ne change rien, Ruby, dit-elle en avançant droit sur moi avant de me saisir le menton pour me ramener à son niveau.

— Il y a quatre gars super canon sur lesquels ta bête a jeté son dévolu, et rester assise là dans le déni n'y changera rien, ajouta-t-elle d'une voix apaisante. Alors, tu peux soit te comporter comme la démone que tu es, comme tu l'as toujours fait, ou bien rester assise ici à faire la gueule et à boire du scotch. Que choisis-tu ?

Je serrai les mâchoires et jetai un coup d'œil à la bouteille vide.

J'en étais consciente. Je le savais bien avant que nous ne commencions à parler de ce que je devais faire. Seulement, je refusais de l'admettre.

Mais les faits étaient là : je devais m'en tenir au programme ou un de ces problèmes me dépasserait. Il était hors de question que je laisse cela se produire.

J'étais Ruby Morningstar, merde !

J'avais découvert que j'étais la fille de Lucifer et avais survécu à plusieurs tentatives d'assassinat. J'avais souffert dans ma vie, mais j'en étais sortie plus forte. J'avais appris que je possédais plus de dons que je ne le croyais possible, et aujourd'hui… j'allais effectuer ma transition comme une putain de pro.

Du moins, je l'espérais, car ce n'était pas comme s'il existait un manuel pour ce boulot.

Et j'arrivais à court d'options.

5

L e soleil se levait à l'horizon lorsque je pénétrais dans le salon. Seule une baie vitrée en verre renforcé me séparait des merveilles et des dangers de La Nouvelle-Orléans. Quelque part dehors se trouvaient les portes de l'Enfer. Pourtant en ce moment j'avais d'autres soucis en la personne de quatre dangereux démons terriblement séduisants, qui m'attendaient tous.

— Tu as l'air d'aller mieux, lança Allistair du fond de la pièce avec un petit rictus.

Il était assis torse nu, montrant à tous la marque bleue sur son ventre, le bras allongé sur le dossier en cuir du canapé où une place m'attendait, entre lui et Rysten.

Maudit soit-il. Il ne valait pas mieux que Laran. Tous les deux tiraient beaucoup trop de plaisir de cette situation et pour les mauvaises raisons. D'un côté, cela me donnait envie de les étrangler, mais de l'autre... peut-être que Julian aurait besoin d'un petit coup de pouce pour l'aider à régler ces conneries...

— Ça va, merci de t'en soucier, dis-je en lui rendant son rictus avant de croiser les bras.

Au lieu de m'installer à la place qui m'attendait entre eux deux, ou à celle près de Laran, je bifurquai vers le fauteuil. Bandit sauta sur le dossier et se plaça de façon à pouvoir à la fois les observer et être caressé.

— Nous devons parler de ta transition, dit Julian en se détournant du spectacle de la ville. Ou plus exactement, comment tu aimerais l'aborder.

Il avait les deux bras croisés dans le dos. Il portait un pantalon sombre et une chemise cintrée à manches longues malgré la chaleur de La Nouvelle-Orléans... en même temps, peut-être étais-je la seule à ressentir la chaleur, vu que le climatiseur était à fond. Sa mâchoire se crispa en attendant ma réponse. Un modèle de maîtrise.

— Euh... dis-je d'une voix traînante. Je ne sais pas. Étant donné que personne n'a jamais pensé que j'effectuerai ma transition, je n'ai pas vraiment écouté ce que disaient les responsables de l'orphelinat...

Je m'interrompis en apercevant le regard qu'il échangea avec Rysten. Allistair poussa un profond soupir, et même Laran semblait un peu gêné.

— Tu n'as aucune idée de ce que la transition implique ? demanda lentement Julian.

Je secouai la tête.

— Pas vraiment. Théoriquement, je sais que je pourrais acquérir certains pouvoirs plutôt sympas et que je ne vieillirai plus, mais pour ce qui est du comment... dis-je en haussant les épaules. Comme je vous l'ai dit, je n'ai jamais pensé que cela m'arriverait.

Un soupir de consternation sembla alourdir la pièce. De toute évidence, les Cavaliers de l'Apocalypse s'attendaient à plus. Attendaient plus de moi. Ce n'était pas comme si j'avais signé pour ce boulot, quand même. Je n'en avais jamais entendu parler avant qu'ils n'apparaissent à ma porte pour m'annoncer la nouvelle. Le silence gêné me rendait nerveuse et je détournai le regard tandis que Moira s'installait sur l'autre accoudoir de mon fauteuil et enroulait son bras autour de moi. Elle sentait légèrement la sueur et l'alcool. Génial.

— Ce serait peut-être plus simple, chérie, si nous commencions par tes questions et que nous continuions après, suggéra Rysten.

Ses lèvres arborèrent un sourire encourageant.

— Eh bien... commençai-je avant que Moira ne m'interrompe.

— Commençons par tes quatre clodos.

Venait-elle vraiment de les traiter de clodos ? Ouaip. Oui, elle l'avait fait.

— Sa bête vous veut, tous les quatre. Cela pose-t-il un problème ? Parce qu'elle est vraiment perturbée par le fait de ne laisser le choix à personne...

— Ça suffit, Moira, la coupai-je.

Je la fixai sévèrement, mais elle haussa ses frêles épaules.

— Je suis fatiguée. Putain ! Il est six heures du matin et nous tenons une conférence. Il faut que quelqu'un brise la glace.

Et apparemment, tu t'es auto-proclamée pour le faire.

J'avais l'impression d'être devenue bleue des pieds à la tête de la manière dont ils m'observaient tous les quatre. Je posai mes mains sur mes genoux et me tournai les pouces. Derrière moi, Moira émit un grognement.

— C'est vraiment ce qu'elle pense ?

Ces mots s'immiscèrent dans mon esprit. Tout à coup, sans crier gare.

D'où cela venait-il ?

Je fronçai les sourcils.

— Je l'aurais marquée il y a une heure de cela, si elle s'inquiétait tant de ce que je ressentais.

D'accord. Je *savais* que cela ne venait pas de moi. Il se passait quelque chose d'étrange.

— Ruby, chérie, tu as conscience que les harems sont plutôt une pratique répandue en Enfer, n'est-ce pas ? demanda Rysten, le premier à briser le silence à première vue.

— Oui, répondis-je. Mais vous, les gars, vous n'êtes pas des démons quelconques, et il n'est pas déraisonnable de penser que chacun d'entre vous pourrait souhaiter son propre harem un jour...

Je m'interrompis, me sentant gênée par le regard que Laran me lançait.

— *Elle ne se voit vraiment pas comme nous nous la voyons.*

Je levai légèrement la tête pour essayer de deviner d'où venait la voix, mais personne ne parlait. Ça devenait un peu embarrassant...

— Être choisi par la bête est un des plus grands honneurs qui puissent nous être faits... répondit gentiment Rysten.

— Je n'en ai rien à faire de l'honneur, Rysten. Je veux savoir ce que vous désirez. Chacun d'entre vous.

Je déglutis en les fixant l'un après l'autre. Julian : stoïque. Rysten : pensif. Allistair : séduisant et aguicheur. Laran : intense, comme à son habitude. Il était assis torse nu, montrant les deux pentagrammes déjà marqués sur ses épaules.

— Je suis désolé de vous avoir marqués, tous les deux... lançai-je en le regardant, puis Allistair... sans en avoir parlé d'abord. Je n'aurais jamais...

Laran se leva. Son jean taille basse provoquait en moi des idées coquines, mais c'était son regard insistant alors qu'il traversait le salon, qui me subjuguait. Il vint s'agenouiller devant moi et posa ses grosses mains sur les miennes. Bandit s'avança et se frotta contre Laran en ronronnant.

— Ne t'excuse jamais de m'avoir marqué. Je ne voudrais pas qu'il en fût autrement. Tu es ma partenaire, Ruby Morningstar. Aujourd'hui et à jamais.

À la sincérité de sa voix, je ressentis un afflux sanguin. Un lent martèlement régulier se mit à frapper mes tempes, mon cœur, mon corps. Un battement puissant. Une *chaleur.*

— *Tu n'en fais pas un peu trop là, Guerre ?* murmura une autre voix sans aucune cérémonie.

Laran serra les dents, oh, très légèrement, mais il le fit. Pouvait-il également entendre cette voix ?

— Ruby, tu dois comprendre qu'il ne nous revient pas, ni à personne d'autre, de te marquer en premier. Et pareillement, personne d'autre que toi ne pourrait nous marquer. Les choses fonctionnent ainsi dans notre monde, intervint Allistair en observant négligemment la scène entre Laran et moi.

Pourtant, ses sentiments paraissaient différents. Sans être jaloux, il n'en restait pas moins... possessif. Mais pas d'une manière aussi sombre ou dangereuse que ce que je ressentais avec Julian, cependant j'avais la nette impression qu'il avait envie de faire de très vilaines choses avec moi en ce moment précis. C'était peut-être mieux qu'il ne soit pas à genoux pour m'exprimer sa dévotion sans faille, comme Laran.

— Tu es la fille de Lucifer. Si nous te choisissions avant que toi et la bête ne nous choisissiez... ce serait au mieux présomptueux, au pire, très insultant. Réfléchis à ce que la bête ferait si un autre mâle devait te choisir aujourd'hui. Le permettrait-elle ? demanda-t-il, même s'il avait déjà la réponse.

Quelqu'un d'autre qu'eux ? Non. Ni elle ni moi ne l'accepterions. Je secouai la tête.

— Précisément, soupira-t-il. Nous ne t'avons pas réclamée, car nous attendons d'être choisis, et pas parce que nous désirons notre propre harem. Et je pense parler en notre nom à tous lorsque je dis cela.

Je remarquai le coup d'œil sournois qu'Allistair jeta à Julian qui dissimulait ses véritables émotions sous un masque impassible.

— Tu sais déjà ce que j'éprouve pour toi, chérie. Si ça n'avait pas été ta première nourriture, j'aurais volontiers pris la place d'Allistair, ajouta Rysten.

La douce chaleur se propageait en moi. La bête appréciait leur dévotion, mais elle était encore un peu agacée par le manque de réaction de Julian. Pour elle, il refusait qu'elle soit sa partenaire dominante alors qu'elle l'avait choisi. J'aurais voulu pouvoir me dégager de toute responsabilité, mais ce n'était pas vraiment possible lorsque deux êtres occupaient le même corps.

— Son premier nourrissage ? l'interrompit Moira en me tirant en arrière pour m'éloigner de la dangereuse proximité qu'il avait mise entre nous sans que je m'en aperçoive.

La bête essayait encore de me leurrer pour pouvoir à nouveau prendre les devants.

— La première fois qu'une succube ou qu'un incube se nourrit, nous avons besoin de plus de kama, expliqua Allistair. Notre espèce en produit plus que les autres démons, et les démons quant à eux, en produisent plus que les humains. La première fois, Ruby aurait pu se nourrir de l'un d'entre eux, cependant ils auraient été sévèrement diminués.

Il haussa un sourcil en me regardant et je serrai les lèvres. Était-ce de l'admiration que je lisais sur son visage ? Ou de la fierté ?

— *Ou ils seraient morts. Vu la force avec laquelle elle se nourrissait, elle aurait probablement tué l'un d'entre eux, mais putain, quelle merveilleuse manière de mourir. Sa bouche autour de mon sexe était...*

Deux doigts me saisirent le menton pour guider mon visage. Je tournai la tête et croisai le regard insistant de Laran.

— Nous avons été créés pour être tes équivalents, ce qui, pour nous, signifie qu'aucune autre femme ne peut être à nous. Même si tu ne nous choisissais pas, nous ne pourrions jamais avoir nos propres harems. C'est ainsi que nous avons été faits, dit-il sur un ton on ne peut plus sérieux.

Voilà comment était Guerre. Un homme de peu de

mots, mais qu'il choisissait pour leur profondeur. Du moins, c'est ainsi que je le percevais.

— Mais ça ne signifie pas que vous *deviez* choisir cela... ou que vous le désiriez tous, conclus-je en tournant les yeux vers le seul qui n'avait pas encore parlé.

Celui que je ne réussissais pas à déchiffrer. Le nœud du problème.

— C'est ce que tu veux ?

Julian me fixa. Ses yeux étaient les plus beaux que je n'avais jamais vus. Ils avaient une teinte d'un vert si profond et vif que même en essayant pendant une centaine d'années, je ne parviendrais jamais à en reproduire la couleur. Pourtant, malgré leur splendeur, ils n'en étaient pas moins incroyablement froids. Comme la mort...

— Je veux assurer ta sécurité, répondit Julian d'une voix neutre.

— Ce n'est pas ce que j'ai demandé.

Ses paroles m'allèrent droit au cœur, mais je refusai de le laisser paraître. Ils se donnaient corps et âmes à moi, de leur plein gré. Je n'exigerais jamais cela d'eux. De lui. Que la bête aille au diable. Jamais je ne l'enchaînerais à moi si ce n'était pas ce qu'il désirait.

Même si les trois autres le voulaient. Même si cela devait engendrer des problèmes pour les années à venir.

Pour les siècles à venir. Malgré cela, je ne m'y résoudrais pas.

— C'est un satané imbécile...

— Ne peut-il pas se sortir la tête du cul pendant deux minutes...

— Il ne trompe perso...

Je m'écartai d'un coup, retirant mon menton de la poigne de Laran pour secouer la tête.

Que se passait-il ? Leurs lèvres ne bougeaient pas. Personne ne parlait. Étais-je en train de devenir folle ? Est-ce que j'entendais des voix ?

— Ruby, bébé... commença Moira en se laissant glisser de l'accoudoir du fauteuil.

En ne sentant plus sa présence contre moi, la panique m'envahit. Je n'avais pas réalisé à quel point elle me permettait de tenir. Comme son calme malgré sa fatigue apaisait la chaleur en moi. D'un geste plus rapide que l'éclair, je croisai mes doigts et les siens pour la mettre à genoux devant moi d'un simple mouvement du poignet.

Elle heurta le sol aussi gracieusement que possible, poussant Laran au passage.

— Qu'y a-t-il ? Parle-moi, Rubes, murmura Moira en levant sa frêle main verte vers ma joue.

Elle ne m'avait pas appelée ainsi depuis des années, et là, ça faisait trois fois dans la même journée ?

Des braises s'allumèrent en moi. Elles parcoururent mes veines, s'embrasant à mesure qu'elles m'envahissaient, et encore une fois je me retrouvai impuissante. Incapable de lutter contre la force qui me submergeait.

Jusqu'à présent, chacun des dons que j'avais développés se révélait mortel.

Les Flammes de l'Enfer.

L'anéantissement d'âmes.

Le nourrissage.

Et quoi ensuite ? Quel autre tourment le sort me réservait-il pour me tester ?

Combien de temps pourrai-je encore le supporter avant de craquer ?

Quelle chaleur pouvais-je endurer avant de risquer d'incendier le monde ?

Je ne le savais pas vraiment, mais la fièvre étouffante qui se réveillait en moi ne me laissait que peu d'espoir.

— Tellement... chaud... lâchai-je dans un souffle en tremblant.

La pièce me semblait presque... embrumée ? Comme lorsque l'on regarde au loin un jour d'immense chaleur, quand tout semble se fondre ensemble quand le soleil brûle la terre.

Mais nous nous trouvions à l'intérieur. Et nous étions en décembre.

Ce qui signifiait que...

— Tu m'entends, Ruby ? me demanda Moira d'une voix rongée par l'inquiétude.

Je ne sais comment ni quand, mais soudain tout le

monde était autour de moi. Allistair à ma gauche, Rysten à ma droite, Laran à genoux près de Moira, et Julian se tenait en face de moi analysant la situation d'un regard clinique.

— La transition s'accélère, murmura-t-il.

— *Devons-nous la déplacer ?*

Que se passe-t-il ?

— *Elle est en train de chauffer la pièce, Julian...*

D'où viennent ces voix ?

— *Quelque chose se prépare...*

Qu'est-ce qu'il se prépare ? Pourquoi personne ne me répond-il ?

— *Elle commence à perdre pied...*

Je serrai mes mains sur mes oreilles et poussai un cri étouffé.

— *Que fait-elle ?*

Ne peuvent-ils pas m'entendre ?

— *Vous pensez que c'est...*

— Arrêtez ! hurlai-je.

Une vague d'énergie traversa la pièce et le verre trembla. Le bout de mes doigts s'enflamma, là où je tenais la main de Moira, mais elle tint bon alors que les flammes remontaient le long de mes bras nus.

— Rubes, j'ai besoin que tu me parles... dit Moira avant de s'interrompre lorsque je levai la tête et l'attirai contre moi.

J'agissais sans réfléchir et fis la seule chose que je pensais sensée à ce moment précis.

Je l'embrassai.

Je n'avais jamais rien ressenti de sexuel pour Moira, et cela ne changeait pas. Pourtant un désir ardent et soudain de l'embrasser m'envahit, si obsédant que je ne pouvais y résister. Je ne comprenais pas ce qu'il m'arrivait. Pour cette force en moi tentait-elle de sortir de moi et de s'infiltrer en tout. En elle.

Ses lèvres restèrent irrémédiablement serrées et je m'écartai.

C'est quoi ce…

Elle choisit bien sûr ce moment pour hurler… et je ne parlais pas du cri normal des banshees. Ce hurlement résonnait d'une douleur vive et totale.

Les fondations mêmes de l'immeuble se mirent à trembler.

— Moira, hurlai-je en me précipitant vers elle.

Je ne comprenais pas ce qu'il m'avait pris d'agir de la sorte, mais dès que nos peaux se touchèrent le cri s'arrêta instantanément, comme si on lui avait coupé les cordes vocales.

Elle s'effondra sur elle-même, ses longs cheveux vert foncé étalés sur mes genoux. Je passai ma main sur sa tête et mes doigts rencontrèrent quelque chose de chaud.

— Mais qu'est-ce que… commençai-je en lui tournant la tête.

Deux minuscules cornes ardentes sortaient de son crâne, des torsades noires et bleues se mélangeaient et se solidifiaient instantanément, comme si des flammes avaient gelé sous cette forme. Elles ne devaient pas faire plus de cinq centimètres, mais elles étaient aussi dures qu'un roc et extrêmement tranchantes.

— Des cornes, murmura Rysten.

— Et des ailes, ajouta sèchement Allistair.

Je tournai les yeux vers l'énorme paire d'ailes bleues flamboyantes affaissées comme la femme dont elles sortaient du dos. Des veines couleur cobalt et indigo teintaient les filaments de feu. Des parties de flammes sombres s'agitaient entre elles, semblant changer et tournoyer tout en conservant leur forme.

Mais ses ailes... elles ne se solidifiaient pas.

Elles brûlaient.

Je tendis les mains pour caresser les filaments ardents, mais ne sentis aucune chaleur.

— Comment est-ce possible ? murmurai-je en luttant pour reprendre le contrôle de la situation.

Moira avait des ailes... et des cornes... même si ces dernières n'étaient pas vraiment surprenantes. J'avais toujours su qu'elle en avait, mais aujourd'hui le monde entier pouvait le constater.

— Difficile à dire, murmura Allistair. Mais si je devais émettre une suggestion, il se pourrait que tu aies hérité de plus de dons de Lola que nous ne le pensions au départ. Ta mère avait la capacité d'imprégner de la magie aux objets.

— Imprégner de magie ? répétai-je tout en essayant de contrôler les frissons qui parcouraient ma colonne vertébrale et le regard froid de la bête. Cette salope savait ce qui allait arriver à Moira. Elle le savait, mais elle s'en fichait éperdument.

Au contraire, elle attendait, boudant dans un coin de mon esprit, jusqu'à ce que la pression devienne trop importante. Elle avait permis à l'énergie qui était tapie en moi de se déverser soudainement dans toute sa violence, sachant pertinemment comment je réagirais parce qu'elle savait mieux que quiconque. Même mieux que moi.

Je voulais la détester, pourtant haïr l'entité qui vivait en moi n'aiderait personne. Nous étions indissociables. Même lorsqu'elle les marquait tous pour satisfaire ses désirs égoïstes. Connasse.

— Imprégner signifie utiliser ses propres pouvoirs pour modifier quelque chose, ou dans ton cas, quelqu'un. Lola avait l'habitude de créer des armes dotées de fonctions que je n'avais jamais vues. Tu as précipité Moira dans sa transition en l'espace de quelques secondes. Désormais, elle ne sera plus seulement une demi-démone...

Je passai ma main sur le front de Moira, la voix d'Allistair étant loin d'expliquer ce que nous voyions.

— Est-ce vraiment ce que je crois que c'est ?

Je ne voulais pas demander, mais il le fallait. J'étais

terrifiée par l'idée que j'avais, car je n'avais entendu parler d'une telle marque qu'une seule fois.

— Le casque à cornes ne ment jamais, répondit Julian.

Un casque à cornes et deux ailes noires.

Une marque. Moira arborait une marque.

Et pas n'importe quelle marque.

— Elle est une légion, lâcha Rysten incrédule. Tu me fais marcher.

Tout à coup, l'autosatisfaction de la bête prenait tout son sens. Nous ne l'avions pas seulement dotée de cornes et d'ailes de feu, nous l'avions rendue presque intouchable, car une légion portait la marque de Cain.

Encore une chose que les humains avaient déformée au fil du temps. J'imagine que c'était chose courante lorsque des êtres immortels venaient sur une planète mortelle pour la conquérir. Ève avait été envoyée ici en punition par sa sœur, Lilith et son amant, le grand Lucifer. Elle s'était retournée contre eux pendant la guerre entre immortels à l'aube des temps. Les pourquoi et les comment n'avaient jamais été très clairement identifiés, en partie parce que Ève avait commencé à perdre l'esprit une fois sur terre. Elle baisait avec tout ce qui bougeait, causant parfois la mort des hommes pendant l'acte. Malgré tout cela, elle n'avait porté que trois fils. Seth, qui avait disparu pour ne jamais réapparaître. Abel, qui mourut, et Cain qui le tua.

La Bible omet de mentionner qu'Ève le lui avait ordonné. Elle avait prétendu avoir eu la vision d'un casque à cornes et d'ailes noires, et si un de ses enfants lui offrait un digne sacrifice, il se verrait doté de cette marque.

Cain fut le seul à l'écouter et à essayer.

Depuis lors, cette marque n'était apparue que rarement dans l'histoire. C'était légendaire, car c'était vrai. Cain avait massacré beaucoup de démons. Après avoir ensemencé autant de femmes que possible, il s'aventura en Enfer. Il fut le seul et unique Seelie à oser le faire. Il n'en est jamais revenu.

La marque de Cain n'apparaissait qu'en de rares et exceptionnelles occasions sur ceux qui étaient disposés à réellement tout faire pour atteindre un but. Un objectif. Cain était le seul Fae à la porter, mais des rumeurs font état d'enfants marqués par la magie du sang ou des runes afin de découvrir si elle tenait ou non. Si elle pouvait être recréée. La légende prétendait que quiconque portait cette marque pouvait rendre la douleur au septuple.

Je ne savais pas si cela était vrai.

Par contre, ce que je savais, c'était qu'au bout du compte, ma meilleure amie et partenaire devenait carrément plus difficile à éliminer.

Malheureusement, j'étais celle qui le lui avait infligé, car, quels que soient les pouvoirs qui dormaient en moi, ils devenaient totalement incontrôlables. À en juger par l'expression attristée des Cavaliers de l'Apocalypse, ils en étaient arrivés à la même conclusion.

— C'était un accident.

J'avais tendance à prononcer souvent cette phrase ces derniers jours. Malgré la présence des Quatre Cavaliers de l'Apocalypse, de Bandit et de Moira à mes côtés... je ne semblais pas parvenir à éviter les ennuis. Ou à incendier des trucs.

Le rictus suffisant de la bête me faisait deviner que ce n'était pas près de s'arrêter.

Au contraire, elle venait de commencer.

6

Je demandai à voir Moira pour la centième fois.

Et pour la centième fois, ils me répondaient par la négative.

— Elle va bien, chérie. Laisse-la dormir pour digérer, dit Rysten.

Je répondis par un grognement, m'adossant au lien en ignorant le mur d'instruments qui me tentaient depuis ces douze dernières heures. Peu après que Moira se fut effondrée, ils me ramenèrent dans ma pièce sécurisée, malgré toutes mes protestations. À la fin, Julian ordonna à Guerre de m'emmener que cela me plaise ou non.

Laran me bascula sur son épaule et me balança sur le lit, et lui et Rysten me surveillaient depuis.

Ils ne se rendaient pas compte que la bête leur en voulait pour cela.

Et qu'elle était dangereusement proche de la surface.

Julian avait réveillé notre colère, et très bientôt il allait en payer les conséquences.

— *Attention, Peste. Elle t'a presque convaincu cette fois-ci.*

Vraiment ? Je ne m'en étais pas aperçu ?

Coincée ici avec eux, il ne me fallut pas longtemps pour comprendre que les voix que j'entendais n'étaient en fait pas du tout des voix, mais des pensées. Leurs pensées.

— *Elle devient plus forte. Cette satanée pièce est plus chaude que la quatrième providence.*

Alors donc, ce n'était pas que moi. Très bien, s'ils voulaient se comporter comme des connards et m'enfermer ici, au moins ils transpiraient également.

— *Elle a du feu dans les veines. Je n'en attendais pas moins.*

Comment la voix intérieure de Guerre pouvait-elle me faire frissonner ? Je commençai à rougir et tournai la tête, mais pas assez rapidement.

— Quelque chose ne va pas, chérie ? demanda Rysten.

Il resta près de la porte, essayant de son mieux de paraître à l'aise et non comme un geôlier. Mais en vain.

— Euh... eh bien... tu vois...

Rysten haussa les sourcils, un léger sourire sur les

lèvres. Il n'en reste pas moins, que je ne m'expliquai pas pourquoi je dis ce qui suivit.

— Il faut que j'aille faire caca.

Je ne pouvais croire ce que je venais juste de dire.

À l'instant même où j'allais retirer ce que je venais de dire, ma bête déferla sans toutefois essayer de prendre le contrôle, mais me désarçonnant suffisamment longtemps pour que je remarque lorsque je levai les yeux, le rouge sur les joues de Rysten.

— Oh... je vois...

Il s'interrompit cherchant du regard l'aide de Laran.

Guerre était assis dans le fauteuil de l'autre côté de la pièce, car il essayait de garder ses mains loin de moi. Apparemment, je sentais bon.

— *Dois-je la laisser se rendre aux toilettes ?* demanda silencieusement Rysten.

— *Si elle doit faire caca, eh bien, elle doit faire caca,* répondit Laran en haussant les épaules.

— *Peut-être devrais-je demander à Julian...*

Vraiment ? Maintenant, ça m'énervait vraiment. Il ne savait pas que je n'avais pas réellement besoin d'aller aux toilettes, mais il allait demander la permission à Julian ?

Je me penchai en me tenant le ventre. La bête guidait mes gestes plus que je ne voulais l'admettre.

— Il faut vraiment que j'y aille, Rysten, grognai-je

tandis qu'il hésitait. À moins que tu ne veuilles que je fasse par terre...

Rysten recula dans l'ombre et disparut. L'instant d'après la porte s'entrouvrit et il me fit signe d'avancer.

— Entre nous, chérie, c'est dégueulasse. La prochaine fois, contente-toi de dire que tu as besoin d'aller aux toilettes.

N'était-ce pas ce que j'avais dit pour commencer ? Autant profiter de l'occasion...

Dès que je traversai la pièce, je sentis que quelque chose se tramait, mais je ne sus ce que c'était qu'une fois la porte de la salle de bain fermée.

— Je suis juste derrière la porte si tu as besoin de moi, lança Rysten.

Je répondis par un grognement sonore en posant mes mains sur le lavabo.

Un frisson me secoua.

Qu'est-ce que c'était ?

Je m'immobilisai en posant une main sur ma poitrine. Rien.

Je soupirai bruyamment et m'avançai pour utiliser les toilettes.

Immédiatement, mon estomac se contracta tandis qu'un autre frisson me traversait. Je lâchai un cri en m'appuyant sur le comptoir pour me retenir.

Je n'avais jamais souffert de violentes crampes. Même mes règles étaient bénignes comparées à celles de Moira. Pourtant, aujourd'hui c'était autre chose. Je n'avais jamais ressenti une telle douleur aux tripes, comme si tous mes muscles étaient sur le point de se déchirer.

Je pris quelques inspirations, mais le répit ne fut que de courte durée. Une sensation déchirante m'éventra, partant du haut de mes cuisses jusqu'à la marque sur ma poitrine. Me provoquant une douleur lancinante teintée de plaisir en traversant mon sternum.

Le pentagramme se mit à battre. Une fois. Deux fois. Comme un raz-de-marée, il rassemblait ses forces, grossissant en moi et se nourrissant de mon essence même.

Laran avait dit que j'avais du sang dans les veines, et il n'avait pas tort.

Ces mêmes veines s'éclairaient sous ma peau, me baignant d'une étrange lueur bleu pâle dans la pénombre de la salle de bain. Ma marque cognait plus fort sous mon tee-shirt et ses contours traversaient le fin débardeur en coton. Du bout des doigts, je caressai le tissu à l'endroit où il touchait ma peau, et la marque devint plus lumineuse. Elle se mit à tournoyer sous mon tee-shirt et une sensation déchirante me submergea.

Nous y étions.

Mon tee-shirt prit feu en un brasier éclatant qui se désintégra en quelques secondes. La chaleur m'envahit alors que je chancelai à nouveau contre le comptoir de la salle de bain. La tête dans un étau. Le cœur battant la chamade. Mes genoux frappèrent le sol violemment tandis que des lueurs dansaient devant mes yeux.

Noires. Blanches. *Bleues*.

Les flammes de l'enfer.

Détonantes.

J'entendis au loin un tambourinement et les Cavaliers de l'Apocalypse qui m'appelaient.

C'était trop tard. Trop tard pour moi.

Enveloppée d'un cocon de flammes de feu et de cendres, ma conscience s'altérait.

Je sentais que mon énergie atteignait son sommet alors que le raz-de-marée en moi m'inondait. Il progressait rapidement, si rapidement que lorsque la bête me prit la main, je lui en fus reconnaissante. Elle pouvait le contrôler. Elle pouvait nous aider à supporter cela, moi pas.

Car il était impossible que je parvienne à maîtriser ce qu'il se préparait.

Moira n'était que le commencement, et il y en avait bien plus en moi de là où cela venait. J'eus une vision : une femme flamboyante portant une couronne d'os carbonisés dominant une ville noircie.

Les Cavaliers de l'Apocalypse pensaient pouvoir me contrôler. Ils pensaient être prêts pour moi.

Mais ils se trompaient.

Nous étions à un moment décisif où je pouvais décider quelle partie de moi prendrait le contrôle pendant la transition.

Mais nous savions toutes les deux qui je choisirais au fond.

Nous savions toutes les deux ce qui allait arriver.

Ensemble, ma bête et moi franchîmes les flammes de mon âme. Nous ressentions l'immense énergie qui y sommeillait.

Une puissance qui dépassait tout ce que ce monde pouvait connaître.

Une puissance qui n'appartenait pas à ce monde.

Nous n'appartenions pas à ce monde.

Et à ce moment, l'avenir de ces deux mondes ne tenait qu'à un fil.

Et s'il se rompait, je ne serais plus jamais la même.

—*Je vais faire ce qu'il faut*, me murmura-t-elle.

Je la crus.

Ce fut peut-être ma première erreur. Peut-être que le feu et la chaleur avaient-ils eu raison de moi.

Ou peut-être était-ce ce dont j'avais besoin pour survivre.

Pour que l'Enfer survive.

Quoi qu'il en soit, je ne le saurais jamais, car j'enroulai mes bras autour d'elle et le fil prit feu.

Et nous chutâmes.

Nous tombâmes dans le gouffre brûlant de mon être, d'où je me relèverais.

Et pas en tant que sang-mêlé, comme je m'étais toujours considéré.

Mais bien comme la reine que j'étais destinée à devenir.

Lorsque j'ouvris les yeux, ils n'étaient plus bleus, mais noirs.

J'avais entamé ma transition.

La porte de la salle de bain s'ouvrit d'un coup. La tête baissée, elle ne pouvait voir qui c'était, mais elle le savait. Elle le savait toujours. La bête était tellement plus intelligente qu'ils ne le pensaient.

Ils la voyaient sauvage et débridée, mais ils avaient omis son amour pour ses petits jeux.

Elle leva la tête vers les Quatre Cavaliers de l'Apocalypse. Ses partenaires.

Même si l'un d'entre eux devait encore l'accepter.

Sans importance.

Ils la fixèrent avec un air de défi et elle répondit par un sourire mauvais.

Il était temps de jouer.

** Rysten **

L'énergie jaillit comme une onde de choc dans l'appartement. Je n'eus pas le temps d'avoir peur, car je savais. Je savais ce qui se préparait.

J'écrasai mon poing contre la porte pour essayer de la défoncer. Très vite, je ne fus plus seul à cogner, Laran se joignit à moi. Une deuxième vague, plus forte que la première, puis nous entendîmes le cri.

La transition n'était pas une promenade de santé, ce n'était pas plaisant. Pour passer de mortel à immortel, ton propre corps devait se retourner sur lui-même. Ton esprit perdait les pédales.

Précédemment, Ruby parlait de brûlures, mais pour quelqu'un d'aussi forte qu'elle ? Je ne savais pas comment elle allait le surmonter. Le pouvoir avait un coût, et nous, les plus puissants en payions le prix fort.

Ma transition avait été insupportable. J'avais pourri de l'intérieur si longtemps que j'avais fini par envier le pouvoir de Peste. La transition de Julian l'avait tué, mais comme Mort ne peut pas mourir, il avait dû vivre et mourir sans arrêt jusqu'à ce que ça passe.

Mais Ruby ? Elle était plus que la mort ou la destruction, et à en juger par ses hurlements elle était en train de brûler.

— Ouvre la porte, chérie ! criai-je.

C'était sans espoir. D'une façon ou d'une autre, elle avait scellé la salle de bain, aussi même si ma seule force aurait dû défoncer la porte d'un seul coup, elle ne bougeait pas, et n'affichait pas la moindre marque.

Elle avait probablement modifié toute cette satanée pièce pour que personne ne puisse entrer.

Je doutais qu'elle s'en soit même rendu compte.

Une troisième onde de choc se propagea dans l'immeuble.

— Les sécurités ne vont pas pouvoir la retenir.

— Nous avons un plan B si c'est le cas, répondit Allistair.

Il ne paraissait pas plus convaincu que moi par ce plan. Un chalet perdu au milieu d'une forêt reculée du Tennessee, ainsi si elle devait provoquer des incendies, alors avec un peu de chance il n'y aurait personne.

Une seule crainte m'envahit. Pas de la peur pour moi, mais peur de ce qu'il lui arriverait si les sécurités ne remplissaient pas leur rôle. Si *nous* devions échouer. La folie débuterait et notre seul espoir serait alors que nous ayons à traiter avec Ruby et non avec la bête.

Je frissonnai. Si cette créature était soumise à la puissance qu'il y avait en elle pendant que la transition déformerait leur réalité...

Que l'Enfer ait pitié de nous tous.

Je frappai une dernière fois mon poing contre la porte dont le bois céda enfin. D'un rapide coup de pied je la fis voler de ces gonds, libérant une vague d'énergie que moi-même, je n'avais pas anticipée. Immédiatement, les sorts de protection cédèrent.

Un incendie masqua tout avant de s'éteindre. Rien n'avait brûlé. Rien, ni personne, à part la jeune femme immobile et silencieuse, recroquevillée à genoux. Ses longs cheveux bleus couvraient la majeure partie de son corps nu, mais pas la totalité. Des entrelacs bleus aux allures de lierre se déroulaient sur sa peau, bougeant et tournoyant comme les marques qu'elle avait apposées aux autres. La transition l'avait marquée une seconde fois. Inhabituel, mais pas surprenant.

Nous attendîmes qu'elle bouge.

Qu'elle crie de douleur.

Qu'elle se déchaîne.

Le silence attisait nos craintes. Nos craintes et notre peur.

Elle leva son visage et je sus que j'avais raison d'avoir peur.

Les sorts de protection avaient échoué et c'était la bête qui me fixait.

7

Rysten fut le premier à bouger, avançant d'un pas pour entrer. Il la regarda avec méfiance comme si elle était un animal sauvage.

C'était peut-être vrai, mais il était à présent trop tard pour la prudence.

Ou pour ses belles paroles.

— Si nous retournions dans ta chambre, chérie...

Il s'interrompit lorsqu'elle se mit à rire. Elle commença par un son grave et rauque, pas aussi froide qu'elle l'avait déjà été, pourtant la cruauté était encore présente.

— Tu crois vraiment que maintenant ça va encore marcher avec moi ? lui demanda-t-elle, un sourire plein d'assurance sur les lèvres.

S'ils ne le savaient pas encore, ils étaient vraiment dans le pétrin.

— Je supposais que tu voulais choisir ton prochain partenaire, dit prudemment Rysten.

Il ne se proposa pas directement, mais c'était sous-entendu.

— C'est le nœud du problème, dit la bête.

Elle étira ses bras au-dessus de sa tête et fit craquer quelques os de son corps. Elle s'arcbouta, totalement nue, seulement couverte d'une fine pellicule noire.

— Vous supposez beaucoup trop de choses. Ce n'est pas parce qu'elle est jeune qu'elle ne peut pas faire ses propres choix, et pourtant vous n'écoutez que lorsque je suis présente.

Oh, merde.

Je savais où tout cela allait nous mener, cependant pour une fois... je ne lui donnais pas tort.

— Ce n'est pas notre intention de prendre les décisions pour elle...

— Guerre, l'interrompit-elle comme si Rysten n'était pas en train de parler.

De l'embrasure de la porte, Laran se figea légèrement, mais n'approcha pas.

— Souhaites-tu venir avec moi ou rejoindre tes frères ?

Elle avait un ton presque désintéressé en posant sa question, pourtant personne n'était dupe. Elle lui donnait le choix tout en leur annonçant qu'elle allait partir.

— Rejoindre mes frères ? demanda-t-il lentement.

Il était plus doué pour montrer du respect.

— Pour la chasse, précisa-t-elle.

Il resta parfaitement immobile, la regardant, légèrement troublé.

— *Ne me force pas à le faire, Ruby,* pria-t-il en pensée.

Il ne savait toujours pas que nous pouvions l'entendre.

— Et toi, Famine ? Souhaiterais-tu te joindre à moi ? poursuivit la bête, ne laissant rien paraître.

— *Elle compte s'enfuir,* pensa notre autre partenaire.

Ils pensaient pouvoir l'arrêter. Elle trouvait cela amusant.

Presque autant que le tic qui agitait la mâchoire de Julian. S'il continuait à la crisper autant, il risquait de se casser une dent.

— Très bien, dit-elle après quelques secondes. Je vais y aller, alors.

Un sourire voilé se dessina sur ses lèvres quand elle fit un premier pas et que Rysten plongea.

En un clin d'œil, elle frappa son sternum du plat de sa main et il vola... droit dans le miroir.

Un silence plomba l'atmosphère le temps que les autres comprennent ce qu'il venait de se passer.

Ils échangèrent des regards embarrassés, comme s'ils essayaient de décider qui serait le prochain à se lancer.

Bien sûr, vu leur stature, ils ne pouvaient pas entrer tous les trois dans la salle de bain pour se battre.

Même s'ils étaient des combattants nés, entraînés à se battre, la bête n'hésiterait pas à user de coups bas.

Allistair avança en souriant, mais sans aucune chaleur.

— Ma petite succube, murmura-t-il, tu veux jouer ?

Sa voix caressa sa peau, mais elle ne se laisserait pas avoir si facilement. Peu importe les promesses sous-jacentes.

— Tout à fait, mon tout beau, répondit-elle en ronronnant, affichant toute sa féminité dans son petit sourire.

Allistair leva une main, paume ouverte, comme en signe de reddition. Elle inclina la tête et éclata d'un rire sonore.

— Mais je crois que nous ne pensons pas aux mêmes jeux.

Il se jeta sur elle au même moment où elle se baissa. Elle tourna sur elle-même, esquiva sa poigne et lui asséna un coup de pied dans le dos. Allistair fut lui aussi propulsé dans les airs. Il s'écrasa contre la baignoire et se cogna la tête au passage, contre la porcelaine qui se fissura et perdit un morceau de faïence. Mais il ne semblait pas blessé. La bête le regarda avec un petit sourire narquois, tout en ressentant la présence des deux derniers Cavaliers qui entraient dans la salle de bain. Elle ne pouvait pas les voir, mais elle les ressentait. Leur puissance. Leurs émotions. Leur essence même nous interpellait – l'interpellait, *elle*. Elle se retourna pour lancer son poing vers la jugulaire, mais rencontra la paume de Laran. Il enroula ses doigts autour de son poignet.

— Ne me force pas à le faire, Ruby, dit-il en tentant de l'attirer à lui.

Partenaire choisi ou non, il ferait tout pour l'arrêter. Mais ce dont ils ne se rendaient pas compte, c'était que nous nous trouvions dans cette situation à cause de cela, justement. J'avais donné, donné, et donné encore. J'avais fait ce que l'on attendait de moi. J'avais abandonné mon ancienne vie.

Cependant, il était hors de question que je me lance dans une nouvelle vie en prisonnière.

Rysten fit le premier pas en essayant de la maîtriser physiquement.

Bien avant d'avoir donné le premier coup de poing, elle s'était détachée de ce qu'il pouvait se passer. Forte d'une puissance que je ne me connaissais pas, la bête le regarda et se pencha en avant. Elle prit une petite inspiration et expira lentement en dessinant un O avec ses lèvres.

Une fumée bleue l'encercla et il l'aspira par réflexe, ne réalisant son erreur que trop tard.

— À genoux, lui ordonna-t-elle.

Alors Laran... Le Cavalier de la Guerre... un des

êtres les plus puissants de ce monde et de l'autre... tomba à genoux devant sa reine.

Il lâcha sa main comme sous l'emprise d'un sort, puis inclina la tête en signe de respect. Elle lui lança un regard que personne d'autre ne vit, empreint d'autant d'affection que cette créature pouvait éprouver.

— Tu n'as pas voulu me faire mal, Guerre. Et je ne te punirai pas, murmura-t-elle d'une voix à peine perceptible.

Laran grogna, mais resta immobile. Elle contrôlait totalement ses gestes. Pour combien de temps ? Je n'en étais pas certaine, mais j'avais l'impression que nous allions très vite le savoir.

— *Je t'en prie, n'en mutile aucun d'entre eux. Ils sont plutôt séduisants ainsi,* lui dis-je.

La bête éclata d'un rire glacial.

— *Je n'ai aucune intention de blesser ce qui est à moi,* répliqua-t-elle.

— *À nous,* corrigeai-je.

Elle haussa les épaules. Pour elle, la sémantique n'avait aucune valeur. Nous étions deux êtres dans un même corps, alors certaines choses allaient s'avérer délicates.

Seul l'un d'entre eux se tenait à présent entre elle et la porte.

Le seul qui devait encore s'exprimer.

Pourtant, son silence était plus loquace que des paroles.

— Tu crois vraiment que tu peux réussir là où tes frères ont échoué et m'arrêter, Mort ? lui demanda-t-elle.

Il demeura immobile et impénétrable. Les muscles bandés se dessinaient sous le fin coton de sa chemise, et son pantalon moulant noir mettait en valeur tous ses atouts.

Tandis que j'admirais sa plastique, la bête l'évaluait d'un regard tranquille et calculateur. De tous les Cavaliers de l'Apocalypse, il serait le plus difficile à maîtriser.

Non seulement il était le plus fort, mais Mort était aussi le plus résistant, il luttait contre son propre désir et contre le fait d'être choisi, même si c'était inévitable.

Cette seule pensée la rendait furieuse, mais elle réprima le feu. Elle le contint.

— Pourquoi ? demanda-t-il, sans répondre à la question. Pourquoi fais-tu cela ?

Il aurait dû sans douter. Il bougeait lentement pieds nus sur le sol de marbre, restant hors de sa portée. Il l'encerclait sans attaquer.

La bête inclina la tête et le fixa attentivement.

Une brume argentée presque invisible suivait ses pas, s'accrochant à chacun de ses pores, caressant sa peau, emplissant l'atmosphère de quelque chose de... non pas doux, mais d'affûté. De douloureux.

Du kama.

Il libérait du kama.

S'en rendait-il seulement compte ? Savait-il qu'il la provoquait ?

Ils aimaient à dire que nous étions les prédateurs ultimes. Pourtant, ils semblaient témoigner d'un mépris total pour ces choses. J'étais une succube et la bête, en pleine transition. Je voulais du sexe, du sang et toutes ces choses inavouables.

Mais elle ? Il n'y avait qu'une seule chose qu'elle voulait plus que tout.

Elle avait attendu vingt-trois ans qu'on la libère de sa cage et avait de la patience à revendre grâce à cela.

— Je suis une reine, répondit la bête. Mais tous les quatre, vous avez l'air de l'avoir oublié en chemin. Je ne suis pas là pour être emprisonnée parce que vous me jugez trop puissante. Vous avez été créés pour agir comme un équilibre vis-à-vis de moi, n'est-ce pas ?

Il ne répondit pas, pourtant son masque jusque-là indéchiffrable commençait à se fendre sous la pression. Il aimait intérioriser ses émotions, les enterrer. Porter un masque aussi froid que le marbre sous ses pieds. Pourtant, même le marbre pouvait se briser.

— Ça vous plairait d'être mis en cage ? Enfermé dans une pièce, et que l'on vous dise quoi faire ? Parce que c'est exactement ce que vous nous avez fait.

Elle fit un geste pour désigner son corps nu.

— Ce n'était pas notre intention, répondit lentement Julian entre ses dents.

— Les intentions n'ont aucune importance, répliqua-t-elle.

Une autre fissure apparut dans son armure, laissant fuiter ses émotions. Il ne nous craignait pas. Il ne la craignait pas. Mais il ressentait vraiment d'autres sentiments.

De la colère. Tellement de colère. À la différence de nous qui ressentions le feu dans notre ventre, son courroux était glacial. Désolé. Dévorant.

Et en ce moment précis, elle en était la cause. Il ne voulait rien d'autre que la ligoter et lui montrer quel monstre il était. L'enfermer loin des deux mondes, et damnées soient les prophéties ! Damnés soient la Terre et l'Enfer ! Il voulait lui montrer ce qu'un vrai partenaire pourrait lui apporter, et qu'il pourrait lui faire oublier tous les humains qui avaient pensé un jour pouvoir la garder. Les purger de sa mémoire. Lui laisser sentir la morsure de ses dents et le craquement de…

Une barrière se ferma en moi et me coupa de ses émotions. Julian inclina la tête sur le côté et la scruta.

— Ruby ne s'oppose pas à toi, murmura-t-il, plus pour lui qu'autre chose. Pourquoi ne lutte-t-elle pas contre toi ?

Réussissait-il à sentir sa présence dans son esprit ? Pouvait-il comprendre que la bête ne me retenait pas captive en moi-même ? Elle pencha la tête et sourit.

— Il y a tant à faire avant de rentrer à la maison. Elle le sait.

Il fronça ses yeux émeraude d'où s'échappait la rage qui le minait.

Il ne comprenait pas. Aucun d'entre eux ne le pouvait. C'était notre affaire.

J'allais effectuer ma transition et choisir mes partenaires, mais la bête savait des choses que j'ignorais. Elle pouvait m'en enseigner certaines qu'eux ne pouvaient pas. Elle pouvait me rendre plus forte. Nous partagions ce corps, et pour une fois, nos intérêts étaient les mêmes si nos façons de penser différaient légèrement.

— C'est à cause de la transition. Ruby ne s'enfuirait jamais, répondit Julian. Elle sait qu'elle est plus en sécurité...

— *Arrête de me parler de sécurité !* l'interrompis-je mentalement d'un ton sec.

Julian blêmit comme si je venais de le frapper, ce qui fit sourire la bête.

— Tu vois, Mort, je ne suis pas la seule à en avoir assez de tout cela. Vous vous battez contre l'inévitable. Vous vous imposez alors que ce n'est pas votre rôle. Nous voulons un partenaire. Un compagnon. Pas un garde du corps.

Elle franchit la porte à toute vitesse, sans crier gare, avant que Mort ne puisse l'arrêter, mais pas assez vite pour qu'il ne puisse réagir. Elle arriva jusqu'au salon avant qu'il ne se dresse devant elle, sortant de l'ombre.

— Tu ne peux aller nulle part, et tu ne sais pas te téléporter, dit-il.

Comme si cela allait l'arrêter. N'avait-il donc rien appris ?

— Arrête ça, Ruby...

— Pourquoi ? demanda la bête, d'une voix devenant froide. Donc vous pouvez m'enchaîner ? M'enfermer ?

Elle prit un ton moqueur et son visage s'assombrit. Il fit trois grandes enjambées, sa stature remplissait l'espace. Ses émotions bataillaient en lui, si fortes, si denses que j'aurais pu m'y noyer si je ne faisais pas attention.

Pourtant, elle le laissa s'approcher, si près que sa chemise caressait ses seins nus. Ses tétons se durcirent à ce contact et à cause du feu persistant qui brûlait en elle. Elle leva les yeux vers lui pour le défier, car ils étaient les seuls à avoir des trucs à régler.

Julian la regarda, des particules s'échappaient de sa peau. Elle se pencha vers lui et inspira profondément, alors une effervescence s'alluma dans sa poitrine. Il avait les pupilles dilatées. Une fissure de plus dans son masque impassible, alors que son sexe durci appuyait sur ventre. Ses lèvres caressèrent le contour ferme de sa mâchoire et sa barbe de quelques jours déclenchait en elle des idées délicieusement coquines.

Un grognement se forma dans sa poitrine tandis qu'il s'approchait pour attraper ses hanches et la serrer plus près de lui. Il était très près de perdre toute maîtrise. Elle comptait bien le laisser s'effriter à tel point que nous devrions le reconstruire.

— Tu me désires, Mort ? murmura-t-elle d'un souffle sur sa peau plein de promesses. Viens me prendre.

Sitôt les mots avaient-ils franchi ses lèvres qu'il serra plus fort ses mains. Et comme avec Laran, elle expira une brume lourde et bleue qu'il inhala bêtement.

Ses mains devinrent molles comme sur commande, et elle s'en extirpa facilement.

— *Sacré tour de passe-passe*, dis-je.

— Je te l'apprendrai. Je t'apprendrai tous mes trucs, une fois que je me serrai occupé d'eux.

Les trois autres Cavaliers de l'Apocalypse avaient recouvré leurs esprits et s'étaient étendus dans le salon. Se rassemblant lentement autour d'elle.

Ils marmonnaient des mots dans une langue qu'aucun de nous ne comprenait. D'abord Laran. Puis Allistair. Rysten suivit. Et Julian était revenu à lui. Un fil claqua autour d'eux quand les quatre Cavaliers s'approchèrent.

Un lien.

Ils essayaient de *l'entraver*.

Je ne comprenais pas comment cela était possible, vu qui ils étaient. Aucun d'eux ne possédait le pouvoir d'entraver qui que ce soit. Allistair pouvait me pousser à désirer lui faire l'amour comme jamais. Laran pouvait me tuer en utilisant tout ce que les hommes connaissaient. Rysten pouvait m'infliger n'importe quelle maladie. Julian pouvait me retenir, contenir mon esprit entre ici et le voile.

Mais aucun d'entre eux ne pouvait m'entraver.

Cela n'aurait pas dû être possible, et pourtant, c'était exactement ce qu'ils étaient sur le point de faire.

Laran sortit une lame et se trancha la paume de la main. Une puissance qui ne venait pas de moi crépita dans l'air. Il passa la lame à Allistair. Elle le regarda avec l'envie de le détruire. Allistair était son deuxième compagnon, mais ils en avaient à peine parlé vu comment cela s'était passé entre eux. Je savais, non pas en regardant ses yeux, mais en ressentant ses émotions, qu'il ne voulait pas le faire. Il ne voulait pas user d'une sorte de lien pour m'entraver.

Lorsque la bête le regarda, il n'y avait aucun pardon ni compréhension dans ses yeux.

Frustré, il soupira dans sa barbe, mais au moins il avait le courage de la regarder en abaissant la lame vers sa paume. Du sang bleu éclaboussa le tapis et l'air résonna de petits bruits, comme aspiré. Elle n'entendait plus rien que leurs murmures qui lentement se transformaient en litanie. Rysten prit la lame à son tour, s'excusant du regard, mais sans un mot. Elle le regarda droit dans les yeux pour le défier, et il grimaça en se tailladant la main. Le sang tourbillonna et forma un cercle autour d'elle. Il n'en manquait plus qu'un et le lien serait achevé.

Elle fit un geste pour faire voler le couteau, mais se cogna dans une barrière invisible.

Je grimaçai, mais elle n'était pas inquiète. La bête avait dans sa manche, un atout dont même moi je n'avais pas connaissance.

Elle rechercha sa présence et l'appela.

Ils ne pouvaient pas l'arrêter. Personne ne le pouvait.

Pas quand elle avait ses proches.

Un cri strident retentit dans le couloir et dix kilos de fourrure et de fureur se précipitèrent vers nous. Bandit avait attendu et répondu à son appel.

Il sauta au travers de la barrière créée contre elle, et elle se baissa pour qu'il grimpe le long de son bras.

Elle fit apparaître un cercle de flammes autour d'eux et le força à s'écarter. Les deux magies se heurtèrent à la circonférence du cercle et le feu vacilla. Ils étaient puissants. Si puissants qu'elle n'aurait pas réussi à le faire sans l'aide de Bandit.

Ses griffes perçaient sa peau et la douleur acérée diffusait en elle une sorte de calme fou.

Elle se gratta la paume des mains avec ses ongles

et la chaleur accablante en nous expulsa une vague de feu contre leur cercle.

Le sang crama et le lien se rompit tandis que les flammes de l'Enfer le consumaient tout entier. Les Cavaliers de l'Apocalypse furent propulsés par l'immense puissance qui émana d'elle.

Elle sortit du cercle de sang et j'enregistrai la magie qu'ils avaient utilisée.

Une magie que je n'avais vue qu'une seule fois.

Une magie que les démons ne pouvaient pas utiliser.

Mon attention se focalisa sur la scène devant moi et elle tourna la tête par-dessus son épaule pour leur lancer un baiser. Des flammes bleues embrasèrent leurs vêtements, mais les Cavaliers de l'Apocalypse ne furent pas blessés, mais extrêmement furieux en la regardant s'éloigner.

Surtout Mort.

— Si vous nous voulez, il faudra nous conquérir.

Elle se retourna vers le mur en verre et se mit à courir.

Les vitres explosèrent sous l'impact et fondirent avant de lui entailler la peau. Ce mur de verre qui nous avait emprisonnées était en fait le point faible qui nous permit de nous échapper.

Nue comme un vers, elle sauta du troisième étage de l'immeuble et atterrit sous les cris de victoire de Bandit.

Sans un regard vers ce que nous abandonnions, la bête et Bandit se fondirent dans l'obscurité de La Nouvelle-Orléans en murmurant au cœur de la nuit :

— Que le jeu commence !

** Laran **

Des bris de verre et de la cendre noire. L'odeur flottante d'amaryllis et de magie ancienne. Non seulement Ruby nous avait abandonnés, mais elle nous avait détruits. Elle et la bête.

Ça m'avait laissé le choix, rester ou partir. J'avais pris la mauvaise décision.

À ce moment-là, je ne pensais pas qu'elle ferait plus de trois mètres et que l'un d'entre nous l'attraperait. Mais aucun de nous n'y était parvenu, et maintenant elle s'était évaporée.

À sa place, il n'y avait plus que des tapis brûlés et une forte odeur de sang. C'était tout ce qu'il restait de notre tentative avortée non seulement pour attraper Ruby, mais surtout la retenir.

— Nous devons nous lancer à sa poursuite, grogna Mort.

— Sans déconner ? cracha Allistair.

Ils étaient en colère. À juste titre. J'aurais également dû l'être... pourtant ce n'était pas le cas.

En tant que partenaire choisi par la fille du diable, je ressentais certaines choses. Des émotions furtives. Des sensations. Notre lien n'était que partiel, créé à partir d'une fraction de sa propre magie placée sous ma peau. Rien à voir avec celui, plus important, qui la liait à Moira, sa compagne, pourtant il y avait en moi des fragments de cette folle magie, qui me poussaient, m'incitaient.

Même loin d'elle, je pouvais ressentir la panique qui la submergeait. Ses émotions tourmentées ressemblaient plus à une tempête de feu qu'au pur désir qu'une succube devrait ressentir pendant sa transition. Elle était bouleversée, et quelque chose en moi me disait que c'était notre faute.

Je poussai un profond soupir en m'avançant vers le bord de la fenêtre. Les bris de verre crissaient sous mes pieds nus tandis que je scrutais La Nouvelle-Orléans, mais la ville gardait ses sombres secrets et dissimulait ma partenaire en transition.

Il fallait que nous la retrouvions. Ils n'avaient pas tort.

Mais nous devions faire les choses bien.

Je tournai le dos aux vitres brisées et avançai dans l'appartement. Les autres Cavaliers ne me suivirent pas. Ça ne les concernait pas. Pas pour le moment. Jamais.

Au fond du couloir se trouvait une porte anonyme.

Je n'attendis pas.

La poignée en métal était chaude, mais pas aussi brûlante que la pièce qu'elle protégeait. Rien n'était en feu, à part les ailes de la jeune femme endormie. Elle était étendue sur le dos, ses ailes flamboyantes étalées mollement sur le lit. À en juger par ses bras posés sur sa poitrine, sa tête inclinée et ses traits tirés, je ne pensais pas qu'elle faisait de doux rêves.

Je levai les yeux vers le plafond, conscient qu'une fois que je l'aurais fait, ce serait trop tard. Impossible de revenir en arrière. Je réveillais un monstre endormi, littéralement, qui était peut-être aussi puissant que moi, de ce que nous en savions. Mais elle était la compagne de ma partenaire, et si quelqu'un était en mesure de nous la ramener, c'était bien cette femme, et personne d'autre.

— Moira, dis-je une fois.

Cela suffit. Les yeux de la banshee s'ouvrirent d'un coup. Le regard légèrement vitreux et désorienté, elle fixa le plafond pendant un instant.

— Qu'avez-vous fait ?

8

Par Satan, je ne savais pas ce qu'il m'avait pris de lui laisser le contrôle, mais en même temps, ce n'était pas comme si j'avais vraiment eu le choix. Aussi étrange que cela puisse paraître, avec ma magie incontrôlable et cette fièvre qui ne me quittait pas, je trouvais plus sûr de la laisser gérer. Au moins, elle savait maîtriser les flammes, ce qui était plus que l'on pouvait en dire de moi. La dernière fois que j'avais essayé, le mieux que j'avais réussi à faire avait été de ne pas laisser l'incendie se propager, et mes antécédents n'étaient pas vraiment exemplaires.

Bandit émit un petit gazouillis et me focalisa à nouveau sur eux, car elle se dirigeait vers un quartier plutôt louche. Seulement vêtue d'une fine pellicule de cendres noir obsidienne, la bête trottinait d'un pas assuré sans se soucier des gens qu'elle croisait.

— Où vas-tu ?

J'aurais probablement dû demander plus tôt, mais j'imagine qu'il valait mieux tard que jamais.

— J'ai faim.

Euh… il y avait deux façons d'interpréter cette réponse et aucune d'entre elles ne me rassurait.

— J'ai dépensé beaucoup d'énergie pour briser le lien.

Le lien qu'ils n'auraient jamais dû réussir à créer, n'étant que des démons. Il valait mieux oublier ça. Seuls les Unseelie détenaient la magie du sang, et les Cavaliers de l'apocalypse n'étaient pas des démons issus d'une ancienne lignée, ils n'étaient même pas des Fae. Quelque chose ne collait pas.

— Comment sont-ils parvenus à user de cette magie, pour commencer ? me demandai-je.

— Je n'en sais rien.

Son corps ne réagit pas, mais je ressentis sa colère. Pas dirigée contre moi, mais contre l'inconnu, contre ces choses que ni elle ni moi ne comprenions à la lumière de ce que nous avions vécu depuis vingt-trois années. Elle, la prisonnière en attente d'être libérée, et moi, la demi-démone ignorante qui avait refusé d'affronter la vérité le jour où on l'avait fait sortir de prison. Aucune de nos positions ne nous donnait les armes pour affronter ce que nous allions devenir. Heureusement, j'apprenais vite et elle pouvait toujours utiliser la force.

Elle tourna au coin d'une rue en ignorant l'air

humide qui l'enveloppait comme un amant. Même si nous n'étions qu'en décembre, nous ne nous trouvions plus dans l'Orégon. Ici, on ne faisait pas que boire l'eau, on l'inhalait également, et à en juger par les nuages lourds qui se profilaient dans le ciel nocturne, il allait tomber des cordes. La légère pollution auréolait le bord clairsemé des nuages de teintes mauve et rose, illuminant la Crescent City[1]. Pendant ce temps, une douce musique venue de quelque part au loin, nous appelait.

La bête leva la tête et entrouvrit les lèvres pour inspirer une rafale qui creva l'atmosphère pesante. Des odeurs de sueur et de sang emplirent ses narines, mais il y avait autre chose… une légère note de kama.

— Dîner, présuma-t-elle en humant le vent qui venait de la même direction que la musique.

— Je ne baiserai avec personne d'autre que les quatre mâles que nous avons laissés là-bas, alors si c'est ça ton super plan… commençai-je à protester.

— Nous n'allons baiser personne, répliqua la bête.

Elle ne donna pas plus d'explications sur ce que nous allions faire, mais comme je ne faisais que suivre le mouvement je n'avais d'autre alternative que de regarder.

Elle avançait d'une démarche assurée dans les rues bien éclairées en traquant le moindre effluve de kama.

Quelques hommes et femmes riaient aux éclats et braillaient, mais elle ne leur accordait aucune attention. Comme Allistair le dirait, ils étaient le cadet de ses soucis.

La bête ronronna en pensant à lui. Pas parce qu'il lui manquait, oh, que non. Elle était beaucoup plus barrée que cela. Elle ronronnait en pensant qu'ils étaient probablement en train de devenir fous à essayer de les trouver, car elle voulait qu'ils le méritent. Ça promettait d'être un jeu de cache-cache plutôt amusant quand ils tenteraient de nous attraper et que nous leur glisserons entre les doigts.

Ils ne l'attraperaient pas et ne la garderaient pas prisonnière avant de devenir plus intelligents et de comprendre que nous allions où cela nous chantait et qu'il était hors de question qu'ils nous enferment.

Nous pouvions nous débrouiller toutes seules, à tous les points de vue, et il fallait qu'ils le comprennent à tout prix.

Elle éclata de rire en s'arrêtant devant une porte. Deux hommes... non, plutôt des démons... se tenaient debout les bras croisés. Une file d'attente composée d'humains et de démons s'étendait autour du pâté de maisons. Je fronçai mentalement les sourcils puis je compris que les seules personnes qu'ils refusaient à la porte étaient humaines.

Elle leva les yeux et un petit rictus se dessina sur ses lèvres en lisant le nom du club.

Le Lotus.

Ça me semblait la pire idée que j'avais jamais entendue.

— *Tu es certaine de savoir ce que nous faisons ici ?*

Au lieu de me répondre, elle avança en début de file et prit une légère inspiration. C'était le bon endroit. Du kama s'insinua dans nos poumons, nourrissant le côté succube et attirant encore plus la bête. Mes pensées s'éparpillaient et m'échappaient tandis que j'essayai de m'en tenir à une bonne raison pour laquelle nous ne devrions pas entrer.

Non que la bête attache une quelconque importance au fait que j'aie une bonne raison ou non. Elle s'avança et se plaça devant le cordon et les deux videurs ainsi que la file d'attente le virent. Difficile de ne pas remarquer une femme nue recouverte d'une pellicule noire et brillante.

J'espérais vraiment qu'elle décide de nous trouver des vêtements assez vite, car les deux grands gaillards me regardaient comme s'ils allaient me dévorer.

— Qui avons-nous ici...

— Dégage, l'interrompit la bête.

Le ton de sa voix était si ténébreux. C'était un indice de ce qui les attendait s'ils n'obéissaient pas.

Le plus costaud des deux démons nous regarda, mais il n'avait aucun charme à ses yeux. Une peau rouge vif et une queue. Il était d'une espèce rare de démons, très doués pour surveiller, mais pas des plus intelligents. Les rubrums naissaient avec une peau couleur os, mais pour afficher leurs prouesses ils se baignaient dans le sang de leurs ennemis alors, elle devenait progressivement rouge ou bleue en absorbant les pigments. À en juger par sa peau à cette heure indue de la nuit, j'aurais dit qu'il était dans la moyenne.

Comme sa peau était rouge et non bleue comme le sang des démons, cela témoignait de la nature de la plupart de ses victimes. La bête ne recula pas.

Pourtant, ce ne fut pas le rubrum qui lui répondit, mais un lutin aux traits durs et au sourire vicieux. Il ne connaissait pas notre histoire avec les gens de son espèce et s'il ne faisait pas attention il finirait en barbecue. Ou en nourriture pour raton laveur. À ce stade, c'était du pile ou face.

— Ça ne marche pas comme ça, jeune fille.

Pourquoi les mâles adoraient-ils donner des petits noms ? Je soupirai en moi-même et la bête inclina la tête.

— Tu vas bouger d'une façon ou d'une autre.

Disant cela, elle leva la main pour que tout le monde, humains comme démons, puisse la voir et elle claqua des doigts. Une petite flamme bleue s'échappa du bout de ses doigts. Elle avança d'un pas et le lutin recula d'un pas, ce qui la fit sourire.

Les humains se mirent à courir.

Les démons dans la file d'attente eurent le bon

sens soit de reculer lentement, soit de rester immobiles, baissant les yeux en signe de soumission.

— Ouah… nous ne voulions pas…

— Je sais très bien ce que vous vouliez.

Les griffes de Bandit se plantèrent dans son bras quand il se pencha en avant pour grogner. Il n'était clairement pas fan du démon lui non plus.

Heureusement pour eux, le lutin choisit cet instant pour arranger les choses. Il détacha le cordon et s'écarta du chemin en baissant légèrement la tête. La bête avança en fixant sans broncher le rubrum qui essayait encore de décider s'il devait ou non tenter de nous affronter. Le lutin lui donna un coup de coude dans les côtes en faisant un mouvement des yeux vers le bas pour montrer à l'autre videur ce qu'il devait faire.

Elle attendit en fixant le plus petit des démons au-delà de ses iris noirs, droit dans les méandres brûlants de son âme.

Des amours brisées et des pertes douloureuses remplissaient le vide devant nous, là où se tenait le rubrum. Son âme était marquée de la douleur utilisée pour le rendre docile.

De la maltraitance. Il avait été extrêmement maltraité par d'autres démons. La bête le comprit en fixant la lueur rouge de sa colère irradiant dans sa poitrine. Alors que ma propre lueur interne était d'un bleu vif tremblant comme des flammes, la sienne était sombre. Dangereuse. Les rubrums étaient loyaux, pourtant quelqu'un l'avait inexplicablement blessé.

Je ne savais pas ce qui lui avait pris de faire ce qu'elle fit ensuite. Ce n'était pas vrai. Je savais que c'était moi. En revanche, ce que je ne savais pas, c'était que j'avais une quelconque emprise sur elle. Pourtant, j'avais l'impression que notre corps avait toujours du mal à essayer d'établir l'équilibre entre nous, et aucune de nous deux n'était jamais totalement en contrôle.

Dans tous les cas, j'agissais instinctivement, exactement comme avec Moira. Je me penchai en avant et poussai la bête à poser sa main sur la poitrine du videur, poussée par une urgence que je ne comprenais pas et que je n'avais aucun espoir de maîtriser. Elle écarta le bout de ses doigts en feu sur le tissu bon marché, le brûlant directement à travers son tee-shirt moulant. Le rubrum ne cria pas et ne leva pas la main sur elle. Il était trop bien entraîné pour le faire. Il banda ses muscles pendant que le feu léchait son torse. Elle poussa la chaleur en lui pour brûler les blessures purulentes de son âme. Cela fut plus douloureux quand le feu brûla les parties mortes ou moribondes. Je ressentais sa douleur, je la sentais qui s'embrasait dans sa poitrine. Il avait l'impression qu'on l'ouvrait devant le monde, pourtant en vérité les démons qui se trouvaient autour de nous ne s'en rendaient pas compte.

Le feu était destructeur. Mortel. Mais quand il était bien utilisé, le feu pouvait guérir. Comme une sorte de nettoyage très violent, il avait le pouvoir de faire disparaître les taches. Notre feu se nourrissait des zones infectées de son âme qui le plombait en cautérisant les blessures qui le tuaient à petit feu.

Personne d'autre ne pouvait voir la violence du brasier qui l'embrasait.

Puis ce fut fini.

La bête recula sans se soucier de détourner le regard de la marque calcinée que sa main avait laissée sur son torse. Mais il n'y avait aucun pentagramme comme sur les autres personnes qu'elle avait choisies. La bête faisait attention à guérir, mais à ne surtout pas lier d'aucune manière.

Ce qui était bien, car les Cavaliers de l'Apocalypse auraient pu le tuer s'ils pensaient le contraire.

La bête s'éloigna et se dirigea vers la porte, encore plus vidée qu'avant d'arriver. Intérieurement, elle grommelait quelque chose à propos du fait que j'avais le droit d'exprimer certaines demandes, mais ce n'était pas elle que j'écoutais.

— Hé... Hé...

Une main chaude lui saisit le bras. Elle se tourna lentement et son regard sombre l'enveloppa d'un voile froid comme la mort. Le rubrum fit preuve de bon sens en retirant sa main. Il la regarda avec une expression docile et tomba à genoux devant elle.

— Vous… Vous m'avez guéri. Comment puis-je vous rendre la pareille ?

La bête le fixa d'un air impassible.

— Tu ne possèdes rien que je désire.

— Rien ? demanda le rubrum en fronçant les sourcils et en passant sa main sur sa barbe naissante.

— Rien, répéta-t-elle.

Il haussa les sourcils.

Je n'avais pas l'impression qu'il était habitué à ce que des démons n'attendent rien de lui. Ça se passait ainsi avec la plupart des gens de notre espèce.

— Ça ne va pas, marmonna-t-il tandis que sa queue bougeait dans tous les sens et qu'il réfléchissait en silence en fronçant les sourcils. Je suis persuadé que je peux vous offrir quelque chose…

Il ne finit pas sa phrase, comme désemparé. Je n'avais jamais rencontré de rubrums avant, mais il ne semblait pas être un stéréotype.

La bête inclina la tête en pinçant les lèvres.

— Comment on t'appelle ? demanda-t-elle.

— Comment on t'appelle ? Vraiment ? Nous sommes au vingt et unième siècle. Personne ne parle comme ça, la critiquai-je.

Elle ne répondit pas.

— Mon nom c'est Eugene McGee, mais mes amis m'appellent Gene, répondit le rubrum d'une voix presque joyeuse.

C'était… inattendu.

— J'ai besoin de reprendre des forces et ensuite j'aurai besoin d'un guide. Tu penses pouvoir t'en charger, Eugene McGee ? lui demanda-t-elle d'une voix neutre.

Je voulais me taper la tête contre les murs, mais ça n'aurait servi à rien. Toute l'énergie que je lui avais provisoirement pompée pour le guérir avait déjà disparu, elle avait totalement pris le contrôle et elle avait un plan complètement dingue.

— *Ils vont devenir complètement fous à nous chercher. Tu en as conscience, pas vrai* ? lui demandai-je.

La bête sourit franchement lorsque Eugene McGee se releva pour l'escorter, en ignorant l'ennuyeux petit lutin qui ne cessait de la regarder bêtement.

— *C'est ce que j'espère*, répondit-elle en entrant dans le club de strip-tease.

Quand ils les retrouveraient enfin, elle comptait bien rentrer avec eux, mais ça ne voulait pas dire qu'elle allait rendre les choses faciles. Elle avait attendu ce moment depuis très longtemps, alors elle allait en profiter au maximum.

** Moira **

— Vous avez fait *quoi* ? lançai-je sèchement, un instant surprise par le ton de ma voix... comme une vaguelette sur un lac ondulant vers les murs.

La pièce était surchargée de tension. Je clignai des yeux.

— Moira, nous avons besoin de ton aide, tout de suite...

Je penchai la tête. Sa voix était elle aussi ondulante, mais déversait des flottements souples contrairement à ceux plus durs et fermes contenus dans la mienne. Je tendis la main pour toucher cette courbe de sons et de lumière presque invisible.

La vague se divisa et un double écho emplit mes oreilles.

Étrange...

— Tu disais, murmurai-je.

Une autre ondulation remplit l'atmosphère. Comme le soleil dans un désert, plus je fixais le mur en face de moi, plus les vaguelettes se propageaient. Elles frappèrent les murs devant moi et s'aplatirent contre la surface dure avec un bruit métallique.

— La bête est en liberté dans La Nouvelle-Orléans...

Les lignes ondulantes presque invisibles suivaient sa voix. Effarée par ce qu'il venait de dire, je les repoussai en espérant les lui fourrer dans la gorge.

Et devinez quoi ?

J'y parvins.

Les filaments tendus cédèrent et revinrent à toute

allure en lui. Laran... tout grand, costaud et fort qu'il était... se serra la gorge de douleur.

Je souris cruellement.

— Vous l'avez perdue ? demandai-je en me focalisant sur Guerre et non plus sur l'énergie qui parcourait mes veines, ou sur la façon presque chantante de l'air autour de nous.

Il y avait du son en *tout*.

Et j'avais le pouvoir sur le son.

— Nous ne l'avons pas perdue, lâcha-t-il avec un grognement rauque.

Je lui lançai un regard sérieux et repoussai à nouveau les ondulations en lui. Plus fort.

Ce connard s'étouffa et je ne me sentis pas le moins du monde coupable.

Je ne me souvenais pas de grand-chose de ce qu'il s'était passé avant que je m'endorme. Ruby avait eu un de ses épisodes maussades et je lui avais dit de passer à autre chose. Qu'elle les baise, qu'elle les marque, et qu'on en finisse !

Nous n'avons pas le temps de faire autre chose.

Clairement, elle avait changé de cap en chemin.

— Tu es réveillée ?

Le son venait d'un autre de ces crétins. Je tournai la tête, relâchant le contrôle que j'avais sur les ondulations qui faisaient souffrir Laran.

— De toute évidence.

Ma voix coupa l'air comme une faux. Plus acérée

que n'importe quelle lame, mais moins sonore qu'un cri ou qu'un hurlement.

Je fus très surprise lorsqu'un craquement fendit l'air et traversa le mur près de lui. Je haussai un sourcil, car c'était trop fichtrement pratique d'être tout sauf moi. Mais j'étais seulement une banshee, et de sang-mêlé en plus...

Mais le mur avait craqué.

Et Laran s'était étouffé.

Et Rysten était blême comme un linge.

— J'imagine qu'il te l'a annoncé ? demanda-t-il en tournant le regard vers Laran.

Il n'était pas trop en colère, mais il n'était pas content non plus. Il n'avait pas voulu me réveiller.

Réveillée...

Pourquoi cela sonnait-il tellement... Je posai une main sur ma poitrine pour essayer de prendre une bouffée d'air, car je venais de me souvenir.

Je me souvenais *de tout*. La brûlure. La déchirure. La douleur dans mon dos comme si on me découpait les muscles. La brûlure quand les flammes circulèrent dans mon sang, déversant leur magie dans le moindre recoin de mon corps, emplissant mon essence même et se mélangeant à ce que j'étais.

L'impression de sentir un couteau tailladant mon front me provoqua une crise d'angoisse, tandis que je parcourais ma mémoire, perdu dans un souvenir.

Je sentais une douleur sourde dans mon dos là où il

y avait un poids mort qui n'aurait pas dû s'y trouver. Je tendis la main pour essuyer la sueur de mon front et écarter de mon visage mes cheveux emmêlés. Ma main effleura quelque chose d'acéré.

Je la retirai immédiatement. Du sang. Une fine coulée de sang bleu s'échappait d'une coupure dans la paume de ma main. Je fronçai les sourcils en observant le filet couleur saphir puis repassai ma main.

Des cornes.

J'avais des putains de *cornes*.

Aurais-je dû être bouleversée ? Parce qu'un sentiment presque joyeux commença à me submerger.

Je me tournai et aperçus quelque chose de grand, de bleu et fait de... *flammes*.

Des ailes.

C'étaient des *ailes*. Et elles étaient attachées à mon dos.

J'avais des ailes. J'avais des cornes. Je voyais des ondulations dans l'air... et je les contrôlais, d'ailleurs. Mais avant tout, je ressentais quelque chose qui tirait dans ma poitrine. Un fil invisible qui me reliait directement à ma meilleure amie aux cheveux bleus. Je me sentais déjà liée à elle, avant. Elle était comme ma famille, après tout, et apparemment moi j'étais sa compagne. Pourtant, c'était différent et une sorte de suspicion me tiraillait l'esprit. Je m'y accrochai en essayant de rassembler toutes les informations en ma possession. Mais telle de la fumée, ça me filait entre les doigts, cependant je ne comptais pas abandonner aussi facilement.

Quelque chose clochait.

— Que suis-je devenue ?

Rysten pâlit. Laran soupira.

Se sentaient-ils nerveux à présent ? Tout à coup timides, *après* m'avoir réveillée ? Je n'attendis pas qu'ils se mettent à radoter. Je me frayai un passage et sortis dans le couloir, passant devant Julian et Allistair en bifurquant vers la salle de bain... avant de m'arrêter net.

De la cendre noire. Des bris de verre. Un miroir en mille morceaux.

Et là, parmi les éclats de verre, j'aperçus mon reflet en mille dimensions. Consciente du silence, je me penchai pour ramasser un morceau de miroir et me regarder dedans.

Un casque à corne et deux ailes noires.

La marque de Cain.

Apposée sur mon front.

Bien, bien, bien. Il semblait qu'étrangement, d'une façon ou d'une autre, j'avais effectué ma transition.

— D'accord, mes petits poneys, il est temps de commencer à parler et que vous m'expliquiez comment je me suis transformée en Légion, bordel.

Peste toussa et manqua de s'étrangler.

— Ensuite, nous réfléchirons à comment récupérer Ruby.

9

Les jours se confondaient tandis que nous passions d'une discothèque à l'autre, en nous nourrissant du kama qui flottait dans l'air. Fidèle à sa parole, nous ne fîmes l'amour à personne... mais plus les jours passaient, plus ça me manquait. Nous étions encore en pleine transition et même si elle semblait pouvoir le contrôler, les seuls instants où j'avais jeté un coup d'œil s'étaient soldés par... des mini-catastrophes... ou des miracles. Ça dépendait juste de l'angle sous lequel on le considérait.

Eugene McGee était le seul démon dont j'avais guéri l'âme, mais il était loin d'être un cas isolé de magie. La première nuit au Lotus, elle finit si défoncée que je pris temporairement les rênes et finis par teindre en bleu les poils de Bandit. Non qu'il semblât affecté du fait de se retrouver avec des rayures noires

135

et bleues. J'aurais même presque dit qu'il avait l'air assez stylé. Ce qui était certain, c'était qu'il crânait plus, mais cela était peut-être seulement dû au régime strict de poisson frais dont Eugene le nourrissait. Le rubrum paraissait penser qu'il m'était redevable et aucune des requêtes de la bête, aussi étranges qu'elles puissent être, ne le faisait changer d'avis. Il avait décrété que notre bien-être était de la plus haute importance, et même si je trouvais cela adorable par moments... le culte du héros ne me convenait pas du tout. Sans parler de comment les Cavaliers de l'Apocalypse allaient réagir quand ils nous rattraperaient enfin.

Des lumières rouges clignotaient dans la discothèque, éclairant la scène et enveloppant les strip-teaseurs d'un halo sombre. Le Devil's Dancers était bondé ce soir, rempli de démons nus des deux sexes, pour tous les goûts. Le kama que dégageait le public suffisait à nous nourrir et à nous garder éveillées. Son corps frissonnait au contact des particules colorées qui se collaient sur sa peau et s'y insérait lentement. Ça nous apaisait, mais l'envie de sexe commençait à s'intensifier et la bête n'était pas contente que les Cavaliers de l'Apocalypse n'aient pas encore réussi à se débrouiller pour les retrouver. Enfin, ça ne pouvait pas être aussi difficile que ça de retrouver une démone aux cheveux bleus vêtue d'un costume de strip-teaseuse ? À La Nouvelle-Orléans ?

La réponse revenait à trouver une aiguille dans une botte de foin.

Elle se pencha en arrière en croisant les jambes au niveau de ses cuissardes. Elle avait demandé à Eugene de lui apporter des vêtements quand il le pourrait et il était revenu avec une robe rikiki agrémentée de cuissardes à talons de pute. Même si ça attirait l'attention plus que nécessaire, cela facilitait l'évolution dans les discothèques de démons où il nous amenait. Tout le monde y portait des tenues assez olé-olé qui rendaient difficile de distinguer les strip-teaseurs des clients.

La bête observait, ignorant la fièvre étouffante qui rendait son corps luisant de sueur. Sa peau collait à la chaise en vinyle de façon très inconfortable. Mais personne ne l'aurait deviné en la regardant, car si la chaleur me poussait à de violents extrêmes, elle était capable de la supporter sans broncher.

Elle gardait un regard stoïque en scrutant la foule devant elle. Les démons étaient des créatures inconstantes. Ils pouvaient participer à une orgie sans se soucier de qui les matait, et l'instant d'après ils pouvaient se sauter à la gorge tout en continuant de baiser quelqu'un d'autre. C'était un spectacle qui prenait aux tripes, lourd de sauvagerie et d'instincts primaires. Les humains nous trouvaient diaboliques, et je pouvais comprendre d'où cela venait. Nous ne faisions pas partie de ce monde. Moi. La bête. Tous les démons et les Fae. Nous ne venions pas d'ici.

Nous n'appartenions pas ce monde.

C'était une pensée qui semblait devenir récurrente ces derniers temps. Peut-être cela était-il dû au feu qui coulait dans mes veines, ou de cette envie quasi littérale de brûler des trucs. Ou peut-être était-ce parce que je commençais à m'endurcir dans ce monde, devenant de plus en plus le monstre en lequel j'étais en train de me transformer. Ou peut-être que plus je regardais, plus la sauvagerie m'attirait comme jamais les conventions humaines ne l'avait jamais fait. J'avais beaucoup évité les démons sur terre, mais je n'avais jamais été normale. Je ne m'étais jamais vraiment intégrée aux humains. Une flopée d'ex qui la harcelaient et un casier judiciaire d'un kilomètre de long en étaient la preuve. Je n'avais jamais rien fait qu'attendre mon heure.

Un peu comme la bête, aujourd'hui.

—*Je n'attends pas mon heure,* grommela-t-elle.

Elle était déjà de mauvais poil, alors ce petit jeu n'améliorait pas la situation.

— *Tu attends que les Cavaliers de l'Apocalypse nous retrouvent,* gloussai-je.

Elle grimaça ouvertement tandis que Bandit s'étirait sur ses genoux. Il portait un minuscule chapeau de fête en forme de cône attaché par un élastique. Aucune d'entre nous ne savait où il l'avait dégoté, mais il insistait pour le porter.

— *Je leur enseigne une leçon importante*, répondit-elle.

J'imaginais que c'était une façon de voir les choses.

— *Et tu étais d'accord avec moi*, poursuivit-elle.

À présent, c'était à mon tour de maugréer intérieurement, ce qui la fit sourire.

— *Oui... non... je ne sais pas. Tu ne nous as pas mises dans une situation très confortable, et ce n'est pas comme si on faisait grand-chose*, marmonnai-je.

Non que cela l'empêchât de m'entendre. Elle était au courant de la moindre pensée ou du moindre senti-ment que j'éprouvais, et la réciproque était vraie. Aussi, lorsque cet étrange méli-mélo de mauvaise humeur et d'agacement s'agita dans sa poitrine, je me mis à craindre ce qui allait suivre.

— *Tu t'ennuies*, fit-elle remarquer.

Non. Ou peut-être... je tentais de faire taire toute réaction, mais cela ne faisait qu'amplifier ses émotions.

— *J'étais en colère contre eux au début, mais je m'en suis remise*, commençai-je en bafouillant mentalement en ressentant qu'elle s'agitait de plus en plus.

En vérité, j'avais été folle de rage et à présent ce n'était plus le cas, et nous nous trouvions dans une ville grouillante de démons, sans aucun renfort si nous devions nous retrouver dans la merde... personne d'autre que Bandit.

Mon raton laveur avait beau être génial... il ne

venait pas des Enfers. Il n'avait aucun pouvoir, il savait juste mordre comme un beau diable pendant que je mettais le feu aux choses.

— *Tu es trop émotive*, répliqua-t-elle froidement.

Émotive ? La bête voulait vraiment parler de mes émotions ?

— *Ceci venant de la personne qui coure dans toute la ville en jouant à un jeu de cache-cache malsain parce qu'ils se sont montrés un peu trop dominateurs après que nous avons balancé Laran dans un mur*, lançai-je malicieusement.

Elle sembla y penser un instant en passant lentement ses doigts dans l'épaisse fourrure de Bandit tout en observant une orgie qui se déroulait devant nous.

— *Tu étais d'accord*, conclut-elle finalement.

Je souris et voulus secouer la tête, mais je n'étais plus en contrôle.

— Oui, et je ne le regrette pas. Je dis juste que nous devrions faire plus que rester assises ici à attendre de nous faire kidnapper... une fois de plus.

La bête ricana. Ouaip. C'était bien un ricanement. Je ne l'aurais jamais cru si je ne l'avais pas entendu. Sa mauvaise humeur avait disparu comme par magie, laissant place à un léger amusement et une entente lasse.

Elle se pencha en avant et un bruit de claquement retentit quand le vinyle qui s'était collé à son dos se détacha. La sueur collait à sa peau comme une fine couche de vêtements qui isolait sa chaleur interne. La brûlure commençait à devenir incontrôlable, mais la bête n'avait pas craqué. Elle tiendrait bon. Même si la sueur était peut-être gênante, elle n'en restait pas moins une créature de feu confinée dans une enveloppe mortelle. Sur le point de devenir beaucoup plus. La chaleur n'émanait pas seulement d'elle. *C'était* elle.

Aussi, je voulais bien encaisser, mais je comptais sur ma bonne étoile pour qu'elle en prenne toute la responsabilité, et non moi. Elle s'extirpa du fauteuil, faisant signe à Eugene d'un simple coup d'œil. Il croisa son regard vigilant, hocha la tête et traversa l'orgie pour la rejoindre.

— Qu'y a-t-il, Ruby ? demanda-t-il en fronçant légèrement les sourcils.

Il était attentif à la moindre de nos requêtes depuis que nous avions guéri son âme. Je me demandais s'il réalisait bien à qui il avait affaire ou s'il s'en fichait, tout simplement. Je penchais plus pour l'ignorance du fait qu'il ne montrait aucune crainte, cependant cela pouvait venir du fait qu'elle l'avait sauvé et qu'il se sentait en sécurité.

Personne n'était en sécurité. À moins de porter sa marque.

— Je m'ennuie. Trouve-moi un endroit plus intéressant.

Il fallait reconnaître qu'il garda un air impassible et ne râla pas devant le caractère déraisonnable de sa demande. Nous savions tous les deux pourquoi elle s'ennuyait.

Elle n'avait aucune envie de se retrouver dans un bar miteux à regarder d'autres démons baiser.

Elle voulait être en train de baiser *nos* partenaires. Bien, l'amener à l'admettre serait comme faire manger des choux de Bruxelles à Bandit : totalement improbable.

— Il y a un...

Un cri retentit et l'interrompit. Elle se crispa, car ce n'était pas n'importe quel cri. C'était un hurlement de banshee.

Elle eut une poussée d'adrénaline en cherchant d'où ça provenait. Des corps se collèrent à elle. Leurs peaux moites se frottaient à la sienne tandis qu'elle se frayait un chemin au travers de la foule, en perdant rapidement patience. Si la plupart des gens possédaient un instinct de survie et répondaient par le combat-fuite, la bête, quant à elle ne fonctionnait que selon un mode et très peu d'émotions, tout extrêmes qu'elles étaient.

Elle donna un coup de coude dans l'estomac d'un démon mâle qui s'approchait trop à notre goût, en lâchant un grognement menaçant. Un autre hurlement résonna à sa droite. Sa tête se tourna d'un coup et ses muscles se mirent à trembler en regardant devant elle.

La banshee n'était pas Moira. Heureusement.

Ils auraient tous pu mourir si ça avait été elle.

Même si elles avaient le même cri et les mêmes boucles vert foncé, elles ne se ressemblaient pas du tout. Moira irradiait, comme le feu qui brûlait en moi. Cette démone était complètement terrifiée par les deux mâles qui l'avaient coincée. Du sang s'écoulait de leurs oreilles et coulait sur leurs épaules. Malgré les blessures qu'elle leur avait infligées, l'un d'entre eux se tenait derrière elle et la retenait avec ses bras tout en serrant douloureusement sa poitrine nue. L'autre se trouvait devant elle, collé contre son corps, jouant avec quelque chose entre eux...

Une colère dense et agressive nous submergea en voyant sa petite culotte en lambeaux dans sa main.

La banshee émit un hurlement rauque. Son cri se brisa tandis que les démons autour de nous reluquaient la scène avec un regard lubrique. Elle se tordait dans leurs bras, jetant sa tête en arrière pour essayer de frapper le nez de son assaillant. Il esquiva de justesse et se pencha en avant pour lui mordre le cou en guise d'avertissement.

La bête n'hésita pas contrairement aux autres démons. Elle avança, un éclair de vengeance dans les yeux prête à faire feu.

— Aidez-moi, hurla la fille par-dessus son épaule en croisant notre regard.

De près, les larmes qui coulaient sur son visage

ruinaient complètement son maquillage, cependant sous ce magma infâme elle paraissait jeune.

La bête garda un visage impassible en tendant le bras pour saisir l'épaule du mâle de sa main brûlante. Il laissa échapper un rugissement et se pencha de tout son poids en arrière pour essayer de se dégager de sa poigne. Mais elle ne l'entendait pas ainsi.

La bête enfonça ses doigts, comme des griffes, dans le cuir de sa peau. Il grogna de douleur tandis qu'elle réduisait en lambeaux les muscles et les tendons, jusqu'à l'os.

— Ça te plaît de violer à plusieurs des démones sans défense ? lui demanda-t-elle.

À un moment donné, il n'y eut plus un mot dans la discothèque, seuls le bruit de respirations laborieuses et la chanson « Sweet Dreams » résonnaient encore.

— Parce que j'adore faire mal à ceux qui le méritent.

Elle lui fit une clé pour l'amener à hauteur de son regard, usant d'une force surnaturelle que jamais je ne pourrais contrôler.

— Est-ce que tu le mérites ?

Il grogna de douleur et des piques noires percèrent sa peau. Un Chupacabra.

— Écoute, salope, je ne sais pas ce que...

Elle lui frappa le cou si fort qu'il craqua.

— Mauvaise réponse.

La violence de ce coup aurait tué n'importe quel

humain, mais au lieu de cela il se retrouva avec la tête penchée à un angle bizarre tandis que son corps tentait de se guérir rapidement. Elle le projeta à trois mètres, son dos craqua quand il frappa la scène du mauvais côté. Une de ses piques sortit de sa peau et visa sa poitrine, mais elle la rattrapa d'une main, se retourna et l'enfonça violemment dans ce qu'il restait de l'épaule du violeur. Ses bras se mirent à convulser autour de la petite banshee quand le poison se diffusa instantanément en lui.

— Tu... Tu...

Ses paroles déclinèrent tandis que ses veines devenaient noires sous sa peau blême. Ses yeux roulèrent en arrière et il chancela, ses jambes peinant à le soutenir. La jeune banshee nous fixa, craintive à l'idée d'avoir échappé à un danger pour un autre pire encore.

La bête se retourna vers le Chupacabra. Sa douleur se transformait en colère alors qu'il détournait le regard de la silhouette faiblissante de ses amis et fixait à nouveau la bête.

Il ne prononça pas un mot en se jetant sur elle, bougeant plus vite qu'elle ne s'y attendait avec son corps meurtri. Pourtant, cela ne l'arrêta pas. Il lança un bras vers elle... relâchant trois autres piques. Elle n'hésita pas une seconde et déclencha un mur de feu pour détruire les piques avant qu'elles ne l'atteignent.

C'est alors que les hurlements débutèrent. Ils ne venaient pas de la banshee qui se trouvait près d'elle, mais des monstres qui se tenaient sur les côtés. Peu de choses pouvaient tuer un démon d'un coup, cependant les flammes de l'Enfer en faisaient partie.

Se lassant rapidement de ces petits jeux, elle traversa les flammes à grands pas en appréciant le contact des flammes sur sa peau. Le Chupacabra ne s'enfuit pas. Il ne lutta pas. Il se contenta de regarder le feu derrière elle, conscient que rien ne pourrait l'arrêter si elle désirait le voir mort.

— Qui es-tu ? murmura-t-il en déglutissant lorsqu'elle s'approcha.

Elle empoigna son sexe qui pendait entre ses cuisses comme un jouet cassé.

— La main du mal.

Il y avait une lueur malsaine dans ses yeux lorsqu'elle le castra avec le feu. Il était recroquevillé en boule sous l'effet de la douleur quand elle se dirigea vers le démon qui gisait comateux à cause de la pique empoisonnée avec laquelle elle l'avait empalé. Il n'eut même pas le temps de supplier avant qu'elle lui enlève son appendice à coups de flammes. Puis tout fut fini. Enfin, Bandit s'élança et lui pissa dessus pour faire bonne mesure, mais le mal était fait.

Il n'y avait plus que la démone aux yeux écarquillés qu'elle venait de sauver, Eugene McGee l'air perturbé et une pièce remplie de démons qui tombaient à genoux. Ils s'inclinaient... devant leur reine. La banshee cligna deux fois des yeux avant de se laisser tomber à genoux. Ça ne me plaisait pas, mais ça ne semblait pas gêner la bête. Au moins, ils faisaient preuve du respect auquel elle estimait avoir le droit.

Salope égoïste.

Bien sûr, avant qu'elle n'ait l'occasion de dire quoi que ce soit à la foule, deux visages familiers sortirent de l'ombre.

Rysten... et Julian.

Ils étaient venus pour elle. Pour nous.

Enfin.

Malheureusement, la tournure qu'avaient prise les événements l'avait excitée. La bête aimait plutôt jouer un rôle plus actif comme débarrasser les rues de la vermine en distribuant les punitions qu'elle jugeait nécessaire. S'ils étaient arrivés dix minutes plus tard, elle serait probablement partie.

Mais à présent... à présent elle avait des plans. Des idées.

Si les Cavaliers de l'apocalypse ne réussissaient pas à l'attraper, elle comptait vraiment les suivre. Elle siffla et Bandit accourut sur le sol de pierre, il lui sauta dans les bras et grimpa pour se percher sur son épaule, en leur grognant dessus pour le principe. Ils n'étaient pas Laran, alors ça ne me surprit pas.

— Ruby, grogna Julian dans sa barbe.

Le regard qu'il lui lança... me fit frissonner. S'il l'attrapait, jamais il ne la laisserait partir. Il préférerait mourir, et vu que j'étais pratiquement certaine qu'il ne pouvait pas mourir...

— Mort, ronronna la bête avec une voix de sirène.

La veine de sa tempe palpitait tandis qu'il la détaillait, avec sa robe courte et tout le reste.

— Allez, chérie. Nous avons gagné la partie. Il est temps d'y aller.

Rysten guettait dans l'ombre de la pièce, sautillant d'un pied sur l'autre en se rapprochant lentement d'elle. Elle inclina la tête en arrière et éclata d'un rire mauvais.

— Vous m'avez trouvée, Peste, mais vous devez encore gagner.

Elle se tourna vers Eugene McGee et lui adressa un mouvement de tête. Il avança de deux pas.

Il en fallait trois pour atteindre Rysten.

Mais ils avaient déjà disparu, tombés à travers le plancher.

** Rysten **

Mes bras brassèrent de l'air chaud et moite. Mais plus que tout le vide.

Je m'arrêtai où je me trouvais et jetai un regard en bas à l'endroit où la bête et un rubrum s'étaient tenus. J'éprouvai la sensation terrible dans mes tripes d'avoir tout foiré. Non seulement j'étais celui qui l'avait laissée s'échapper de la pièce sécurisée et qui l'avait perdue la première fois, mais j'étais également celui qui n'avait pas suivi les plans et qui avait échoué une seconde fois.

— Où est-elle ? rugit Julian.

Je ne réagis pas à la violente poussée d'énergie qui balaya la pièce, cherchant la démone. S'ils avaient été invisibles, il l'aurait trouvée, mais la bête et le rubrum n'étaient pas là. La puissance incroyable que Julian libéra devint tendue et chaotique sous la morsure acérée du froid.

Les démons détestaient le froid, mais Julian s'y fondait.

Je serrai les dents sous l'effet de sa colère et réprimai ma propre énergie. Si je laissais sortir le malaise qui me rongeait de l'intérieur, les démons dans la pièce mourraient d'une mort douloureuse et Julian prendrait cela comme un défi vu l'état dans lequel je me trouvais. Depuis toujours, il était non seulement le plus fort, mais aussi le plus rationnel. Depuis que nous avions trouvé Ruby, sa nature autoritaire et son esprit torturé avaient commencé à se relâcher. Le fait que la bête s'échappe semblait avoir fait ressortir le pire de ces deux-là, et si j'avais l'intention de tuer le rubrum qui l'accompagnait lorsque je les retrouverai... céder à la colère n'était pas raisonnable.

Aussi fis-je ce que je faisais le mieux.

Je baissai les bras et ravalai toute cette noirceur au plus profond de moi, là où mon frère ne pourrait pas la voir. Je me mettrais en chasse quand il serait endormi, afin de pouvoir m'en libérer. Je me tournai vers lui en dissimulant les émotions qu'il m'était particulièrement difficile de lui cacher. Dans sa fureur, il ne s'apercevrait même pas de ce que je faisais. Ruby était la seule à l'avoir jamais remarqué.

— Elle est partie, Julian. Je suis allé trop tôt et elle s'est enfuie avant même que Moira puisse tenter de la calmer.

Sincèrement. Il se débrouillait mieux dans ce genre de situations.

— Elle ne peut pas avoir tout simplement disparu, siffla-t-il.

Plus les années passaient et plus le côté sombre de sa magie lui collait à la peau, faisant de lui la bête qu'il n'admettrait jamais être.

— Nous devons aller chercher la banshee et la pister avant qu'elle n'aille trop loin.

Ce fut ma seule réponse avant de retourner mes pensées vers Allistair. Avant que je ne puisse communiquer avec lui, quelque chose se fracassa contre mon visage. Je me tournai et crachai du sang sur le sol de la discothèque. Il se mélangea au sang dont la bête avait repeint l'endroit, et je ressentis à nouveau le désir irrépressible de tuer quelqu'un. Plus difficile à maîtriser, cette fois-ci lorsque je reconnus mon agresseur.

— Putain, mais c'était quoi ça ?

Laran beuglait.

Je remis ma mâchoire en place et lui lançai un regard noir.

— J'ai juste saisi l'occasion qui se présentait, dit-il en me frappant à nouveau.

Je toussai violemment en crachant des gouttelettes de sang partout. À côté de moi, Julian ne disait pas un mot, me laissant gérer seul la colère de Guerre. Peut-être voulait-il me frapper, lui aussi, alors c'était une façon de me laisser une chance de pouvoir répondre aux coups. Ce que je ne voulais pas faire.

— Écoute, dis-je avant de m'interrompre pour arracher une dent qui ne tenait plus à la gencive que par un petit bout de chair. (Mais la nouvelle dent repoussait déjà). J'ai merdé, mais...

Son poing s'écrasa sur mon visage pour la troisième fois, et je répondis par un grognement. La maîtrise que je m'imposais se ramollit un instant, tandis que toute ma puissance mourait d'envie de se libérer et de se déverser plus violemment encore contre ce connard au sang chaud. Souvent, la douleur éprouvée à cause de dents cassées ou de membres amputés était plus facile à supporter que cette horrible souffrance qui nous rongeait de l'intérieur. Je le constatais tous les jours chez les humains et nous, les démons... nous n'étions pas différents.

Il me fallut un petit moment pour me remettre de

ce coup. Je fixai le sol luisant en béton, mon visage n'était plus qu'un amas d'os cassés et de chairs qui guérissaient rapidement.

— Ne me frappe plus, dis-je lorsque je fus à nouveau capable de bouger les lèvres.

Ce serait mon unique mise en garde. Il avait raison d'être en colère, et j'accordais même une certaine légitimité à son premier coup, car je n'avais pas suivi les plans et que j'avais tenté de lui parler tout seul. Je pensais que j'aurais pu réparer ce que j'avais fait. J'avais eu tort, cependant je n'accepterais pas plus et il risquait de goûter à la destruction qui guettait en moi.

— Tu as brisé le cercle. Moira emménageait et toi tu lui as foutu les jetons.

Je pouvais supporter ses coups, mais c'était ses mots qui me blessaient, car je savais déjà que c'était de ma faute et que j'avais grillé toutes nos chances par mes actions.

— Moira peut encore la pister, dis-je.

Comme elle l'avait déjà fait des douzaines de fois, juste pour que la bête fasse du grabuge et disparaisse avant même que nous ne la voyions.

— En fait... m'interrompit une quatrième voix.

Allistair apparut de derrière la scène et Moira n'était pas avec lui.

— Elle ne peut pas. Après que tu as fait foirer le plan, la banshee a décidé qu'elle ferait du meilleur boulot toute seule.

Le feu et la glace s'affrontèrent lorsque Julian et Laran se montrèrent hostiles.

— Elle a dit quoi ? demanda Laran.

— Je crois qu'elle a dit *si je veux que les choses soient bien faites, je vais devoir m'en occuper toute seule.*

— Tu l'as laissée partir ? demanda Julian en grognant.

Sa santé mentale commençait à s'effriter.

— J'ai essayé de la persuader de rester, mais étrangement elle a décliné. Le temps que je me montre persuasif, elle avait décidé que voler était le meilleur moyen de partir sans que je puisse la suivre.

Merde.

Ça allait de mal en pis. J'avais conscience que la banshee n'était pas contente de nous, mais je ne m'attendais pas vraiment à ce qu'elle mette ses menaces à exécution. Fils de pute. La Nouvelle-Orléans va brûler si la bête a ses deux partenaires et est laissée sans surveillance.

— Il doit y avoir un autre moyen de la trouver, dis-je. Quelque chose... ou quelqu'un qui pourrait suivre sa trace...

— Nous avons besoin de bien plus que de suivre sa trace, dit Julian sur un ton sombre.

— Nous ne pourrons pas l'entraver si elle a ses deux partenaires, ajouta Allistair.

— Il faudra plus qu'une entrave, répondit Julian.

— Suggérerais-tu... commença Allistair d'un ton réellement menaçant.

Mais on devinait également de l'inquiétude à cause de ce que Julian voulait lui faire... même moi je ne voudrais pas affronter son courroux lorsqu'elle le saurait. Ruby pardonnait beaucoup de choses, mais ça ? Julian était allé trop loin.

— C'est exactement ça.

Il allait ramener la jeune femme à n'importe quel coût.

10

Ses fesses frappèrent le sol froid et dur et Bandit émit un miaulement. De la techno hurlait en fond musical et s'ajoutait aux étoiles qui dansaient devant ses yeux. Elle grogna en attendant que le monde arrête de tourner avant de tenter de s'asseoir. Elle ignora ses douleurs musculaires en se redressant. Nous étions toujours mortelles après tout, et ce n'était pas une petite chute. Bandit s'accrocha à sa poitrine et serra ses pattes autour de son cou comme si sa vie en dépendait. Ce qui était probablement le cas.

Le plafond devait se trouver à un bon trois mètres au-dessus d'eux. Elle balaya la pièce du regard et remarqua la table de billard et le nombre... d'hommes. D'humains. Dont beaucoup semblaient mieux danser que moi.

Après avoir observé les coins plongés dans l'ombre, elle se leva rapidement avant de se tourner vers Eugene. Il se tenait à quelques centimètres d'elle, enveloppé d'un charme qui le faisait ressembler à un bel homme à la peau noire et aux beaux cheveux longs. J'avais envie de lui demander pourquoi il avait opté pour ce look, mais la bête s'en fichait complètement. Elle voulait sortir d'ici.

— Allons-y. Je connais une porte dérobée, dit-il avec un petit mouvement de tête vers le couloir plongé dans l'ombre.

Elle était moins tape-à-l'œil que l'entrée principale, mais c'était l'endroit idéal pour que Rysten et Julian puissent s'emparer d'elle. Ils tournèrent pour s'engager dans le couloir sombre en ignorant les sifflets de certains hommes lorsqu'elle passa près d'eux.

— Eh, joli p'tit lot, grogna quelqu'un derrière elle.

Elle tourna la tête, la main courbée vers l'intérieur avec une folle envie d'une autre séance de castration... un truc que je n'approuvais pas à moins que quelqu'un fasse le premier geste. Mais l'homme ne la regardait pas...

Eugene rougit violemment sous son charme, inclina le menton et continua à marcher.

Au bout du couloir, une porte en métal s'ouvrit avec un grincement sur une ruelle avant de se refermer derrière elle avec un double claquement caracté-ristique.

La nuit était fraîche, mais agréable. Elle suivit Eugene en ignorant l'étrangeté de son comportement tandis qu'ils s'enfonçaient dans les bas-fonds de La Nouvelle-Orléans que les touristes ne visitaient jamais. Il fallait être soit courageux, soit idiot, soit un démon pour se balader dans ce coin, l'un n'excluant pas l'autre.

Après avoir trébuché sur le trottoir inégal pendant ce qui parut une énième fois cette nuit, la bête s'arrêta pour arracher les talons de vingt centimètres qu'elle portait depuis des jours. J'étais déjà grande et même si je n'avais pas l'impression de manquer de coordina-tion, je ne portais de talons que si je n'avais pas d'autre choix, et si je le faisais j'essayais de le faire dans les meilleures conditions possibles. Et certainement pas dans ces rues en vraiment mauvais état. La bête devait partager ce sentiment, car elle se déchaussa et balança ses talons dans une ruelle. Eugene s'arrêta au bout de la rue et ne fit aucun commentaire quand elle arriva à son niveau, ce qui était intelligent. Un réel instinct de survie.

Nous marchâmes encore cinq minutes dans un silence oppressant quand soudain un sentiment diffus nous dressa les poils de la nuque. Nous nous arrêtâmes.

— Tout va bien ? demanda Eugene, une note d'inquiétude dans la voix.

La bête l'observa un long moment avant de tourner le regard vers les immeubles délabrés. Tout *semblait* normal, pourtant elle scruta l'obscurité quelques secondes de plus.

Un profond malaise s'empara de nous, accompagné d'une envie folle de s'enfuir.

Pourtant, il n'y avait rien.

Elle se tourna pour reprendre la route, quand elle le vit.

La chose se mouvait comme l'ombre, absorbant toute la lumière qu'elle touchait. Ses yeux avaient la couleur de la lave, rouge et coléreuse. Une fureur en fusion. Un déchaînement animal.

Je prononçai intérieurement ce qu'elle voulait dire.

Un cerbère.

La créature leva la tête, grogna, soufflant sur les vingt mètres qui nous séparait une odeur de feu et de cendres, de Mort et de pourriture.

Mais la bête s'enfuit-elle ?

Eh bien non, loin de là.

Elle le fixa comme un égal, refusant de baisser les yeux. Bandit sortit le dos et émit un sifflement, comme si cela risquait à effrayer ce satané truc. J'aurais pu jurer que le cerbère inclina la tête en lâchant un léger grognement. Un sifflement aigu retentit et le cerbère s'assit sur ses pattes arrière. Chacune de ses quatre pattes devait mesurer au moins trois mètres et sa tête avait la taille de ma vieille coccinelle VW avec un museau pointu et les oreilles dressées comme celles d'un Doberman.

— Eugene ! cria un homme tapi dans l'ombre. Eh bien, ne serait-ce pas Eugene McGee.

Non, ce n'était pas un homme, mais un démon. Je croisais un rubrum pour la deuxième fois de ma vie. Grand, imposant, il mesurait bien deux mètres cinquante et avait une peau si sombre qu'elle paraissait mauve. Il n'avait pas massacré que des humains et son âme empestait la douleur.

— Creag Le Dan Bia, répondit Eugene.

La bête se retourna et remarqua la façon dont sa bouche se déforma en apercevant l'autre rubrum. La lueur dans sa poitrine vira d'une sorte de rose à un rouge profond. Sa respiration s'accéléra et ses muscles se contractèrent.

— Je t'avais dit qu'il se passerait quoi si je revoyais ta sale carcasse sur mon territoire, mon *garçon* ?

Eugene blêmit et la bête fronça les sourcils.

— Que je finirais en bouffe pour chien, répondit Eugene.

L'autre rubrum pencha la tête en arrière et éclata d'un rire rauque. Derrière lui, deux autres démons sortirent de l'ombre.

— Et pourtant, tu es assez stupide pour remontrer ton visage ici après ce que tu as fait ? en rajouta l'homme le plus costaud en réduisant nonchalamment la distance entre eux et nous.

— Nous ne faisons que passer, répondit Eugene d'une voix qui manquait de conviction.

Il savait que quoiqu'il dise ces connards ne partiraient pas. Pas en le laissant en un seul morceau. Ça me rendait curieuse de savoir ce qu'il s'était passé ici, mais il y avait d'autres impératifs pour le moment. Comme sauver nos vies.

— Nous ? demanda Creag. Es-tu en train de me dire que cette jolie créature est avec toi ?

Un éclair sombre, chargé de lubricité et de violence traversa ses yeux quand il nous regarda. Il bomba légèrement son torse nu en s'approchant d'un pas vers nous, tandis que le renflement dans son jean grossissait.

Oh putain, jamais de la vie.

— *Tu as intérêt à savoir comme sortir de cette situation*, dis-je à la bête.

— *Il ne nous touchera pas.*

Elle en était complètement certaine. Lorsque ce satané gros chien de l'enfer nous regarda à nouveau, cela ne conforta pas ma confiance en elle. Il huma l'air et j'eus l'impression qu'Eugene allait finir en bouffe pour lui si nous ne trouvions pas un moyen rapide de nous sortir de là.

— Ça ne la concerne pas, cracha Eugene.

En parlant de moi, il avança et tenta de s'interposer entre Creag et la bête. Elle leva les yeux au ciel devant le côté mélodramatique de la scène.

— Je n'ai pas le sentiment que tu impressionnes beaucoup cette femme, ajouta le rubrum mauve. Peut-être qu'il lui faut un vrai démon pour lui donner du bon temps...

— Pourquoi les hommes, commença la bête, réfléchissent-ils toujours avec la tête qui se trouve entre leurs jambes plutôt qu'avec celle qui se trouve sur leurs épaules ?

Eugene ne réagit pas, mais l'autre homme se raidit. Je remarquai que le rubrum mauve faisait bien quinze centimètres de plus que lorsqu'il fut qu'à quelques pas. Génial.

— Elle a du tempérament, celle-ci, commenta Creag. J'aime bien quand elles résistent, ça leur donne un goût beaucoup plus doux quand elles sont enchaînées sur mon lit.

Putain. Ce mec était complètement dingue. Un vrai taré.

Je voulais dire qu'être enchaînée à un lit faisait partir mon imagination dans tous les sens... du moment que ce soit avec un de mes partenaires.

Mais ce gars prenait son pied avec la violence et la torture.

Eh bien, ce qu'il ne savait pas, c'était que la bête aussi aimait ce genre de choses.

Seulement, probablement pas comme lui l'imaginait.

— Va-t'en d'ici, Ruby, lança Eugene.

Il suppliait carrément, mais à ce stade il aurait dû savoir que la bête n'acceptait d'ordres de personne.

— Creag, tu as un problème avec moi, pas...

— Vous parlez trop tous les deux.

La bête tourna brusquement la tête dans la direction de la voix.

Moira sortit de l'ombre, ses magnifiques ailes bleues bien rangées dans son dos. Elle portait un legging noir et un débardeur déchiré pour l'adapter à ses nouvelles formes. Ses bottes n'étaient pas le choix le plus judicieux. Elles avaient un talon de dix centimètres, bien qu'il soit épais. Ma meilleure amie faisait preuve d'une arrogance indéniable, pourtant même la bête ressentait son angoisse.

— Tu te sers de démones pour se battre à ta place à présent, Eugene ? dit le grand moche.

La bête était irritée par sa suffisance. Elle allait le faire voler sur un ou deux mètres.

— Eh, connard ! cria Moira en avançant.

Elle passa une main dans ses cheveux et les ramena bien en arrière, et sous la lueur tamisée du lampadaire, on pouvait apercevoir la marque. La marque de Cain.

— Je ne suis pas n'importe quelle démone, connard. Je suis une légion du diable, et tu vas regretter de t'être frottée au garçon de courses de la Reine de l'Enfer.

Oh non. Elle ne venait *pas* de se présenter comme... bordel de merde.

Il n'y avait que Moira pour annoncer son nouveau titre et le mien. Oh, nous allions avoir une discussion lorsque je me réapproprierai mon corps. La bête et elle, et la bête, et les Cavaliers de l'Apocalypse, et même Bandit tant qu'à faire, vu que ce petit con grognait contre le monstre de l'Enfer comme s'il avait une chance de pouvoir se mesurer à elle.

Creag Le Dan Bia se tourna vers elle, et ce que j'y vis... était suffisant pour que la bête s'en aille. Du désir. De l'avidité. De la violence. Il reluqua ma meilleure amie de la tête aux pieds comme si elle était un festin à apprécier.

— Fais demi-tour et va-t'en tout de suite, ou ton heure est venue, grogna la bête, et ce fut son unique mise en garde.

L'homme costaud regarda tour à tour Moira, la bête et Eugene en réfléchissant à ce qu'il allait faire ensuite. Il leva les mains en signe de reddition et recula lentement, pas à pas.

— Je ne m'étais pas rendu compte à qui j'avais affaire, dit Creag.

Ce rubrum était plus intelligent qu'Eugene. Peut-être était-ce pour cela qu'il avait poussé la bête sur le côté. Ou peut-être était-ce parce qu'elle avait remarqué un éclat métallique quand Creag s'était retourné pour s'en aller. Il passa son bras musclé dans son dos et saisit le manche de ce que je pensais être un genre de couteau. Il se tourna en sortant une lame du fourreau placé derrière lui et se retourna pour le lancer directement vers Eugene... mais ce dernier le battit pour frapper.

Un poignard dépassait de la poitrine de Creag et sa peau craqua, un peu comme quand j'avais tué quelqu'un en l'embrasant de l'intérieur. Sauf que la lueur qui apparaissait dans ces failles n'était pas bleue, mais rouge. Il hurla d'angoisse, tomba à genoux et le poignard enfoncé dans sa poitrine se mit à luire.

La bête observait et ne se sentait pas très encline à intervenir, quand son corps explosa et qu'une pluie de cendres leur tomba dessus. Au même moment, un éclair rouge étincela à l'endroit où Eugene se tenait, et l'instant d'après il avait disparu.

— Comment...

— Le Dan Bia va en entendre parler, dit un des deux démons encore présents.

Il claqua des doigts et le cerbère laissa échapper un cri de douleur quand des piques sortirent soudain de son collier et s'enfoncèrent dans son cou. Les deux sbires disparurent dans l'obscurité tandis que le cerbère se fondit à contrecœur dans la nuit. Ses yeux de chien battu, d'où transpiraient douleur et tristesse, ressemblaient à ceux d'Eugene la première fois que nous l'avions rencontré.

— Ça te dérangerait de m'expliquer ce qu'il vient de se passer ? demanda Moira en croisant les bras sur sa poitrine.

La bête ignora sa question et choisit au contraire de lui répondre par une autre question.

— Comment m'as-tu retrouvée ?

— Je suis pleine de ressources, répliqua Moira.

Cela n'amusa pas la bête.

— Comment m'as-tu retrouvée ? répéta-t-elle.

Moira leva les yeux au ciel.

— Je suis ta compagne et à présent je suis aussi un démon à part entière. On dirait qu'un de mes satanés dons me permet de savoir en permanence où tu te trouves.

Ainsi, elle pouvait me pister. C'était bon à savoir.

— Pourquoi es-tu ici ?

— Pour me joindre à vous. De toute évidence, répondit-elle avec la même expression de lassitude et la même attitude détachée malgré la scène devant nous.

La bête l'observa un instant.

— Les Cavaliers de l'apocalypse te suivent ?

Moira afficha un sourire sauvage.

— Pourquoi ? Tu voudrais qu'ils viennent ?

Insister ne l'aidait pas vraiment. Surtout quand Bandit se plia sur l'épaule de la bête en laissant échapper un bruit profond et étranglé. Sérieuse-ment... était-il en train de rire ? Je me demandais s'il allait tomber, mais il s'étendit autour de sa nuque et soupira pour lui signifier son mécon-tentement.

Après avoir observé l'attitude de Bandit, Moira leva les yeux au ciel et dit :

— J'en doute, mais c'est possible. Ces quatre-là n'ont qu'une seule chose à l'esprit, et ils sont beaucoup plus intéressés par le fait de te récupérer.

Cela fit plaisir à la bête.

— Même si c'est difficile à deviner, étant donné qu'ils se débrouillent comme des manches, marmonna enfin Moira.

— Je présume que tu les as aidés à me retrouver au Devil's Dancers, poursuivit la bête, bien que beaucoup plus intéressée par le spectacle devant elle.

Le couteau rougeoyant qu'Eugene avait lancé. Un démon mort instantanément. Un corps, et une personne disparue. Mais comment interpréter cela ?

— Oui, mais quand même, ce quatuor d'inca-pables fait un boulot de sagouin. Je les ai semés pour vous trouver.

La bête hocha la tête.

— Ils savent que tu es avec moi ? demanda-t-elle en avançant vers le couteau.

La lame ne devait pas faire plus de trente centi-mètres de longueur et le manche était fait d'un matériau sombre couvert de marques rouges lumineuses qui s'enroulaient étroitement.

— À l'heure qu'il est ? Probablement. Sans moi pour les guider, je doute qu'ils nous trouvent rapidement par contre.

C'était ce qu'elle voulait savoir.

— Bon, c'était qui le gars rouge et pourquoi voulait-il le tuer ? demanda Moira en s'agenouillant près d'elle pour mieux examiner le couteau.

— Il s'appelait Eugene McGee. Je ne sais pas pourquoi ils voulaient le tuer.

Nous ne le savions pas, mais si Le Dan Bia était à ses trousses...

C'était le clan le plus important du continent nord-américain. Ils avaient pour charge de s'occuper et de garder les portes de l'Enfer et ils avaient la main mise sur cette ville et tous leurs habitants. Eugene avait dû les énerver d'une manière ou d'une autre, mais aujourd'hui l'un d'entre eux était mort et Moira et moi y étions pour quelque chose.

Merde...

— Tu sais où il est parti ? demanda-t-elle.

La bête ne répondit pas. Non. Pas le moindre indice. Nous ne comprenions pas grand-chose ni ce qu'il s'était vraiment passé ici cette nuit ni ce à quoi nous avions assisté... rien n'avait de sens.

— Nous devrions appeler les Cavaliers de l'Apocalypse à la rescousse, proposa Moira.

La bête émit un grognement. La dernière chose dont nous avions besoin c'était qu'ils s'imaginent que nous n'arrivions pas gérer nos propres problèmes. Ils nous enfermeraient encore.

— Ruby...

— Je ne suis pas Ruby, gronda la bête.

Elle n'avait pas corrigé Eugene parce qu'il lui fallait un nom pour s'adresser à elle. Moira, c'était autre chose. Elle avait beau être notre lien, cela ne la préservait pas de la colère de la bête.

— Bien. Bête... salope... connasse... quel que soit le nom que tu préfères. Je propose que l'on prenne le couteau et...

Moira se pencha et saisit le manche.

Bandit laissa échapper un petit cri.

Soudain, ce fut une explosion de couleur.

** Allistair **

Nous avancions sur des œufs. Dans notre hâte pour la réclamer, nous l'avions à nouveau perdue... et cette fois-ci nous n'avions aucun proche sous la main pour nous aider à la pister.

Ce n'était pas grave. Nous avions mieux.

Sin ne pourrait peut-être pas trouver instantanément notre jeune femme comme un proche pourrait le faire, mais elle ne nous laisserait pas non plus tomber au premier échec, et j'avais beau vraiment avoir envie d'écorcher vif Rysten pour n'avoir pas suivi le plan... quelqu'un devait nous garder souder. Même si je voulais vraiment que ma partenaire revienne, peut-être avions-nous besoin de cela.

Je jetai un œil vers Julian. Le nécromancien parla d'une voix sourde, le dos tourné, le froid glacial qui l'habitait se répandant sur toute la ville de La Nouvelle-Orléans. Nous devions trouver Ruby, mais je devais me demander si peut-être ma petite démone n'était pas allée trop loin. Me demander si la bête n'avait pas été consciente qu'en partant cela pousserait enfin Julian à prendre une décision.

Il voulait qu'elle revienne, autant que nous tous, sinon plus.

Et au bout du compte, cela ferait la différence. Nous étions réunis, à présent, dans notre quête, dans notre cause et dans notre raisonnement.

Julian raccrocha le téléphone et s'appuya contre le comptoir en marbre de l'appartement. La bête avait détruit une bonne partie du premier quand elle s'était échappée. Heureusement, nous avions acheté tout l'immeuble, il ne nous avait fallu qu'une minute pour migrer à l'étage du dessous.

— Qu'a-t-elle dit ? lui demandai-je en inclinant mon verre de scotch dans ma main.

Il refléta le visage d'une femme qui sortait de nulle part.

Son reflet me sourit.

— Salut, Sinumpa, dis-je cordialement.

Notre histoire était compliquée, et concernait plus sa mère. Comme la plupart des immortels des deux mondes, on finissait toujours par se croiser tous les cent ans à peu près.

— Ça fait longtemps, Allistair, répondit-elle avec un sourire jusqu'aux oreilles.

Ses cheveux blancs ondulaient légèrement sous le souffle de l'air conditionné. Ses pointes étaient mauves, comme la dernière fois que je l'avais vue.

—Je préfère vraiment ce look, commentai-je.

Chaque fois que nous nous voyions, nous reprenions nos petits badinages.

— La dernière fois que je t'ai vu, tu surveillais l'enfant que tu étais censé protéger.

Sa voix résonna comme un coup de fouet, mais loupa sa cible.

— Ruby n'est pas une enfant, c'est ta Reine.

Son petit sourire ne s'effaça pas en entendant ma réponse et elle remua les sourcils.

— Quand tu as vécu aussi longtemps que nous, la plupart des créatures de ce monde ne sont que des enfants. Ta partenaire ne deviendra reine que si elle survit aux Six Péchés. Tu devrais le savoir.

Ainsi elle savait donc que Ruby et moi étions au

moins partiellement partenaires. Bien. Ça rendrait les choses plus faciles, même si je n'aimais pas qu'elle me rappelle les Péchés, car j'en avais déjà douloureusement conscience. C'était d'ailleurs une autre raison pour laquelle il fallait nous assurer que ses liens avec chacun d'entre nous soient cimentés avant que nous n'arrivions en Enfer. Sans ces liens, les Péchés pourraient en fait la briser.

— C'est pour cela que nous avons besoin de ton aide, intervint Julian.

Il faisait les cent pas, serrant et desserrant les poings. Je savais que Sin l'avait remarqué rien qu'en voyant son sourire devenir féroce.

Il était déstabilisé et cela lui offrait une opportunité.

Elle était bien la fille de sa mère.

— Ce dont vous avez besoin, c'est de suffisamment de magie pour enchaîner et contenir la démone la plus puissante qui n'ait jamais effectué sa transition. N'essaie pas de m'insulter ou de me sous-estimer. Le coût sera élevé.

Je savais ce qu'il allait répondre avant même qu'il ne parle. C'était l'unique raison pour laquelle j'avais attendu pour leur dire, surtout à lui, que je savais déjà qu'elle était en ville. Un marché avec Sin n'était jamais gratuit, et on n'en sortait jamais indemne.

—Je ferais tout pour elle. Je paierai le prix.

Je détournai le regard. Ce n'était jamais une bonne

idée de montrer sa seule faiblesse à un autre immortel, et Julian ne faisait aucun effort pour dissimuler son désespoir. Il voulait que notre jeune femme revienne.

Nous le voulions tous.

C'était la raison pour laquelle aucun de nous ne l'arrêta.

— Parfait. Commençons.

II

L'air autour de nous nous aspira et éclata comme une bulle.

Là où avant il n'y avait qu'ombres, nuit et éclat rouge, à présent il n'y avait plus que de la lumière. Éclatante. Aveuglante. Elle remplissait à tel point son champ de vision qu'il n'y avait plus d'obscurité. Aucune ombre. Pas de Moira. Il n'y avait qu'elle et cette énergie dévorante qu'on ne pouvait définir autrement que comme de la lumière. Avec un goût de magie. Avec une odeur forte de parfum et de pluie. Qui caressait sa peau, en quête de quelque chose. Puis ça se dissipa. Se brisa en une pluie d'étincelles, comme une image en morceaux qui ne révélait que l'endroit où elle se trouvait.

C'était une sorte de pièce, mais sa vue était brouillée. Éteinte. Après avoir vu ce que je décrivais comme un blanc pur, ce linceul d'obscurité était diffi-cile à distinguer. La pièce était remplie de bougies. Du lustre au-dessus d'elle aux tables d'appoint disposées dans la pièces et celles posées sur une pile de livres, jusqu'à celles qui dessinaient un cercle sur le sol, sous elle. Moira était allongée près d'elle, gémissante. Elle avait les yeux fermés et le front plissé. De douleur. Elle souffrait beaucoup.

Bandit se remit sur ses pattes, très alerte, tandis que la bête se tournait vers les deux silhouettes.

— Qu'est-ce que ça veut dire ? gronda-t-elle.

Elle plissa les yeux en direction d'Eugene qui se tenait près d'un homme grand, à la peau grise et aux cheveux noir obsidienne qui changeaient de teinte comme de l'huile sous l'effet de la lumière. Il portait une tenue de combat en cuir noir qui faisait ressortir ses yeux couleur argent et une marque rougeoyante.

Juste un instant... *Merde.*

Les marques rouges étincelant sur son front n'étaient pas des marques, mais des runes.

Les inclusions du couteau étaient des runes.

Putain de merde.

La bête grogna entre ses dents.

Ce gars n'était pas un démon, et ce satané Eugene McGee... que venait-il de se passer ? Elle vit rouge et laissa échapper un rugissement, soufflant du feu pour tenter d'embraser le Fae au fond de la pièce. Des flammes bleues jaillirent de sa bouche, mais rencontrèrent une barrière invisible et s'écrasèrent contre elle en un mur noir et bleu.

Sa bouche se ferma sèchement, d'un coup. C'était mauvais. Très mauvais.

Moira avait peut-être raison et nous aurions dû rentrer chez les Cavaliers de l'Apocalypse...

— *Non*, me répondit d'un grognement la bête.

— Tu as fini ? demanda le Seelie d'un air las.

Il avait un accent étranger que je n'arrivais pas à situer.

— Pourquoi m'as-tu amenée ici ? demanda la bête, le regard fixé sur le Fae.

— Je ne t'ai amenée nulle part, mon enfant, répondit le Fae sur un ton dédaigneux. *Ta* compagne a saisi une arme qui ne lui appartenait pas. Elle a de la chance qu'Eugene m'ait assuré que vous n'étiez pas celles qui l'avaient attaqué, ou *sa* vie aurait été compromise.

— Tu travailles pour les chasseurs de démons, dit la bête à Eugene.

Pour la seconde fois de la soirée, l'air presque penaud, ses joues rougirent.

— Je suis désolé, Ruby. J'aurais dû vous prévenir...

— La chose qui se trouve dans cette jeune femme ne veut pas d'explications, mon cher.

Il tendit la main et la posa presque affectueusement sur l'épaule du rubrum.

— Quant à toi, dit-il en se tournant vers la bête. Ce

n'est pas très intelligent de présumer de choses dont tu sais si peu, fille des Enfers.

Elle fronça les yeux vers lui, détestant le ton de sa voix, ou encore le fait qu'il sache qui nous étions.

— Oh que oui, je sais qui vous êtes, les filles. Pratiquement toute La Nouvelle-Orléans est au courant depuis que vous vous êtes données en spectacle, en pleine transition, répandant l'ancienne magie dans le monde.

Je voulais rétorquer avec une remarque sarcastique, mais ce n'était vraiment pas le moment. Elle était déjà en train de fulminer.

— *Pourtant*, même si ça me fait mal de l'avouer, je ne te veux aucun mal. Tu as guéri les blessures de mon amant et tu as tenu tête à Le Dan Bia.

— Mais ces entraves ? insista la bête en désignant la ligne rouge qui les encerclait Moira et elle.

— Une précaution nécessaire contre quiconque tente de voler la lame d'un Fae. C'est une des rares choses de ce monde qui peut tuer instantanément un démon. Je ne peux pas faire sans, n'est-ce pas ? répondit-il de façon rhétorique.

Pourtant, il n'enleva pas la barrière.

— Je ne voulais pas le voler, répondit Moira d'une voix haletante, allongée sur le sol en béton sale.

Elle prit une inspiration sonore et s'assit saisie d'une vilaine quinte de toux.

Étrangement, le couteau qui nous avait conduites

ici avait disparu après que Moira l'avait saisi et qu'elle se soit retrouvée étendue là sans aucune explication. Je ne faisais pas confiance au Seelie, quoi qu'en pense Eugene. Cependant, je respectais son pouvoir.

— Oui, eh bien, je n'en savais rien avant qu'Eugene prenne le temps de me l'expliquer, juste avant que je ne laisse l'air à l'intérieur du piège vous écraser, expliqua-t-il sans le moindre remords, comme l'aurait fait la bête.

Il se dégageait de lui un air blasé, et je me demandai comment quelqu'un comme lui pouvait sortir avec quelqu'un d'aussi naïf qu'Eugene.

— Ça suffit, ordonna la bête. Tu sais qui nous sommes, alors maintenant relâche-nous.

— Eh bien, vois-tu, je ne peux pas vraiment le faire tout de suite...

Le Seelie s'interrompit devant le regard menaçant que la bête lui lança.

— Donnach, grogna Eugene. Je t'en prie, ne fais pas ça. Ce n'est pas son combat.

— Il faut que quelqu'un s'occupe d'eux, Gene. Qui d'autre, sinon elle ? Qui d'autre à part ceux de mon espèce, possède la puissance nécessaire pour réussir ? répondit Donnach avec une colère sous-jacente.

Eugene se décomposa et passa une main sur son crâne chauve et lisse.

— Je n'aime pas ça, déclara le rubrum.

L'espace d'un instant, l'expression de Donnach s'adoucit.

— Je sais, mais toi plus que quiconque sais ce qu'ils feront à Morvaen si elle reste. Je ne peux pas le permettre, et elle est le seul moyen d'éviter une guerre.

Donnach le Seelie et Eugene le rubrum se tournèrent tous deux pour regarder la bête. Elle avait un bras coincé sous sa poitrine et l'autre reposant dessus, plié au coude pour pouvoir caresser sa lèvre inférieure avec le pouce. Bandit s'était tu pendant cet échange, comme s'il pouvait comprendre ce qu'il se passait. Moira avait cessé de tousser et se leva, un peu chancelante, mais se tenait la tête haute et les ailes à demi ouvertes.

Le Fae soupira, puis il commença.

— Sache que si j'avais une autre solution je la choisirais avant de demander quoi que ce soit à ton espèce.

Si c'était censé arranger les choses, c'était loupé.

Moira leva les yeux au ciel en le regardant.

— Allez, vas-y !

Il afficha un petit sourire, acéré et presque cruel... mais avec quelque chose en plus. Quelque chose *d'ancien*... Ce Seelie semblait assez jeune. Certainement pas plus vieux que la trentaine, et pourtant... quelque chose clochait. On lisait dans ses yeux des combats ancestraux. Des bains de sang et de la violence.

Cela allait plus loin que ce que ses yeux pouvaient voir.

— Très bien... dit-il avant de prendre une inspiration... plusieurs personnes de mon espèce sont prisonnières sur un ring de combats clandestins appartenant à Le Dan Bia. Je présume que tu sais de qui je parle ?

— Nous n'en avons que faire, répondit la bête.

Le Fae lui lança un regard méprisant.

— Tu es censée être la nouvelle Reine, et tu te fiches de savoir que ton peuple a dépassé les bornes sur la planète où mon espèce a été condamnée à rester ? dit-il doucement, mais sa question était insolente.

— C'était bien avant moi, répliqua la bête.

Elle haussa les épaules et se tourna pour caresser Bandit.

— Pourtant, tu es l'héritière à présent.

Ils se défièrent du regard pendant un bon moment, aucun d'eux ne voulant céder ou battre en retraite.

— Nous n'avons pas accepté cela. Vous nous avez transportés ici contre notre gré, et aujourd'hui vous essayez de me manipuler pour que je résolve vos problèmes pour vous. Trouvez quelqu'un d'autre, déclara la bête.

Je blêmis intérieurement, mais la bête le fixa sans aucun scrupule. Ils n'étaient pas de sa responsabilité. Pourquoi devrait-elle s'en soucier ?

Je soupirai. Je ne devrais pas m'en soucier. Vraiment, je ne le devrais pas... mais je frissonnai en pensant aux combats illégaux dont j'avais entendu parler en grandissant. Ces combats illégaux que Moira avait connus dans son enfance avant d'être transférée à Portland.

Lorsqu'elle était arrivée, son corps était brisé et couvert de contusions. Elle avait une mauvaise coupure à la tête qui avait été recousue n'importe comment. Elle avait claudiqué pendant six mois et c'était quand elle avait enfin pu marcher à nouveau. Elle n'était qu'une enfant, à peine capable de se défendre toute seule, et notre espèce avait imaginé de l'utiliser comme un divertissement. Quelqu'un à battre et à briser. Elle était une démone, et ils lui avaient fait subir cela. Qu'oseraient-ils faire à des non-démons ? À un Fae ? À un Seelie ?

— *Ça n'a aucune importance*, dit la bête.

— *Si c'est important. Si nous restons ici à ne rien faire, nous ne valons pas plus qu'eux.*

— *Garde tes sentiments pour tes partenaires. Nous ne le ferons pas.*

Elle tentait de me faire taire. La bête se tourna ouvertement d'un quart de tour pour fixer Moira du coin de l'œil. Ma meilleure amie était silencieuse et affreusement pâle. Elle se souvenait encore de ces temps obscurs.

La bête n'était que feu et flammes, mais la colère qui me submergeait était tranchante. Crépitante.

J'aurais dû laisser la bête continuer de se battre et d'essayer de le réduire en miettes, mais je ne pouvais pas laisser faire. Pas maintenant. Pas alors que la fureur que je ressentais contre elle commençait à transpercer la paroi soigneusement dressée pour me garder à bonne distance tandis qu'elle conservait le contrôle.

— *Ce n'est pas notre problème*, gronda la bête. *On ne négocie pas avec les terroristes.*

Venait-elle vraiment de dire ça ?

— *Tu ne sais même pas ce que ça veut dire ! Nous sommes censées gouverner ces gens. C'est exactement notre problème*, répondis-je sèchement.

— Pourquoi nous ? Pourquoi pas lui ? finit par dire la bête entre ses dents.

Elle luttait pour me contenir quand je ne voulais pas suivre assez facilement ses plans.

— Avant Eugene appartenait à Le Dan Bia et il se fera tuer sans sommation... comme tu l'as vu... avant qu'ils ne lui permettent de pénétrer sur leur territoire. Vous deux, par contre... dit-il en désignant Moira et la bête, ils ne se rendraient pas compte du danger avant qu'il ne soit trop tard. Bien que jeune et manquant d'expérience, votre âme est pure et son potentiel pratiquement sans limites.

Il avança, inclinant la tête sur le côté en les regardant toutes les deux. Bien que clairement secouée, Moira soutint son regard avec une force qui en disait long sur sa personnalité.

— Tu veux que nous entrions sur le territoire de Le

Dan Bia pour infiltrer leurs combats illégaux et libérer les gens de *ton* peuple... nous mettant en danger toutes les deux, pour quoi ? Pour que tu n'aies pas à faire le sale boulot ?

Moira avait craché ses mots comme un poison, avec une colère dure et froide.

— Ce n'est pas ce que j'ai dit, répondit le Seelie qui, visiblement, s'impatientait de plus en plus. N'importe quel démon peut pénétrer sur leur territoire sans éveiller la suspicion, parce qu'ils sont les gardiens des portes. Atteindre les « combats illégaux » comme tu les appelles ne nécessitera que peu d'efforts. Je vous téléporterais là-bas, directement à leur porte. Mais la raison pour laquelle je fais appel à toi (en s'adressant à la bête) c'est parce que si j'envoie mes gens là-bas, ça déclenchera une guerre totale qui risque de dépasser La Nouvelle-Orléans. En tant que nouvelle cheffe, j'imagine que ce n'est pas ce que tu souhaites.

Quel connard !

Il savait où appuyer. La bête quant à elle n'en avait pas grand-chose à faire, à propos de rien. Nos proches ? Oui. Nos partenaires ? Oui, également. Outre cela, il n'y avait que deux choses dont elle se préoccupait. Premièrement, ma sécurité... nous partagions le même corps, c'était un fait. Deuxièmement, notre couronne. Mais une guerre qui dépasserait les frontières de La Nouvelle-Orléans ? Ce dernier point étant de toute évidence un réel problème.

— Nous n'avons aucune raison de vous faire confiance, contrecarra Moira.

Elle n'avait pas tort, et la bête était d'accord avec elle. Moi également, d'ailleurs, mais apparemment j'étais la seule à être raisonnable ici, ou au moins à essayer de l'être.

Donnach manifesta son mécontentement d'un claquement de langue.

— C'est une jeune reine se consacrant à son peuple tout en me rendant service, dit-il sèchement. Ça empêche une guerre cette fois-ci, une guerre qu'elle ne voudrait pas avoir à mener pour commencer son gouvernement. Pas alors qu'elle a beaucoup d'ennemis parmi notre espèce. Même si vous n'avez aucune raison de me faire confiance, elle n'en a aucune de se méfier de moi. Ai-je essayé de vous faire du mal, à l'une d'entre vous, ou même à la créature, ne serait-ce qu'une fois ?

La bête jeta un coup d'œil à Bandit qui se tenait sur son épaule, la tête haute, montrant les dents au Seelie. Ses yeux autrefois noirs étaient maintenant bleus comme les miens et des pentagrammes y tournoyaient comme des volutes de fumée... les mêmes que dans les yeux de Moira. J'en étais responsable, accidentellement, mais comme avec Moira, il avait changé d'une façon que je ne pouvais pas encore déterminer.

— Pouvons-nous envisager de décliner ton offre ? demanda carrément la bête.

— Je te laisserai choisir, dit-il en plissant les yeux. Si tu ne veux rien faire, je vous laisserai partir et ce sera fini. Cependant, nous ne les laisserons pas là-bas se faire mettre en pièces par les bêtes de l'Enfer.

Il semblait sincère, mais froid. J'aurais aimé croire qu'il mentait, ça aurait rendu les choses plus faciles. Je n'aurais pas eu l'impression qu'ils étaient de ma responsabilité. Comme si c'était à moi de le réparer. Après tout, je venais à peine d'assumer ce rôle. Un rôle qu'on ne m'avait pas enseigné.

Un rôle pour lequel j'étais né. Dès que Lucifer était mort, tout avait commencé à partir en vrille.

Ma vie. Mon identité. Mes pouvoirs. L'avenir non seulement de la Terre, mais aussi de l'Enfer lui-même.

Et ça continuera ainsi tant que je ne me retrousserai pas mes manches et n'arrêterai pas de me comporter comme une mauviette. Je n'avais rien d'une démone de sang-mêlé sans défense. Je pouvais affronter des démons de trois fois ma taille. Je pouvais échapper aux quatre Cavaliers de l'Apocalypse et me montrer plus maligne qu'eux quand il le fallait. J'avais Bandit et Moira à mes côtés, ainsi que la bête qui endiguait les pouvoirs mortels qui m'habitaient. Elle avait dit qu'elle était l'exécutrice du mal. Alors peut-être devrait-elle se montrer à la hauteur.

— *Je n'ai pas confiance*, me dit la bête.

— *Tu n'as pas besoin. Mais clairement, s'il peut nous entraver, alors il pourrait faire pire. Il n'a pas tort à propos de Le Dan Bia. Ils sont un problème, et grâce à Moira, nos noms sont sur leur liste.*

La bête resta immobile à réfléchir à ce qu'il convenait de faire pendant quelques minutes qui parurent des heures. Comme moi, elle en arrivait à la conclusion que nous devrions le faire, ou tout au moins que nous devrions envisager de le faire. Le Seelie n'avait pas tort en disant qu'en les laissant sciemment s'en prendre au clan pour libérer les siens, ils risquaient une guerre. En tant que nouvelles gouvernantes ayant des ennemis puissants et de nombreux opposants, nous ne pouvions vraiment pas nous le permettre. La bête n'en avait que faire de la politique, mais dans tout cela elle percevait au moins une lueur de raison.

Nous nous étions peut-être échappées pour passer du bon temps, mais les problèmes semblaient toujours prompts à nous retrouver. Nous ne pouvions pas nous permettre une guerre avec le Seelie, ce qui signifiait qu'il était temps de s'engager. Elle n'avait pas confiance. Pas le moins du monde. Mais je ne lui céderais que si elle me donnait une sacrée bonne raison.

— Ne me dis pas que tu l'envisages vraiment, dit Moira. Nous pouvons trouver un autre moyen de gérer ça. Nous pouvons envoyer les Cavaliers de l'Apocalypse. Nous pouvons...

— Nous ne reculons jamais devant la menace, Moira.

Ma meilleure amie s'arrêta et déglutit. Elle prit un

instant pour fixer le mur de la pièce, les yeux brillants tandis qu'elle réfléchissait à ses propres raisons.

— Tu es puissante, et tu as raison de ne pas t'enfuir, dit-elle finalement. Mais tu ne connais pas les démons qui vivent dans des endroits pareils. Je m'inquiète pour toi... pour Ruby... si tu choisis d'y descendre.

La bête réfléchit et baissa la barrière qui me protégeait de ma propre magie en soupirant bruyamment pour signifier sa profonde réticence. La transition pour me pousser en avant fut soudaine et violente, mais elle resta près de la surface, prête à reprendre le contrôle après que j'ai dit ce que j'avais à dire.

Je la remerciai en silence.

— Je m'inquiète, moi aussi, dis-je.

Moira leva la tête d'un coup en clignant rapidement des yeux.

— C'est toi ! lâcha-t-elle dans un souffle en jetant ses bras autour de moi.

— C'est toujours moi, gloussai-je en l'enlaçant. Mais je ne peux pas rester. La bête prend le contrôle parce que j'ai besoin qu'elle le fasse. Au moins jusqu'à ce que mes pouvoirs ne soient plus en danger. Elle le fait parce que je veux... que j'aie besoin qu'elle le fasse. Nous ne pouvons pas laisser des démons comme ceux qui ont attaqué Eugene, continuer ainsi. Ce n'est pas le genre de Reine que je désire être, ni aujourd'hui ni jamais.

Moira recula d'un pas et attrapa mes mains dans les siennes. Elle les tint fermement et respira calmement.

— J'ai échappé aux Cavaliers de l'Apocalypse et suis venue te chercher parce que j'avais peur qu'elle te fasse tuer. À présent, je sais qu'en fait c'est parce que toutes les deux vous affrontez vos pensées que tu en arrives à d'aussi affreuses décisions. Sincèrement, je ne sais pas ce que tu ferais sans moi, dit-elle en saisissant mes mains si fermement que la peau autour de ses doigts devint rose.

— Tu n'es pas obligée de venir avec moi, tu sais.

— Tu es encore plus folle si tu crois que je vais te laisser affronter cela toute seule.

Je lui souris timidement pendant que la bête attendait avec impatience que je finisse.

— Je serai à nouveau moi avant que tu t'en rendes compte, murmurai-je, puis me réinstallai dans un coin de mon esprit.

La bête lâcha la main de Moira et posa ses mains sur les hanches en levant les yeux vers le Fae.

— Si tu nous doubles, je le tue de mes propres mains, lança-t-elle en faisant un mouvement du menton vers Eugene qui déglutit difficilement.

— Ma chère, si j'avais menti tu ne le saurais qu'une fois de l'autre côté du voile.

Ses paroles étaient mielleuses, mais vraies. Le Seelie leva la main et la barrière entre nous s'abaissa jusqu'à ce que la lumière venant de l'entrave s'éteigne en crépitant.

Il leva en l'air sa main couleur ardoise. On pouvait lire la résolution dans son regard. Son visage était fermé et sa peau blême. Ce Fae appelé Donnach était prêt et ferait n'importe quoi pour ramener son peuple à la maison.

Jusqu'à faire un pacte avec le diable.

** Julian **

Nous étions issus de la magie de sang. Créés avec le don de l'utiliser avec parcimonie afin de pouvoir allier nos forces. Pour pouvoir faire notre boulot.

Mais le sort en avait voulu autrement. Au lieu que Ruby se lie à nous en tant que proche pour que nous la protégions, la bête et elle nous avaient choisis comme partenaires. À notre place, elle avait opté pour deux proches parmi les plus faibles créatures ayant jamais marché en Enfers. Le destin nous avait joué un nouveau tour, car si leurs corps n'étaient pas forts, leur volonté l'était. La banshee et le raton laveur possédaient une férocité qui les rendait tout aussi capables que moi pour ce travail. Ils la protégeaient et Ruby se nourrissait de leur force intérieure. Ça la regonflait là où nous étions impuissants, et ça la rendait plus forte, même plus forte que nous.

Si mon sang ne bouillait pas autant de rage et de hargne, j'aurais été impressionnée. Au lieu de cela, ça me rendait désespéré.

Je pouvais l'admettre. À tel point que j'étais prêt à passer un marché avec Sin.

À lui devoir un service et accepter un pacte de sang pour récupérer Ruby.

Elle voulait un partenaire qui la mette au premier plan. Quelqu'un qui ne se contenterait pas de la protéger, mais posséderait son cœur et son âme. J'allais lui montrer quel genre de partenaire je pouvais être.

Le genre de partenaire que je *serais*.

Elle me provoquait encore, et encore, et encore.

À présent, je devais m'assurer qu'elle ne puisse s'enfuir. M'assurer qu'elle était à moi.

Même s'il fallait que je noue jusqu'à nos âmes pour le faire.

Sin fit une autre incision dans ma peau et utilisa le sang pour tracer ses marques. Même après tant d'années, je n'avais jamais compris la magie qu'elle utilisait. Comment parvenait-elle à assembler deux choses impossibles ? J'avais des soupçons, comme les autres Cavaliers. Mais nous étions suffisamment intelligents pour ne rien dire quand nous interagissions avec elle.

— Pense à elle. Focalise-toi sur sa marque.

Elle lacéra mon torse, et coupa l'os en deux. La

majorité des gens ne survivait pas à ce genre de sacrifice. Mais il existait un équilibre dans la magie de sang. Pour la recevoir, il faut faire une offrande de valeur.

Je souhaitais posséder ma petite Morningstar. Lui enlever toute volonté. Asservir son corps.

Pour y parvenir, je devais donner cela et encore plus.

Sin plongea la main dans ma poitrine et saisit mon cœur qui battait encore. Je ne laissai pas l'image mentale m'envahir même une seconde tandis qu'elle retirait mon cœur.

Une masse sombre se forma autour de l'organe dans sa main lorsque la magie accepta son offrande. Elle dévora mon cœur, attaquant la chair et le sang de ses filaments noirs comme de l'encre. La magie le dévora en entier puis redescendit d'un coup, replaçant mon cœur dans le vide de ma poitrine tandis que la peau se refermait toute seule. La magie de Sin était violente et nerveuse et se propageait en moi, cherchant la démone avec qui je souhaitais créer un lien. Cherchant la marque.

Je sus immédiatement quand je la trouvai.

Dès l'instant où le sang dessina sa marque sur mon torse.

Parce qu'au même moment, je ressentais les battements de son cœur qui m'entraînaient vers elle. La magie me suppliait de remplir son rôle, jusqu'à faire mal. Je soufflai entre mes dents, mais je l'acceptai. J'acceptai cette douleur, parce qu'au moment où je toucherais sa peau, elle ne se libérerait plus de moi et la bête ne serait plus en contrôle.

J'allais l'accompagner pendant sa transition que cela lui plaise ou non, et il n'y avait rien qu'elle pourrait faire pour l'éviter.

12

Il claqua les doigts et des étincelles jaillirent du bout de ses doigts. La bête regarda le Seelie avec méfiance, mais il avait fait tomber les barrières. Il avait expliqué ce qu'il allait se passer. Il avait opté pour la magie des runes non pas pour nous faire du mal, mais pour nous défendre et il n'avait pas demandé à la bête de jure la même chose.

Je ne savais pas vraiment si c'était de la stupidité, de l'arrogance ou tout à fait autre chose.

Je n'avais jamais vu personne travailler aussi vite. Ses doigts s'agitaient en l'air comme s'il jouait d'un piano virtuel. Des trucs rouges tourbillonnants apparaissaient partout où il touchait. Ces marques scintillantes ne voulaient pas dire grand-chose pour moi, cependant, après quelques minutes sans que rien ne se passe, je le ressentis.

Il s'interrompit et baissa les mains. Il y eut un immense *zoum* comme si nous venions d'être aspirés et les marques brillèrent plus fort et devenaient plus intenses à mesure qu'elles convergeaient. L'air crépitait d'énergie tandis que la magie formait un globe incandescent. La force pure qui en irradiait perturba la bête. La chose aspira toute la magie dans l'air, attirant des objets vers elle. Quelques livres volèrent de leurs piles et finirent par être absorbées par cette satanée chose qui tripla presque de volume avant d'exploser vers l'extérieur. Un portail d'un mètre quatre-vingt apparut.

D'un côté se tenaient la bête, Moira, Bandit, Eugene ainsi que le Seelie et, de l'autre, seulement séparée par une fine pellicule de magie rouge... une rue sombre menant à une ruelle obscure.

En réalité, je ne comprenais pas bien comment fonctionnait leur magie. Je n'avais seulement entendu parler que de quelques bribes de temps en temps en grandissant, et d'après ce que je comprenais, les runes... ou même les marques, comme je les connaissais... détenaient de l'énergie. De l'énergie que les Seelie savaient exploiter, tout comme les Unseelie utilisaient le sang. C'était de la magie ancienne, plus vieille que tous les démons que je connaissais, les Cavaliers de l'Apocalypse inclus. Je gardai mes pensées pour moi tandis que la bête avançait à petits pas vers le bord du portail.

L'entrée des combats clandestins souterrains.

— Si c'est un traquenard, *gros malin*, tu vas le regretter, le mit en garde la bête.

Même s'il avait juré ses grands dieux que tous les Seelie ne souhaitaient pas nous tuer, la bête était moins clémente et plus énervée contre lui que moi.

— Dûment noté, *mon enfant*, répondit-il avec suffisamment de mépris pour que les doigts de la bête s'agitent, désireuse de lui coller un revers.

La bête s'engagea dans le portail sans un au revoir ni le moindre regard pour Eugene. L'espace d'un temps, ses mouvements se ramollirent quand la magie s'adhéra à sa peau lui donnant l'impression qu'elle se mouvait dans l'eau. Elle se brisa avec un petit bruit sec et elle traversa, s'engageant sur une chaussée sèche. Bandit s'ébroua comme un chien mouillé et se mit à se lécher les pattes pendant que la bête attendait Moira.

Elle ne prit pas longtemps. Elle tituba pour passer le portail en toussant et en postillonnant, son aile droite gifla Bandit. Il lâcha un petit cri de désarroi et sauta à terre. Il se précipita vers elle et lui mordit le petit doigt, s'écartant rapidement avant qu'elle ne puisse le frapper.

— Ouïe ! Petit con, c'est quoi ton problè…

— Viens !

La bête se baissa, il se hissa à nouveau sur son épaule et elle avança dans la nuit. Moira répondit par un chapelet d'insultes, mais les suivit.

Le ciel était menaçant au-dessus d'eux. D'épais nuages occultaient les étoiles et réfléchissaient les lumières de la ville d'un halo rouge qui illuminait les rues nocturnes de La Nouvelle-Orléans.

Elle progressa sur le trottoir accidenté, évitant des morceaux de béton ainsi que des bouteilles de bière brisées. Elle ne cilla même pas lorsque les minuscules tessons lui coupèrent les pieds. La ruelle se profilait devant elle. Longue. Imposante. La lueur rouge aurait dû lui permettre d'en voir le bout, mais un parapluie de magie noire et de nuit l'obscurcissait totalement, dissimulant ce qu'il y avait plus bas... à moins de savoir ce qu'il s'y trouvait.

Ils avancèrent ensemble, traversant le voile obscur. Elle marchait sur une surface plane, puis sentit une dénivellation. Un escalier. Ils descendaient des escaliers. Elle poursuivit et prit la tête pour descendre plus bas, puis le chemin se rétrécit. Elle ne pouvait toujours rien distinguer à part la lueur des ailes de Moira, mais elle pouvait la ressentir, percevoir la magie noire qui l'entourait, sentir Bandit qui s'accrochait à elle en geignant doucement son mécontentement. La bête passa sa main dans sa fourrure pour l'apaiser, et mon raton laveur se mit à ronronner.

Arrivés au bout, ils s'arrêtèrent et Moira leva une main tremblante pour frapper deux fois. Le son se propagea dans ses os et résonna dans la cage d'escalier.

— Tu es sûre de pouvoir gérer ça ? demanda doucement la bête dans la nuit.

— Trop tard pour faire demi-tour, maintenant, grogna Moira.

Son cœur battait si fort que nous pouvions tous l'entendre.

La porte s'ouvrit d'un coup et un mâle imposant se focalisa sur Moira, la reluquant avec intérêt avant de nous regarder d'un œil prédateur. La bête soutint son regard sans ciller, impassible comme toujours. C'était le moment de vérité. Le Seelie nous avait-il leurrées ? Ou les choses allaient-elles être simples ?

La Chupacabra aux yeux jaunes recula d'un pas et nous tint la porte ouverte pour nous laisser passer en silence. Le battement régulier d'une musique vibrait derrière lui et des effluves d'alcool, de sueur et de sang imprégnaient l'atmosphère, la promesse de violence et de bibine attirant la bête dans ce trou à rats souterrain. Je ne pouvais pas dire que je la blâmais quand elle le dépassa sans ménagement en le poussant légèrement de côté alors qu'il tentait de la retenir. Je doutais même qu'il eût remarqué l'attirance exotique que mon corps exerçait sur lui. Tant mieux qu'elle l'avait dégagé du chemin, car nous n'étions pas là pour du sexe. Si c'était ce qu'elle voulait, nous avions quatre partenaires qui mourraient d'envie de nous localiser.

La bête pénétra dans le bar comme un mec bien membré rentre dans le vestiaire. On connaissait le genre. Elle se pavanait comme si elle était chez elle et les têtes se tournèrent vers elle.

Derrière elle, Moira était en hyperventilation. Peur. Colère. Douleur. *Souffrance.* Elle avait du mal à gérer tout cela, elle n'arrivait pas à le surmonter. Son désarroi fit hésiter la bête, et Bandit planta ses griffes dans sa peau. Du sang bleu coulait de son épaule alors que ses idées se clarifiaient douloureusement en elle, ce qui lui permettait de séparer nos émotions de celles de Moira. Plusieurs démons, apparemment des lutins, décidèrent de tenter de nous aborder. Bandit montra les dents et siffla dans leur direction, même lorsqu'ils bifurquèrent vers Moira qui commençait juste à surmonter sa peur paralysante.

La bête lui attrapa le poignet et l'attira à elle en ignorant la curiosité des badauds. C'était une mauvaise idée. Très mauvaise, en fait. Comment avais-je pu croire qu'amener Moira ici était une bonne idée, pour commencer ?

Je ne le savais pas. J'avais écouté ce que m'avait dit un chasseur et m'étais laissée avoir par une histoire à faire pleurer dans les chaumières. Je voulais protéger ma couronne et me dresser contre l'injustice. Mais où cela nous avait-il menés ?

La bête secoua la tête devant mes incertitudes et mes doutes. Nous avions tant accompli et elle allait faire ce que nous avions mis en marche.

Le sol en béton était décoloré, maculé de taches marron et bleues.

Du sang. Il était taché de sang.

À sa droite, le sol s'arrêtait net. Il n'y avait qu'une seule barrière pathétique pour empêcher les gens d'approcher du bord et de tomber dans l'enfer en contrebas, où les murs étaient couverts de sang et de poussière et où quelque chose émit un horrible cri de douleur. Bandit se mit immédiatement à grogner. Cet endroit le rendait nerveux, lui aussi. Ça le rendait... mal à l'aise.

Tout ce à quoi je pouvais penser, c'était ce que Moira nous avait raconté. Elle nous avait mis en garde contre le genre de démons qui hantaient ce type d'endroits. Dans les clans comme celui de Le Dan Bia.

Nous n'avions pas voulu l'entendre.

Cependant, nous étions là aujourd'hui, et malgré la peur bleue qui la paralysait et l'angoisse que Bandit laissait à présent transparaître, la bête et elle étaient tout à fait décidées de leur montrer qu'elles ne le toléreraient pas.

L'endroit lui-même empestait l'urine et la mort. Comment pouvait-on enfermer un enfant ici... oui, la bête allait défoncer quelques têtes avant que nous ne partions. Elle n'allait faire preuve d'aucune clémence vis-à-vis de ce genre d'attitude. Aucune d'entre nous ne le ferait.

Elle progressa jusqu'au bar au fond de la pièce,

bien à l'écart de la fosse où se déroulaient les combats. Elle s'y rendit directement comme si elle ne traînait pas Moira derrière elle et frappa du plat de la main sur la surface collante, sans prêter attention à la puanteur ambiante. Le mâle derrière le comptoir se retourna en finissant d'allumer un joint. Immédiatement, l'odeur de lotus blanc nous enveloppa, réveillant le désir en nous. La bête grimaça, les yeux fixés sur le bout incandescent qui lui explosa en plein visage. Il fit un bond en arrière, voulu le jeter, mais il s'était déjà désintégré en un nuage de poussière noire. Il regarda le pauvre tas de cendre dans sa main puis notre visage, s'énervant de plus en plus. Il sortit les crocs et se jeta en avant pour saisir notre main, mais la bête fut plus rapide. Elle lâcha Moira, attrapa une bouteille de bière à moitié vide des mains du démon de plus de deux mètres... et la fracassa sur son crâne. De la bière éventée se déversa sur la forme qui avait voulu nous faire du mal, l'éclaboussant au passage. Bandit lui sauta dessus et s'accrocha violemment au visage du démon. Il vacilla en arrière et se cogna dans le mur avant de retrouver ses esprits.

Il fit un geste pour se saisir de Bandit et elle émit un sifflement strident. Mon raton laveur relâcha sa prise, arrachant un œil du barman en sautant pour nous rejoindre. Le hurlement de douleur qu'il lâcha n'avait rien à envier à celui de la créature qui se trouvait dans la fosse en contrebas, et Bandit échappa de justesse au revers de la main griffue lorsqu'il atterrit sur le bar comme une boule de poils en sifflant. La bête tendit son bras où il grimpa pour reprendre sa place en fixant le démon désormais borgne.

J'espérais qu'elle savait ce qu'elle faisait, parce que la dernière fois que nous avions éborgné un démon, il avait tenté de m'assassiner et avait presque tué Moira. La bête éclata d'un rire glacial et rauque en mettant le feu à son corps.

Les démons qui nous entouraient s'écartèrent d'un bond, réalisant seulement à cet instant quel prédateur venait de pénétrer dans leur antre. Elle tenait dans une main la bouteille de bière brisée, comme une arme improvisée, et une boule de feu dans l'autre.

— *Nous étions censées nous infiltrer discrètement*, lui dis-je en la regardant méchamment.

— *Cet endroit empeste la perversion. Ils méritent une leçon.*

Par tous les diables. Chaque fois que je pensais qu'elle avait une bonne idée, elle finissait toujours par faire quelque chose comme ça. Chaque fois, bordel.

— *Tu as intérêt à protéger Moira et Bandit*, lui rétorquai-je sèchement, refusant de la distraire trop longtemps.

— *C'est ce que je fais toujours*, répondit-elle apparemment imperméable à mon agacement.

Putain de psychopathe.

Ce commentaire la fit presque sourire. Pas étonnant. Seuls les fous trouvent amusant de se faire traiter de tels.

— Qui êtes-vous, et que faites-vous ici ? demanda le démon de la porte en se plaçant devant la foule.

Il n'était plus aussi admiratif que précédemment.

Bien. Ça allait être plus simple… une minute… était-ce elle qui parlait ? Ou bien était-ce moi ?

Oh, merde. Toute cette histoire de partager le même corps commençait vraiment à me faire perdre les pédales.

— Qui je suis n'a aucune importance. Je suis venue à cause des Seelie que tu as enlevés.

— C'est elle !

Putain. Impossible d'avoir la paix ?

— C'est la progéniture de Lucifer et la Légion.

Moira se raidit et cligna des yeux. Elle leva la tête et quand elle les regarda, elle vit des ombres. Je n'eus pas besoin de lui demander ce qu'elles représentaient pour elle. Ce que cet endroit lui évoquait. J'avais fait la paix avec mon passé, mais ce n'était pas le cas de Moira.

Elle n'en avait jamais eu le besoin, jusqu'à aujourd'hui.

— Intéressant, dit le Chupacabra de la porte. Vous tuez Le Dan Bia et vous revenez pour les chasseurs. Je n'imaginais pas une fille de Lucifer s'inquiéter pour un Seelie.

Le démon la fixa un long moment, avant de s'adresser à ceux présents dans la pièce.

— Que pensez-vous de cela, les gars ?

Elle ne remarqua qu'à cet instant son sourire vicieux.

— Aurions-nous là une usurpatrice ?

Plusieurs d'entre eux regardaient le feu qu'elle tenait dans une main, mais visiblement ils n'étaient pas très effrayés. Elle s'était frottée à des démons deux fois plus imposants la semaine précédente lorsqu'elle avait défendu les opprimés, mais une centaine de démons ? Peut-être plus ? Même moi je n'étais pas certaine qu'elle pourrait en gérer autant. Nous nous étions peut-être un peu emballées et venions peut-être de creuser notre tombe. Certains craignaient ses pouvoirs tandis que d'autres paraissaient totalement hermétiques au fait qu'elle venait de tuer l'un des leurs sans la moindre hésitation.

Des sauvages.

J'y pensais, mais ce fut Moira qui le dit. Elle cracha le mot comme du venin et ouvrit d'un coup ses ailes dans toute leur splendeur.

— Des sauvages, selon vous, répéta-t-il en souriant ses dents acérées en avant. Chérie, si cela vous effraie, vous n'avez jamais rencontré de vrais sauvages.

Il leva la main et claqua des doigts.

Trois démons avancèrent pour tenter de s'emparer

de nous, mais la bête grogna.

— Touche-la et tu es mort !

Elle s'immobilisa.

Nous connaissions cette voix.

Le murmure glacial de Mort.

— Oh, merci, putain, souffla Moira.

La bête tourna la tête pour voir d'où cela provenait, mais elle ne croisa que des visages familiers. Ensuite, la marque sur notre poitrine se mit à brûler… une brûlure ardente. Une douleur dévorante crépita, ressemblant presque à du plaisir qui se propageait dans son corps. Les trois démons s'arrêtèrent pour chercher, eux aussi, la provenance de la voix menaçante… Mais ils restèrent bredouilles.

Ils s'approchèrent de trois pas avant de s'arrêter brusquement. L'un après l'autre, leur peau se noircit de l'intérieur et le blanc de leurs yeux devint bleu avant d'exploser.

Je ne l'avais vu se produire qu'une seule fois. La plupart des démons n'avaient pas assez de pouvoir pour infliger autant de dégâts au corps d'autrui. Cependant, Peste n'était pas n'importe quel démon.

Il avait tué Josh sans le moindre effort. Ces trois connards n'étaient rien… et si ça ne les tuait probablement pas… ils ne pourraient guérir de ce genre de blessure avant des heures.

Ce qui signifiait des heures d'agonie.

Cette idée me séduisait, même si une autre douleur

ardente nous transperçait le corps. La bête cligna des yeux, aussi perturbée que moi devant ce qu'il se passait... et l'instant d'après ce n'était plus elle qui regardait à travers mes yeux... c'était moi.

Par Satan...

Je n'eus pas le temps de continuer de réfléchir, car quelqu'un me saisit par-derrière. Je devais avouer que la bête n'était pas la seule à faire de chouettes ripostes. Armée de mon tesson de bouteille, je me laissai envahir par l'adrénaline en tournant sur le côté et tailladai.

De l'ichor bleu et froid m'aspergea le visage quand je lacérai la carotide du démon.

Le seul problème étant que ce n'était pas n'importe quel démon.

C'était Mort. Il m'avait retrouvée.

D'accord, en ce moment précis il semblait hors de lui que j'aie tenté de le tuer. Encore.

Vidée de tout courage, je me tournai pour m'enfuir... mais Julian était plus intelligent que cela. Cette fois, il ne laisserait personne me sortir de là.

Julian me saisit brusquement les hanches et me fit basculer sur son épaule. Je ne me rendis même pas compte qu'il avançait avant que nous ne pénétrions l'obscurité et que s'atténuent tous les sons de la bagarre qui se déroulait. La bête avait voulu courtiser Mort. Elle adorait jouer.

· · ·

Une fois de plus, je me retrouvais à payer le prix parce que la salope avait obtenu ce qu'elle désirait.

Moi.

Lui.

Et à en juger par le brusque changement de température, nulle part où aller avant des kilomètres.

** Laran **

Où se trouvaient-ils ?

Rysten et Allistair parcouraient la ville pendant que je me dirigeais vers le souterrain, mais tout signe de Moira et Bandit semblaient avoir disparu. Je tenais le sachet de cookies que j'avais apporté, seulement pour la créature à poils.

— Bandit ! Bandit !

J'appelais son nom en agitant le sachet. D'habitude, il venait vers moi plutôt que vers les autres Cavaliers de l'Apocalypse, pourtant cette fois-ci il semblait n'être nulle part. Le souterrain de Le Ban Dia était vide, à part moi. Je soufflai, énervé, mais ne perdis pas de temps à appeler la banshee. À un moment ou un autre elle finirait par hurler alors, toute La Nouvelle-Orléans saurait où elle se trouvait, mais pour le raton laveur ce n'était pas aussi simple.

— *As-tu trouvé quelque chose ?*

La présence d'Allistair me traversa l'esprit un instant.

Il commençait à s'inquiéter, lui aussi.

— Rien du tout, répondis-je en m'appuyant contre le bar.

La plupart des démons ayant été présents étaient soit inconscients soit morts, leurs corps épars sur le sol. Ces connards le méritaient après avoir tenté de faire du mal à Ruby et à Moira. J'avais toujours détesté Le Dan Bia. Ils tiraient toujours sur la corde de Satan et de celle des sept gardiens du portail, leur clan était celui contre lequel il y avait le plus de plaintes. Nous ferions du bien à l'humanité en les effaçant de la surface de ce monde, cependant je savais que cela ne représentait qu'une infime partie du clan. Une fois que les survivants auraient guéri, ils se relèveraient pour essayer d'assouvir leur vengeance. C'était l'unique raison pour laquelle tous les trois, nous perdions notre temps à ratisser la ville en quête de Moira et bandit. Nous devions les écarter pendant la transition de Ruby. Quelque part où ils ne pourraient faire du mal, ce qui était difficile à faire quand nous ne les trouvions pas. Cependant, je continuai à chercher, et je poursuivrais jusqu'à ce que je les trouve.

Il ne nous restait qu'à espérer pour nous... et pour Ruby... que ce ne serait pas trop tard.

13

Des arbres, de la poussière et le hurlement du vent m'indiquaient que nous n'étions plus vraiment à La Nouvelle-Orléans. Le sol en bas était sombre, trop sombre pour que j'aperçoive au-delà du sol de la forêt. Des feuilles crissèrent lorsqu'il se mit à marcher sans jamais s'arrêter pour me poser. Sa respiration était rapide, rauque.

— Eh, qu'est-ce que tu fais... lançai-je sèchement en lui donnant des coups de pied.

Il tendit la main et me donna un coup sur les fesses. Une autre douleur se réveilla dans ma poitrine là où ma marque pulsait. Mes hanches se frottèrent contre sa main... qu'il n'avait pas retirée. Il me pelota fermement à travers la petite robe noire que je portais et un grognement se forma dans ma poitrine. Je lui donnai une claque sur son propre fessier, intéressée par les muscles fermes que je sentis. Une fois de plus, la force dont je pouvais faire preuve avait disparu... me laissant faible, entre les mains de Julian.

— Si j'étais toi, Ruby, j'arrêterais de lutter, dit-il doucement.

C'est à ce moment-là que je perçus les émotions dangereuses qui se bousculaient en lui. Elles n'étaient plus cloisonnées, comme la dernière fois que je l'avais vu, quand la bête s'était facilement débarrassée de tous les quatre. À présent, elles étaient béantes, un mélange de colère et de peur, et un désir si aiguisé que c'en était douloureux.

Je savais qu'il était jaloux parce qu'il me désirait tout autant que les autres, mais je n'avais jamais réalisé à quel point. Ni la profondeur de son désir.

Une fois, je lui avais dit que s'il voulait une femme, ni l'Enfer ni le Paradis ne pourraient les séparer. À l'époque, je n'imaginais pas combien j'étais proche de la vérité.

— Que vas-tu me faire, Julian ? demandai-je d'une voix plus qu'hésitante.

Je le mis sur le compte du sang qui me montait à la tête à force d'être maintenue la tête à l'envers.

— Que penses-tu que je devrais te faire, Ruby ? répondit-il.

Par tous les diables ! Les choses que sa voix provoquait en moi. Une autre douleur spasmodique me transperça, pile en haut de mes cuisses. Je laissai échapper un gémissement et Julian se raidit. Sa main se promena à l'arrière de ma cuisse, embrasant ma peau sensible. Je me tortillai pour essayer de me dégager de sa poigne, mais il tint bon, ne lâchant rien.

— Arrête tes conneries. Tu te comportes comme un connard, coupai-je très énervée.

Une décharge me traversa quand sa main me frappa violemment sur les fesses.

Venait-il de me fesser... ?

— Oui, en effet. Je ferai beaucoup plus que ça si tu continues à me chercher.

Et voilà, encore ce super truc de la conversation mentale, sauf qu'apparemment il pouvait m'entendre. Je grommelai entre mes dents et me calmai légèrement. Il posa sa main à plat contre moi, et me frotta doucement mes fesses à présent en feu.

Je voulais lui balancer un autre chapelet d'insultes, mais c'était agréable. D'une manière étrange, un peu bizarre. Après tout, la douleur peut provoquer du plaisir lorsque c'était bien fait. Il fit glisser ses doigts juste sous ma robe, dans ma petite culotte. Je me tortillai à nouveau, mal à l'aise devant l'intimité de cette sensation étant donné que je ne pouvais pas le voir, ni bouger. Ses doigts experts glissèrent sur une fesse puis entre les deux, pénétrant ma peau fiévreuse.

— Sais-tu seulement l'odeur que tu as pour moi ? demanda doucement Julian.

Il glissa deux doigts entre mes plis humides,

appuyant sur mon point G en les faisant entrer et sortir. Je laissai échapper un gémissement sourd, tellement excitée par son caractère agressif. Il pouvait se montrer aussi froid qu'il le voulait, du moment que ses doigts continuent ce qu'ils faisaient.

— Savais-tu que l'essence de ton odeur a changé la nuit où la bête s'est imposée parce que tu m'avais choisi comme partenaire potentiel ?

Non, je n'en savais rien, mais en plus je m'en moquais. Il appuya plus fort, traçant de petits cercles. Lentement. Il agissait avec une lenteur insupportable.

C'était quoi son problème ?

Le feu m'irradiait, très présent à mesure que ma frustration grandissait. Je souris méchamment en sentant l'odeur de tissu brûlé.

Julian retira ses doigts et me frappa les fesses.

— N'essaie même pas !

Je lui grognai dessus et lui frappai les fesses à mon tour. Ce n'était pas comme si je pouvais me contrôler. J'étais en pleine transition et il s'amusait avec moi, me parlant de mon odeur alors que je voulais juste le baiser.

— Je te baiserai quand j'aurai décidé de te baiser, coupa Julian.

Comment était-ce...

L'avais-je dit à voix haute ?

— Non, mais ton esprit est grand ouvert... et avant

que tu n'y penses… non, je n'en ai rien à faire que tu puisses le contrôler.

Connard.

Ce qui me valut une autre tape sur le postérieur.

Bâtard. Je m'arcboutai et levai mon coude sur le côté, frappant l'arrière de son crâne. Julian émit un grognement et relâcha sa prise, alors je lui donnai un rapide coup de pied dans les bijoux de famille.

Ces connards n'avaient donc rien appris ? La bête et moi secouâmes la tête, irritées, tandis qu'il soufflait. Je m'effondrai sur le côté et mon dos frappa durement le sol sous moi. Je grognai lorsque des bouts de bois me trouèrent la peau puis, je me redressai d'un bond. Je m'enfuis entre les arbres sans attendre qu'il me poursuive. Une partie de moi savait que je n'irais pas loin. Il faisait nuit noire dehors. Tout n'était qu'obscurité autour de moi… ce qui signifiait qu'il était dans son élément. Pourtant, tout en moi lui en voulait pour ses conneries de maltraitance. Il aurait pu se contenter de me prendre comme je le souhaitais, mais au lieu de cela il m'avait balancée sur son épaule et s'était comporté comme un connard. Je n'avais aucune intention de rendre cela facile pour lui après la semaine précédente.

Je courrais à l'aveugle dans les bois, n'osant pas regarder derrière moi, même quand il me cria dessus.

— Tu ne veux pas jouer à ce petit jeu avec moi, Ruby ! Cela ne va faire qu'empirer les choses lorsque je vais t'attraper. Tu as joué avec Mort, et il est temps de passer à la caisse.

Trop tard, connard. Tu aurais dû y penser avant...

Aïe !

Mon pied dérapa sur une racine et m'envoya voler face contre terre.

— Par tous les diables... connard... enfoiré... salaud...

Mon chapelet d'insultes s'interrompit brusquement lorsque mon corps bascula contre mon gré.

Je levai les yeux vers le visage blême de Julian qui se tenait au-dessus de moi. Malgré l'obscurité, j'apercevais ses yeux brillants de colère.

—Je t'ai dit de ne pas t'enfuir, dit-il avec un regard noir.

Je soutins son regard, incapable de formuler le moindre commentaire acerbe. Il était torse nu... pourquoi était-il torse nu ? Ne savait-il pas qu'une femme ne pouvait réfléchir devant des abdos aussi bien dessinés n'attendant que d'être léchés...

Un sourire narquois se dessina sur ses lèvres.

Merde ! J'étais encore en train de faire cette connerie de truc mental. Je le savais. Julian me tendit la main pour que je la saisisse. Une partie de moi le désirait, mais l'autre partie savait qu'il ne fallait pas me laisser amadouer par un si petit geste. Sa colère et son désir le rongeaient vivant de l'intérieur, et se déversaient sur moi.

Je dégageai sa main d'une claque et fis un mouvement pour me relever, mais je fus propulsée en l'air puis plaquée contre un arbre. Je haletai, essayant de savoir où j'étais. Je savais que c'était un arbre grâce à l'écorce rugueuse qui m'écorchait le dos. Julian me tenait les hanches beaucoup plus fermement que nécessaire, et cette fois, il n'y avait aucun moyen de m'en sortir cette fois-ci.

— Enroule tes jambes autour de ma taille, ordonna-t-il.

— Va te faire foutre ! crachai-je.

Étais-je sincère ? Je n'en savais rien. Il ne contrôlait pas ses émotions, ce qui embrouillait les miennes.

— Ruby, ne me pousse pas à bout, là maintenant...

Et que fis-je ?

Je le giflai.

Une bonne vieille claque en plein visage, et apparemment mes super pouvoirs peu fiables étaient revenus, car sa tête tourna violemment et un craquement résonna dans la nuit.

Quelle qu'ait été la fureur qu'il ressentait avant, ça n'avait rien à voir avec ce qui allait arriver.

Il tourna la tête vers moi lentement, si lentement que mon angoisse grimpât d'un niveau, et là je la vis : cette tempête d'émotions dans ses yeux. Ces émotions qu'il ne savait plus comment me cacher. Comme moi qui ne parvenais plus à penser à autre chose qu'à lui. Je le sentais en lui. Le changement. Si soudain, si rapide.

Il baissa une main sur ma cuisse nue qu'il ramena au niveau de sa taille, suivie de l'autre. Son sexe tressautait en frottant vigoureusement son jean contre le fin tissu de ma petite culotte. Je gémis, même si ça allait à l'encontre de tout ce que je ressentais en moi, mon dos se cambrant contre l'arbre alors que le désir s'opposait ardemment et violemment à la colère qui m'embrasait.

— Est-ce que tu me détestes ?

Je ne savais pas ce qui m'avait pris de le dire. Probablement à cause de la tempête d'émotions qui me submergeait, furieuse et impitoyable. C'était ce que je ressentais en moi.

Mais la sienne… la sienne tenait plus d'un volcan dont la pression bouillante attendait juste d'exploser.

Pourtant, dès que les mots franchirent mes lèvres, Julian s'arrêta et le regard qu'il me lança… était brisé. Tellement brisé.

C'est alors que je sus.

— J'aimerais que ce soit vrai. Ça me faciliterait la tâche, murmura-t-il.

Son souffle était aussi glacial que l'arctique lorsqu'il caressa mon visage. Il leva la main pour écarter une mèche rebelle de cheveux bleus.

— Je ne peux pas te détester, Ruby. Même pas lorsque tu…

Il s'interrompit et déglutit. Et à nouveau, cette vulnérabilité qu'il dissimulait sous de la colère.

— Pas même lorsque tu t'es enfuie loin de nous.

Nous n'avions aucune idée où vous étiez. Nous n'arrivions pas à vous retrouver... et quand finalement nous vous avons localisées, tu étais avec ce... ce *mâle*.

Il se tut, ses yeux s'assombrirent à nouveau, et alors tout prit son sens. Il passa sa main sur le côté de mon visage, appuya ses doigts sur ma gorge et me tint ainsi.

— Tu penses que je... m'interrompis-je en regardant la colère grandir dans son regard comme une obscurité dont il ne pouvait se débarrasser. J'ai guéri l'âme d'Eugene. C'est la raison pour laquelle il était avec moi. Tu devrais le savoir maintenant que je ne suis intéressée par personne d'autre, Julian.

Je parlais d'une voix douce. Une remontrance, mais amicale. Bienveillante. Ne serait-ce que par le léger grognement par lequel je ponctuai ma phrase. La bête voulait l'étrangler parce qu'il était un imbécile possessif. Il desserra sa main autour de ma gorge et passa son pouce le long de ma mâchoire, presque... tendrement.

— Tu ne peux plus le voir, insista Julian.

Totalement irrationnel, comme toujours.

— Tu n'as aucun droit de me dire qui je peux ou ne peux pas voir, répliquai-je.

Je n'en avais rien à faire de le revoir, mais c'était pour le principe. Il fallait qu'ils le comprennent et qu'ils le comprennent tout de suite. Personne ne me donnait d'ordres. Si nous étions égaux, eh bien, merde, qu'ils me traitent comme tel.

Julian lâcha ma gorge et fit glisser sa main jusqu'à ce qu'elle repose sur ma poitrine.

— Je n'aime pas que d'autres hommes te tournent autour.

Vraiment, Sherlock ? Je n'aurais pas deviné.

Julian serra les lèvres en me regardant. Oui, il l'avait entendu. Je n'en avais rien à foutre.

— Eugene est gay, Julian. Tu es déraisonnable.

Il cilla.

— Quand même, je n'aime pas ça.

Je levai la main et me frappai le front. Étions-nous vraiment en train d'avoir cette conversation.

— Il y a beaucoup de choses que je n'aime pas, mais je ne me comporte pas comme une conne. Peut-être qu'au lieu d'être un imbécile tu devrais juste me donner une raison de rester et non de vouloir m'en aller, comme ça je ne tomberai pas sur d'autres démons.

Julian sembla y réfléchir avant de demander.

— Quel genre de raison ?

Il se pencha en avant, son souffle me caressa juste sous l'oreille, me provoquant une vague de frissons. Je grognai. Il posa ses lèvres sur ma gorge et les frotta de haut en bas.

— Quel genre de raison, Ruby ?

Oh, merde. Ses changements d'humeur étaient une douche froide.

une douche froide.

— Tu pourrais arrêter d'être un connard jaloux et faire le premier pas si tu veux être avec moi.

Pourquoi l'avais-je formulé ainsi ? Parfait pour tuer l'ambiance, Ruby. Toi et ta bouche socialement inadaptée.

— Et une fessée, ça ne compte pas, ajoutai-je.

Julian ne semblait même pas perturbé par le fait que je l'interpelle à ce sujet. D'un autre côté, il sembla beaucoup plus à l'aise une fois que j'eus calmé ses craintes à propos d'Eugene... même si je ne m'excusai pas de m'être enfui. Jamais de la vie.

— J'aime plutôt bien te donner la fessée, répondit-il en pressant son érection contre moi.

Il reposa sa main autour de ma gorge et serra. Pas suffisamment pour m'étouffer, mais affichant clairement sa possessivité.

Le plus étrange était que j'appréciai ça.

En fait, j'aimai presque ça.

Mais il était hors de question que je le laisse s'en tirer à si bon compte.

— Et je n'aime pas qu'on me traite comme une enfant.

Pour une raison qui m'échappait, j'avais l'impression qu'il fallait que j'insiste, car dès que les vêtements tomberaient, je serais fichue. Et ils allaient tomber. Très bientôt. J'en étais certaine.

Une autre douleur soudaine me perfora la poitrine, plus forte cette fois-ci. Comme un feu traversant la forêt tandis que je hurlai sous l'effet d'une douleur fulgurante teinté d'un plaisir furtif.

Je ne comprenais pas ce qu'il se passait. J'avais passé des jours de transition sans que cela arrive. Qu'est-ce qui avait changé ? Qu'est-ce qui...

La culpabilité.

Elle s'écoulait de l'autre unique créature qui se trouvait près de moi, pendant que Julian me tenait plus fermement, ondulant du bassin contre le mien. Ce contact arrangeait les choses, les rendait supportables, même quand le feu devenait incontrôlable et commençait à brûler mes vêtements.

Si je pensais ne rien contrôler avant, ce n'était rien comparé à ça.

— Qu'as-tu fait ? gémis-je, sachant que d'une manière ou d'un autre c'était de sa faute.

Julian déglutit en promenant ses mains sur ma peau nue, de haut en bas. Ça apaisait la douleur, mais cette fois ce n'était pas totalement calmé.

— Je suis... je suis désolé, Ruby. Je ne savais pas que... m'interrompis-je alors qu'un cri se formait dans ma poitrine.

Son contact m'aidait, mais ce n'était pas suffisant. Quoi qu'il eût fait, cela rendait la transition mille fois pire.

Je me cognai contre lui tandis que des images envahissaient mon esprit. Des images de lui et des autres. Des images de sang répandu. Des images et des clichés de ce qu'il faisait.

Ce salaud.

Il m'avait entravée. Mais, vraiment entravée. Sauf que ce n'était pas dans un cercle. Oh non, il n'en avait pas le pouvoir la fois où je m'étais enfuie, aussi, usa-t-il de ce qu'il y avait de mieux après ça.

Il m'avait lié à *lui*. Tant que je serai en transition, mon corps aurait besoin du sien. Suppliant qu'il me touche quitte à souffrir s'il ne le faisait pas.

Il voulait s'assurer que je ne m'enfuirais plus, alors il nous avait liés l'un à l'autre pour m'en empêcher.

— Espèce de connard de suceur de queues...

Il plaqua sa bouche sur la mienne, violemment, avec insistance. Je restai pétrifiée sur place, refusant de céder malgré ce que mon corps et mon cœur désiraient, mais c'était le truc avec ce lien. Il devenait une drogue pour moi...

L'idée s'effaça avant que je puisse la voir et je lui grognai dessus. Julian savait qu'il ne pouvait se cacher à présent. Pas après ce qu'il avait fait.

Je me penchai contre lui, et enroulai mes bras autour de son cou. Je posai mes mains à plat sur sa nuque et l'attirai vers moi avant de plonger dans son esprit. Son baiser se fit brutal... sauvage... tandis qu'il me repoussait contre l'arbre désormais en feu. Nos vêtements n'étaient plus que cendres, et son érection dure contre ma peau glissait sur moi sans jamais me pénétrer.

Il râlait en enfonçant ses ongles dans mes cuisses pendant que je lui mordillais la lèvre inférieure.

— C'est quoi la suite, Julian ? demandai-je le souffle court, passant une main sous sa mâchoire et gardant l'autre sur sa nuque. Tu en avais fait beaucoup plus, mais tu m'as enlevé ma mémoire avant que je ne puisse le voir. Qu'essaies-tu encore de me cacher ?

Il m'ignora et planta ses dents dans mon épaule, mais ce n'était pas juste un acte passionné. Il voulait me marquer. Que je sois à lui. Il promena ses lèvres le long de ma mâchoire puis descendit la courbe de ma gorge.

— Bordel, Julian, qu'as-tu fait ? demandai-je une dernière fois.

Je ne voulais vraiment pas tester mes capacités à lire son esprit. Je trouvais que c'était violer la vie privée, pourtant s'il refusait de me le dire, je le ferais. Après toi, c'est lui qui m'a empêché de choisir et qui a fait usage de magie de sang pour lier mon corps au sien. Non que je ne désirais pas son corps bien avant qu'il ne le fasse, mais c'était le geste en lui-même qui flirtait entre le bien et le mal.

Julian poussa un grognement lorsque je lui empoignai les cheveux en me tordant contre lui. Il ondulait contre moi tandis que du kama s'échappait de lui. Il flottait dans les airs autour de moi et je l'inspirais, savourant le plaisir de le sentir se répandre directement en moi, jusqu'à mon essence même.

Putain comme il était addictif.

L'arbre derrière moi craqua et je commençai à tomber en arrière lorsque l'énorme chêne ne parvint plus supporter nos poids. Pourtant, au lieu de frapper le sol de la forêt, mon dos rencontra quelque chose de doux et je pus sentir le contact duveteux des draps et de la couette sous mon corps.

La pièce était dans l'obscurité totale et mes flammes avaient cessé de brûler à un certain moment. J'allais reculer lorsque Julian m'agrippa fermement en mordant mon autre épaule.

— Merde, tu fais…

Mon corps frémissait au contact de son membre durci qui frottait le paquet de nerfs sensibles, me faisant gémir. Lorsque c'était bien fait, on éprouvait du plaisir et de la douleur. N'était-ce pas ce que je disais toujours ?

Comme j'avais raison !

— Nous devions te retrouver, alors j'ai fait la seule chose que je pouvais faire, murmura-t-il dans mon cou.

Soudain, toute la scène se déroula devant moi.

Il était à genoux dans une pièce sombre, et une femme… une femme que je reconnus… se tenait devant lui. Ses cheveux blonds presque blancs, bougèrent à peine lorsqu'elle se pencha pour taillader sa peau.

Ensuite, elle utilisa son sang pour dessiner les runes. Les runes qui m'attireraient à lui.

Ainsi, je sentirais ce qu'il sentirait. Ainsi, dès qu'il me toucherait, j'aurais une envie irrésistible de lui, pendant tout le temps que la transition durerait. Ainsi, je ne pourrais m'enfuir. Même si je quittais cette planète, il me retrouverait. Il me retrouverait toujours.

Mais la magie de sang n'était pas quelque chose qu'on obtenait sans en payer le prix.

Pour constituer le lien, toutes les barrières entre nous allaient disparaître. Je ressentirais ce qu'il ressentirait... et en retour, il endurerait ma douleur si je décidais de m'enfuir ou de résister.

L'intense brûlure qui irradiait ma poitrine submergeait aussi la sienne. Sa douleur devenait la mienne. Il m'avait enchaîné à lui, mais ce faisant, il venait de s'enchaîner à moi.

Tout cela pour ma sécurité... enfin, pas seulement, mais principalement. Son désir était profond et brutal, mais teinté d'une agonie si douce. Il voulait me faire des choses, et j'avais brisé le peu de contrôle qu'il possédait lorsque je m'étais enfuie loin d'eux.

Il était rongé d'inquiétude. La fureur guettait. Toutes ses fausses excuses qui le retenaient de se glisser dans mon lit et qui l'avaient poussé à passer un marché avec cette femme capable d'user de magie de sang étaient réduites en miettes.

Pour m'atteindre et me garder, il avait été jusqu'à ouvrir son âme.

Je devrais être furieuse. Je devrais me battre contre lui, et contre la bête, de toutes mes forces à cause du genre d'homme qu'était Julian. Parce qu'il avait en lui ce type de comportements possessifs que j'avais fuis toute ma vie.

Mais il n'était pas seulement Mort.

Il était Julian.

Mon Julian. Celui qui ferait n'importe quoi pour me protéger, jusqu'à accepter qui il était et la vérité qu'il connaissait déjà.

J'étais sa plus grande faiblesse, et pourtant, il n'avait jamais considéré comme une option de se tenir à l'écart de moi... même *pour* moi. La bête et moi l'avions choisi comme partenaire et il avait accepté. Je lui appartenais, dans tous les sens du terme. Cependant, il m'appartenait également, et ce genre de reddition n'était pas quelque chose de naturel pour Mort. Il m'avait forcé la main, mais en le faisant il avait finalement pris sa décision.

Était-ce étrange le fait que cela me rende presque heureuse ? Le désir était un démon qui exigeait d'être nourri, mais il en était de même pour l'amour... même le plus tordu des amours. Je me demandai si ce n'était pas un peu des deux, car lui et moi étions finalement sur la même page.

Je passai mes doigts dans ses cheveux qui étaient

plus doux que je ne m'y attendais. J'approchai sa tête afin de le tirer en avant et il céda, repositionnant son poids en plaçant ses deux bras au-dessus de moi.

— Je comprends, murmura-t-il.

Il me regardait d'en haut, ses yeux étaient si noirs qu'on n'apercevait plus aucun vert. Je voulais en dire plus, mais une autre douleur me transperça la poitrine. Celle-ci, pire que toutes les autres. Je laissai échapper un hurlement à me déchirer la gorge. Mon dos s'arc-bouta sur le lit et je tentai en même temps de me rapprocher de lui, de sortir de ma propre peau. Je comprenais pourquoi il l'avait fait, cependant la douleur que j'endurais… que nous endurions tous les deux… était incommensurable. Je ne savais pas comment il parvenait à la supporter sans grimacer. Des larmes se formèrent aux coins de mes yeux tandis que mon corps se contorsionnait en essayant d'échapper à ce tourment, même si je savais que c'était inutile.

— Fais que ça s'arrête, suppliai-je. Je t'en prie, fais que ça s'arrête.

Il n'y avait qu'une seule façon d'y parvenir. Lui et moi le savions, désormais.

Julian s'écarta du lit, ce qui empira les choses. J'avais les mains crispées sur ma poitrine, mais il les saisit et les dégagea d'un geste brusque.

— Assieds-toi sans bouger, me somma-t-il.

Je fis ce qu'il m'ordonnait et m'assis au bord du lit.

Il lâcha mes mains et m'ouvrit les genoux d'un coup. Je tremblais d'excitation, écartant les jambes sans qu'il ait besoin de me le demander, tandis qu'il s'agenouillait devant moi. Il se pencha en avant et embrassa doucement la marque entre mes seins, la douleur atroce se calma, se radoucit. Je posai mes mains sur ses épaules. Ce contact m'aidait.

Ses lèvres descendirent le long de ma poitrine nue, vers mon ventre, tout droit vers la chaleur douloureuse entre mes jambes. Il saisit une de mes cuisses et la fit passer par-dessus son épaule en soufflant doucement sur mon bouton d'amour. Je laissai échapper un souffle saccadé tandis qu'il se penchait un peu plus en continuant de souffler tout en insérant deux doigts en moi. Ma main caressa son épaule, descendit dans son dos en le griffant avec mes ongles. Il grogna tout contre moi et mes hanches eurent un soubresaut, mais il me maintint fermement en me léchant.

La plus étrange des sensations m'envahit lorsque la bête guida mentalement mes mains vers sa nuque. Une fois de plus, une sensation de brûlure me submergea, cependant il était trop tard pour comprendre ce qu'il se passait. Julian le savait, et il s'interrompit alors que le feu brûlait entre nous.

Alors que j'aurais dû pleurer de soulagement, je sanglotai presque de frustration en le marquant. J'étais proche de l'extase quand l'incendie s'estompa, pourtant une partie de moi eut le bon sens de ne pas lui hurler dessus. Il allait me baiser, ça, j'en étais convaincue.

— Tu m'as marqué, murmura-t-il.

Était-ce de la stupeur dans sa voix ? Ce n'était pas possible... j'essayai de ne pas y penser, mais ce n'était pas facile, car j'étais submergée d'émotions.

— N'aie pas l'air si surpris, dis-je sèchement, loin d'être aussi désolée que lorsque ça s'était passé avec Laran ou Allistair.

Julian m'avait entravée sans me le demander. Il avait déjà signé pour l'éternité, alors cet imbécile ne méritait pas d'excuses. Il éclata de rire en reculant.

— Que fais-tu ? grognai-je écartant encore plus les jambes pour lui montrer combien j'étais désespérée.

— Tourne-toi et mets-toi à quatre pattes, ordonna-t-il.

Si Laran et moi avions été interrompus, Julian était bien décidé à me baiser dans tous les sens avant que les autres Cavaliers de l'Apocalypse ne nous rattrapent. Où qu'ils soient. Mais c'était un tout autre problème auquel je penserais après avoir joui.

Je remontai sur le lit et fis ce qu'il m'avait ordonné. Le matelas se creusa lorsque Julian grimpa derrière moi. Il releva les cheveux de ma nuque et tira d'un coup sec.

— Redresse-toi. Je veux te sentir, dit-il avec un grognement rauque.

Mes abdos se contractèrent quand je me redressai,

posant mon dos directement sur son torse. Il enroula un bras autour de ma taille et plaça une main sur mon ventre. Je poussai mes fesses en arrière pour tenter de me frotter contre lui. Ce n'était visiblement pas aussi attrayant que je le pensais, car il émit un petit ricanement.

— Que désires-tu, Ruby ? demanda-t-il.

Sa voix n'était qu'un léger murmure dans mon oreille.

— Tu sais ce que je veux, connard, grognai-je.

Je soufflai entre mes dents en sentant une petite claque sur mon sexe. Ça fit mal, mais une douleur agréable.

— Tu te comportes comme une sale gosse, nous allons devoir travailler là-dessus.

Ses paroles me firent frissonner, mais pas de peur. Il était peut-être plus que sauvage en ce qui concernait le plaisir, cependant je me sentais vraiment en sécurité avec lui. Alors, je ne répondis pas cette fois.

— Beaucoup mieux, dit-il d'une voix où je devinais son sourire. Maintenant, que désires-tu ?

La douleur dans ma poitrine me dévora, s'insinuant dans le moindre recoin de mon corps.

— Toi ! criai-je.

Julian grogna son approbation puis me libéra. Mes membres tremblants ne me soutenaient qu'à peine à cause de la tension accumulée dans mes muscles. Il suffit d'une petite tape sur mon dos pour m'envoyer valser en avant, et j'atterris sur les coudes, tête la première. Mes jambes tremblaient dans l'attente quand son gland toucha mon orifice. Il poussa une fois, et me pénétra d'un coup. Je gémis le visage contre les draps que j'empoignai, mordant le tissu doux tandis que mon corps s'abandonnait.

Par tous les diables… Quelle taille avait-il ? J'étais loin d'être vierge, mais putain. Je n'avais pas été baisée depuis des années, alors autant en profiter. Quand même, lorsqu'il se retira, je ressentis cette douce chaleur familière, j'étais toujours à deux doigts de jouir. Il s'introduit à nouveau en moi, violemment, et je fus propulsée en avant.

J'eus à peine conscience que Julian soulevait mes cheveux et les enroulait autour de sa paume. Il les saisit, les tira brusquement en arrière en enroulant son bras autour de mon torse, relevant mon corps jusqu'à ce qu'il se trouve dans la position qu'il souhaitait.

Puis il s'enfonça en moi. Encore, encore, et encore.

Mon corps s'arcboutait et sa main s'écartait sur mon ventre, j'étais submergée de sensations tandis qu'il poussait en moi. Je ne sentis pas l'orgasme approcher avant qu'il ne déchire mon corps, me laissant serrée sur lui, pantelante, et je criai son nom.

Il apprécia. Je le sentais pendant qu'il continuait de s'affairer en moi, cherchant sa propre délivrance. Je m'abreuvai du kama qui m'enveloppait, inspirant profondément en poussant mes fesses en arrière, m'offrant totalement à lui. Il poussa une dernière fois en moi et rugit. Les lattes de bois au-dessus de nous se mirent à trembler sous l'effet de sa puissance. Je crus qu'il allait démolir la maison.

Lorsque les tremblements cessèrent et que nos respirations se calmèrent, il me lâcha. Je tombai en avant, les genoux tremblants.

— Tu ne crois tout de même pas que j'en ai déjà fini avec toi, murmura-t-il au-dessus de moi.

La bête ronronna, mais elle n'était pas la seule.

La nuit promettait d'être longue.

14

Je commençais à m'enfoncer dans une brume moelleuse de désir et de kama.

Je ne savais pas combien de temps s'était écoulé ni combien de fois il m'avait prise avant que je ne remarque les yeux qui nous observaient. Le regard doré qui venait du coin de la pièce. Allistair sortit de l'ombre et l'air se glaça comme l'hiver, mais s'adoucit comme du miel. Ça s'enroula autour de mes membres, me maintenant fermement pendant que Julian me prenait par-derrière.

De toute façon, j'aurais été incapable de bouger, le visage collé au matelas et lui qui me tenait les mains dans le dos. Julian était plus fétichiste qu'Allistair lorsqu'il fallait entraver mes mouvements. Ah, les démons et leurs fantasmes.

Je ressentis le moment où Julian remarqua qui

venait d'arriver à la manière possessive dont il me pénétrait sans relâche. Il retenait mes poignets d'une main et agrippait ma hanche de l'autre en me guidant comme il le souhaitait.

Allistair restait sur le côté, mais si son corps était détendu, son regard ne l'était pas.

Que les choses soient claires, je ne m'étais jamais considérée comme exhibitionniste. Jusqu'à ma transition, mater les autres ou me laisser mater ne m'avait jamais intéressé. Ça impliquait quelque chose de tellement cru, de tellement intime. Moi, qui le regardais pendant qu'il regardait Julian en train de me prendre.

Ses mains retirèrent sa veste de costume qu'il laissa tomber sur le sol, près de lui. Mon cœur s'accéléra.

Allait-il nous rejoindre ?

— Aimerais-tu que je me joigne à vous ? demanda-t-il à voix haute.

J'attendis derrière moi, l'intense jalousie dont Julian était rempli avant. Je n'étais absolument pas exclusivement à lui, je leur appartenais à tous, et je devais prendre en considération leurs sentiments.

La bête tenta de se mettre en avant pour me pousser à encourager Allistair. Même si la magie de sang de Julian l'empêchait de prendre le contrôle jusqu'à ce que tout cela soit terminé, elle n'en restait pas moins présente.

Et elle aussi, désirait ardemment Allistair.

Julian relâcha mes poignets et mes bras tombèrent le long de mon corps. Sa main descendit et fit pression sur ma motte durcie. Il pinça ce paquet de nerfs et me fit gémir lentement. Des particules d'or mouillaient ma langue et déclenchaient en moi la furieuse envie d'une autre session de sexe. Je n'en avais jamais assez. J'en voulais plus.

— Ruby, tu le veux ? demanda Julian.

— Allistair, grognai-je, incapable de l'atteindre ou d'en dire plus.

Il leva ses yeux dorés vers Julian pour lui demander la permission. Il avait dû acquiescer à en juger par le bruit de tissu que l'on déchire qui résonna lorsqu'Allistair arracha sa chemise. Le bruit de braguette déclencha en moi une autre vague d'euphorie et je me redressai, supportant mon poids pendant que la cadence de Julian ne ralentissait pas. Les lèvres légèrement entrouvertes et les yeux clos, je le sentis devant moi. Je n'attendis pas ses instructions, car je savais ce qu'il voulait.

J'ouvris plus grand la bouche et goûtai la goutte blanche sur son extrémité tandis qu'il l'enfonçait en moi. Je ressentis son râle lorsque je passai ma langue sous son sexe tout en le suçant profondément. Julian me poussait de plus en plus vers mes limites, au propre comme au figuré, mon corps partait en avant, avalant lentement Allistair au rythme des coups que je prenais par-derrière.

— Vas-tu rugir pour moi, Ruby ? demanda Allistair.

Les poils se dressèrent sur ma nuque lorsqu'Allistair y enroula sa main, se servant de sa poigne pour reculer ma tête et m'ouvrir la bouche plus grande. Je ne m'attendais pas à ce qu'il s'insère d'un coup jusqu'à la garde. J'eus un haut-le-cœur, essayant de respirer par le nez, et l'orgasme qui me guettait échappa à mon contrôle. Je grognai tout contre lui tandis que son sexe s'agitait au fond de ma gorge.

Connard.

— *Je veux t'entendre rugir pour moi, comme tu l'as fait pour lui*, me dit mentalement Allistair.

Il n'en démordait pas.

Je suçai frénétiquement ce qui le fit souffler. Il était proche. Suffisamment pour que je puisse insister. Je sentais la tension commencer à s'accumuler en lui.

Les doigts sur mon bouton d'amour s'immobilisèrent et je sentis une autre claque sur mes fesses.

Je grognai en ressentant la brûlure qui s'ensuivit. Mon corps devenait rapidement accroc à ces petites douleurs que Julian aimait infliger. À la manière dont toute pensée rationnelle se désagrégeait, me forçant à succomber.

— Il t'a posé une question, Ruby, me relança Mort derrière moi.

Il se retira complètement, laissant son gland à mon ouverture en attendant que je m'exécute.

— *Va te faire foutre* ! lançai-je mentalement à Allistair et à Julian pour s'être retiré, d'une voix rageuse.

La deuxième claque qui s'abattit sur mes fesses me fit hoqueter en bandant mes abdominaux. Il n'y avait plus rien de dur en moi pour m'exciter jusqu'à l'oubli. Je grognai ma frustration, Allistair toujours dans ma bouche, sa respiration devenait saccadée et des gouttes de sueur perlaient le long de ses abdos.

D'une façon ou d'une autre, ils allaient me faire jouir.

Un incendie parcourait mes veines, crépitant de vie autour de moi.

— Contiens-la, Ruby, m'ordonna Julian.

Je déglutis lorsqu'Allistair fut écarté de mes lèvres et que l'autre claque résonna dans tout mon corps. J'entendis le souffle de la claque suivante avant qu'elle ne frappe le haut de mes cuisses cette fois-ci, si près de l'endroit où je voulais le sentir. Ma peau s'embrasait tandis que j'essayai d'attiser la chaleur pour rallumer l'incendie.

— J'ai dit, contiens-la, Ruby. *Tout de suite.*

Son pouvoir se déversait sur moi quand il laissait pleuvoir les coups sur mes fesses. Ça faisait un mal de chien, pourtant je ne voulais pas qu'il arrête. Paradoxalement, ce n'était pas lui qui détenait le pouvoir. C'était moi. En le poussant, je l'attirais. J'encourageais les claques. Je me délectais de la morsure de sa paume, consciente qu'une partie dépravée de mon âme nous avait menés là où nous nous trouvions, et dans le feu qui m'embrasait, je trouvai le silence.

J'essayai maladroitement d'atteindre les flammes, comme si elles étaient une extension de moi-même, ressemblant à la bête à cet égard. Nous réussissions à flirter et à communiquer mentalement assez facilement, alors peut-être en serait-il de même avec les flammes. Trop épuisée pour lutter, j'interrompis la communication avec les flammes et la bête, leur intimant de battre en retraite.

Je fus la première surprise lorsque ça fonctionna.

La bête arborait un petit sourire, presque de la fierté venant d'elle.

Je clignai les yeux, ma vision voilée d'un voile de larmes, et réalisai à cet instant que les coups avaient cessé. Mes fesses allaient être sacrément douloureuses...

Le lit remua lorsque Julian s'écarta, me laissant un peu esseulée. Ce n'était pas du tout ce que j'attendais de cette séance.

Je grognai en m'asseyant, les cheveux collés à mon visage par la sueur et les larmes, je passai ma main dans mes mèches emmêlées. Du coin de l'œil, j'aperçus Julian faire le tour du lit, passant de derrière moi sur mon côté. Son corps était immense et brillait sous la pâle clarté de la lune qui venait de la fenêtre. Sur son torse, au-dessus de son muscle pectoral droit, brillait un crâne argenté. Sa marque, réalisai-je.

Allait-il...

— Non, je ne te marquerai pas en premier, répondit-il.

Un autre démon aux cheveux blonds sortit de l'ombre, mais celui-là brillait comme de l'or. Torse nu, ne portant qu'un jean usé, Rysten avança jusqu'au bord du lit.

— Salut, chérie, chuchota-t-il.

Il se pencha en avant et prit doucement mon visage entre ses mains, puis il m'embrassa. Je m'avançai et entourai mes bras autour de ses épaules. Le baiser se fit plus profond lorsque nous mêlâmes nos langues. La bête grogna son approbation.

Derrière moi, le lit s'enfonça. Je m'écartai légèrement pour tenter de voir de qui il s'agissait, mais Rysten me tint fermement. Des mains puissantes et une aura douce comme le miel toucha la mienne tandis qu'Allistair promenait ses mains sur mon dos nu.

Allait-il...

— Non, répondit Rysten à ma question silencieuse.

Ses lèvres s'écartèrent des miennes pour descendre le long de mon cou, me griffant de deux pointes acérées. *Ses canines*, réalisai-je, surprise. Je n'avais jamais remarqué ses canines.

Rysten s'écarta et Allistair opéra une pression sur mes omoplates pour me forcer à me mettre à quatre pattes. Il frotta sa paume sur la peau rouge et chaude de mes fesses et les écarta de ses doigts experts. Choquée, je tentai de garder mes fesses fermées, mais c'était déjà trop tard. Quelque chose d'humide et glissant badigeonnait ma raie pendant que le souffle d'Allistair titillait la zone de peau sensible, juste sous mon oreille.

— Laran doit être marqué en premier, déclara Allistair.

Ma respiration s'accéléra lorsque quelque chose s'appuya contre moi, glissant en moi, m'ouvrant. Trop petit pour son sexe, mais beaucoup trop insistant pour laisser le moindre doute quant à l'issue de ce petit jeu.

— Julian a pu te baiser en premier, et longtemps, poursuivit-il en poussant et agitant deux doigts en moi, dedans, dehors. Le sentiment de gêne se transforma rapidement en plaisir, jusqu'à ce qu'Allistair cesse ses bons soins et s'écarte.

— Rysten pourra te marquer en premier, après que tu l'as accepté.

Son extrémité douce appuyait contre moi, et ce cri... celui que j'avais poussé contre mon gré tout à l'heure... se préparait à nouveau à sortir, pendant qu'il s'insérait lentement en moi. Je ne fis rien pour l'en empêcher alors que la sensation de brûlure m'envahissait, et ce n'était pas du feu. Les doigts experts de Rysten me retenaient tout en se promenant sur mes hanches avant de descendre lentement entre mes plis déjà humides.

— Je revendique ta bouche et ton cul en premier, pour que ce soit équitable.

Mes poumons risquaient d'être en lambeaux quand ils en auraient fini avec moi. Putain, j'aurais pu les aimer et les détester en même temps, à ce moment précis. Allistair poussa un grognement en s'installant en moi. Je me secouai pour ne pas m'évanouir lorsqu'il se mit à bouger lentement.

Trop plein. Je respirai bruyamment. Dedans. Dehors. Dedans. Dehors.

Trop de sensations. Je voulais tout d'eux, cependant, la façon qu'ils avaient de me toucher, la manière qu'ils avaient de me briser, qu'ils avaient de recoller les morceaux, me faisait presque sombrer dans la folie. Un cri déchira ma gorge quand Allistair poussa en moi une fois. Deux fois.

— Voilà mon rugissement, grogna Allistair d'un air satisfait.

Son sexe s'immobilisa en moi, me donnant une chance de m'y habituer. Je me penchai en avant, désireuse de me retirer, mais sans y mettre un terme. Allistair choisit pour moi en se retirant à moitié avant de pousser à nouveau en moi. La douleur s'agrémenta d'un éclair de plaisir.

J'étais au bord de l'extase, toute la frustration contenue dans la main de Julian avait disparu, aussi restai-je là, tremblante d'épuisement, n'ayant d'autre choix que de vouloir et de prendre tout ce qu'ils me donnaient.

Allistair passa son bras sous ma poitrine pour me redresser sur mes genoux, les mains posées sur le torse de Rysten. Les yeux larmoyants, je croisai son regard pendant qu'il ouvrait grand ma chair enflée, insérant en moi ses doigts au moment où Allistair trouvait son rythme. Il posa une main sur la courbe de mon cou en m'embrassant. Je poussai un long gémissement, cédant aux griffes du plaisir qui pénétraient mon corps.

Il avait le goût du vin et du sang, un mélange étrangement érotique. Sa langue glissa entre mes lèvres et s'enroula autour de la mienne me faisant plonger plus profondément dans cette brume trouble où les mots ne pouvaient plus suffire. À genoux devant les deux, je me soumis, courbant le dos pour Allistair tout en me penchant sur Rysten. Je levai une main sur la courbe de son torse, juste sous sa gorge.

La bête approuva d'un hochement de tête, en me guidant tandis que le feu s'allumait dans ma paume. Rysten enroula sa main autour de ma gorge en faisant pression et ses doigts s'agitèrent autour de mon bouton d'amour alors que mon orgasme me déchirait brusquement de part en part et qu'Allistair jurait tandis que mes muscles, pris de spasmes, se resserraient autour de lui. Il fit claquer son sexe en moi une fois de plus, pour trouver sa propre délivrance.

Du kama se répandit dans l'air, se collant à ma peau. Je savourai la sensation d'avoir Allistair derrière moi et Rysten devant, pendant que je marquai sa peau de feu et de magie pour le choisir comme partenaire.

La main sur ma gorge se resserra alors qu'une énergie inconnue me submergeait, emplissant mon sang de noirceur et d'ombres, pénétrant jusqu'à mon âme d'une énergie qui me terrassait. Le calme après la tempête. On appelait ça la brise de minuit. Alors que je l'emplissais de feu et de vie, il me donnait en retour la paix et l'obscurité.

Tout au fond de moi, la bête et les flammes se calmèrent et je soupirai de bonheur. Réellement heureuse pour la première fois en vingt-trois ans, dans les bras de nos partenaires.

** Allistair **

Elle était vraiment insatiable.

Je n'avais jamais rencontré une succube capable de repousser mes limites. Elle avait dégagé assez de kama pour me nourrir rien que par le fait de me trouver dans la même pièce qu'elle. Après une semaine, je dus m'extirper de son lit, la laissant avec Rysten et Laran afin de pouvoir avoir une conversation avec Julian.

— Des nouvelles de Moira et de Bandit, lui demandai-je.

Je devais parler à voix basse, même si nous nous trouvions sur la terrasse à l'extérieur et que plusieurs murs nous séparaient. On ne savait pas le genre de pouvoirs qui pouvaient se développer pendant la transition, et la dernière chose dont nous avions besoin était de la mettre en colère à ce stade. Que la bête ait réussi à éviter tout problème sans nous en disait long sur ses pouvoirs et son contrôle.

— Aucune, répondit Julian.

Je hochai la tête, car je savais ce que cela signifiait. Quelqu'un avait dû les voir avec Ruby et leur avait tendu un piège.

— Sin a-t-elle découvert quelque chose ?

Je connaissais déjà la réponse, pourtant il fallait que je soulage ma conscience ; j'avais besoin de savoir que nous tentions tout ce qui était possible pour retrouver ses proches.

— Rien qu'elle ne nous ait fait savoir. Elle a dit que la piste s'arrête dans le sous-sol. Elle suspecte Le Dan Bia de les détenir, mais étant ce qu'elle est, elle ne veut pas y entrer pour voir.

Julian parvenait à se détacher de tout cela grâce à la magie de sang qui les unissait pendant la durée de sa transition. Il avait du mal à se concentrer sur autre chose, ce qui n'était pas le cas de nous trois. Nous savions ce que nous aurions à affronter quand elle le découvrirait.

Transition ou pas. Bête ou pas. Elle n'allait pas apprécier cette nouvelle.

— Ruby pourrait vouloir tuer l'un d'entre nous quand elle va être au courant, répondis-je.

Julian acquiesça d'un hochement de tête.

— Je ne m'attends à rien de moins. Heureusement que nous ne sommes pas mortels.

Mais ce n'était pas le cas pour ses proches.

15

Je flottais sur de la fumée. Ou peut-être étais-je en train de voler.

C'était difficile à dire en regardant le monde en bas. Enveloppée d'un ciel éclairé par le clair de lune, une forêt était ravagée de flammes bleues. Assise dans ce ciel, je contemplais cet incendie. Un feu traditionnel avait besoin de temps pour prendre et s'étendre en un monstre dévorant tout sur son passage, mais les flammes de l'Enfer n'avaient rien de traditionnel. Elles ne fonctionnaient pas de la même manière. Au contraire, tout ce qu'elles léchaient se transformait instantanément en cendre pendant qu'elles balayaient les terres.

La bête éprouva un frisson en regardant la scène en contrebas, mais je ne partageai pas ce spectacle avec elle cette fois-ci. Je ne l'avais pas souhaité. Le feu était la vie, la lumière et la purification, mais était aussi mortel et destructeur. Le vent soufflait de l'air chaud sur ma peau et des couches de tissu flottaient autour de mes jambes nues. Deux longs drapés pendaient sur mes épaules couvrant à peine mes seins, noués autour de ma taille par une petite ceinture dorée. Du tissu couleur onyx s'enroulait autour de mes mollets, entourant mes chevilles. J'étais assise sur de la fumée, ou probablement un nuage, vu que les flammes ne produisaient pas de fumée. Je n'avais aucune idée de l'endroit où j'étais ni comment j'étais arrivée là. J'avais le sentiment désagréable que ce n'était pas normal. L'endroit où je me trouvais, quel qu'il soit, ne méritait pas de partir en fumée.

Je tendis le bras vers les flammes en contrebas, les rappelant à moi. Elles interrompirent leur destruction galopante. Une ligne nette entre ce qui avait déjà brûlé et les mondes qui pouvaient encore l'être. Je ne pouvais pas laisser cela arriver. Tout comme j'avais le pouvoir de les déchaîner, j'avais également le pouvoir de les contrôler. D'empêcher que tout soit détruit.

Je me concentrai sur cette idée en les absorbant, ne remarquant qu'à ce moment-là que la bête souriait.

— *Tu es prête*, murmura-t-elle.

Je clignai des yeux, et lorsque je rouvris les yeux le ciel nocturne m'accueillit. Des millions de petites lueurs blanches s'allumaient en constellations que l'on ne pouvait apercevoir d'une ville. Émerveillée, je les fixai pendant un moment.

— Ruby, cria quelqu'un.

Je clignai à nouveau des yeux et regardai sur le côté. Des paillettes noires recouvraient le sol partout où mes yeux se posaient, étincelantes sous le ciel nocturne et réfléchissant les étoiles en l'air.

Par tous les diables, qu'avais-je donc fait cette fois ?

Je bâillai bruyamment et m'étirai paresseusement comme un chat se relevant pour s'asseoir. Les quatre Cavaliers de l'Apocalypse se tenaient devant moi, leurs expressions variaient de sévère à pire. Je savais que j'étais vraiment dans la merde, et cette fois-ci je n'avais rien fait consciemment. Je grognai en sentant la raideur dans mes jambes lorsque je tentai de me relever. Ce qui était clair, c'était que je m'étais endormie et que j'avais provoqué un incendie une fois de plus. J'étais également nue comme un vers, et l'intérieur de mes cuisses collait. Ce qui était probablement dû à la quantité de relations sexuelles que nous avions eues pendant... en fait, je ne savais pas pendant combien de temps. Je n'en avais jamais assez. Après que Rysten m'avait marquée, tout s'était un peu embrouillé. Je me souvenais de peaux, de beaucoup de peaux, et le goût spécifique de chacun de leur kama... et beaucoup de morsures, peut-être un peu de sang...

oh, putain. Je m'étais comporté comme une vraie salope, et ils avaient suivi.

Quel intérêt d'être une Reine démone si on ne pouvait pas se laisser aller à la débauche de temps en temps ? Je commençais à apprécier mon nouveau statut et cela avait plus à voir avec les quatre qui se trouvaient devant moi qu'avec n'importe quelle couronne.

— Comment te sens-tu chérie ? demanda Rysten en approchant.

Il était nu, lui aussi. Ils étaient tous nus. Hum... je déglutis, tentant d'empêcher mes yeux de se balader d'un service trois-pièces à l'autre.

— Je... dis-je en toussant comme si j'avais fumé un paquet de cigarettes pendant vingt ans. J'ai la gorge sèche.

Rysten hocha la tête comme s'il s'y attendait et se pencha en avant. Au lieu de me tendre la main comme une personne normale, il me souleva dans ses bras. Je me débattis, car je n'aimais pas trop que l'on me porte. Je savais que beaucoup de femmes adoraient ces conneries, mais moi j'étais grande. Que disait le dicton à propos des personnes de grande taille ? Plus on est grand plus dure sera la chute. Ayant passé beaucoup de temps à chuter, j'avais constaté que c'était très vrai.

Rysten coinça un bras sous mes genoux et enroula l'autre autour de mon dos nu, me serrant contre son torse, même si les câlins étaient la dernière chose qui m'intéressait.

— Repose-moi ! Espèce de grand dadais...

Je lui donnai un coup de coude dans le torse et Rysten soupira.

— Tu penses que tu vas réussir à ne rien brûler d'autre pendant un moment ? me demanda-t-il d'une voix légère.

Je fronçai les sourcils en plissant les yeux.

— C'est possible...

Je m'interrompis, la bouche ouverte pour continuer à parler, lorsque l'air fut aspiré autour de nous. Au lieu d'être debout... ou portée comme une grosse feignasse... au milieu d'une clairière calcinée, nous nous trouvions à présent dans un salon familier. Rysten me porta jusqu'au canapé lorsque Julian sortit de l'ombre derrière lui. Un cercle de feu apparut sur notre gauche et Laran avança à grands pas avec Allistair. Rysten me déposa avec précaution sur le canapé avant de s'écarter. Il alluma la cuisine et se mit à fouiller dans le frigo.

C'était étrange. Tellement bizarre à bien des égards.

Allistair se servit un verre de scotch et s'installa dans le fauteuil en face de moi. En balayant mon corps nu du regard, son sexe en demi-érection était plus perturbant qu'il ne semblait s'en rendre compte. Nous étions dégueu... vraiment dégueu... et pourtant, j'aurais pu le chevaucher sur le champ sans le moindre scrupule. C'était officiel, j'avais perdu l'esprit.

Julian sortit de la cuisine avec un verre d'eau et deux petits comprimés rouges. Il me les tendit sans un mot et s'éloigna tandis que je buvais l'eau d'un coup avec ce qui était probablement de l'ibuprofène en à peu près trois secondes. Pour parfaire cette étrange atmosphère, Laran me souleva malgré mes protestations et se repositionna près de moi, ma tête posée sur son torse.

Hmm... peut-être que perdre l'esprit n'était pas si mal.

Un de ses bras se faufila autour de ma taille et l'autre repoussa la masse de mes cheveux. Ses doigts suivirent la ligne de mon cou jusqu'au muscle entre le cou et l'épaule, en massant lentement pour éliminer toute tension. Je recroquevillai mes orteils en laissant échapper un gémissement de soulagement, et cette atmosphère étrange et plutôt normale se glaça quand un des autres Cavaliers se tourna pour nous regarder, et que Julian le fusilla du regard.

— *Qu'en est-il du partage* ? demandai-je mentalement en soupirant, mais sans vraiment m'en inquiéter.

— *Il n'aime partager que s'il fait partie du lot,* répondit une voix chaude.

Je sursautai, surprise, en cherchant autour de moi avant de réaliser que c'était Laran. Il allait me falloir un peu de temps pour m'habituer à ce truc de conversation mentale.

— De la télépathie, répondit-il à voix haute.

Il répondait à quelque chose que je n'avais certainement pas dit, mais c'était pour essayer de m'aider à moins paniquer. Je me laissai aller contre lui et il poursuivit son massage.

— Alors tu peux entendre mes pensées, à présent ? demandai-je.

Dans la pièce, ils hochèrent tous la tête et je serrai les lèvres.

— Dans ce cas pourquoi ne puis-je entendre les vôtres ?

— Tu ne devrais pas être capable de les entendre à moins que nous ne te les adressions, mais tu sembles projeter les tiennes tout en écoutant les nôtres.

Allistair paraissait troublé par tout cela. De fins filaments de méfiance s'enroulaient autour de lui. De l'hésitation.

— Ça t'ennuie, commentai-je.

L'odeur de café frais m'enveloppa tandis qu'un crépitement résonna dans l'air. Je jetai un œil vers la cuisine où Julian était en train de remplir un mug alors que Rysten faisait frire quelque chose qui sentait comme du bacon. Je me demandai si nous étions samedi.

— Tu as fait preuve de beaucoup d'aptitudes pendant ta transition. Même si tu ne devrais pas toutes les conserver, tu maîtrises certaines d'entre elles à un niveau jamais vu…

Il s'interrompit et Julian apparut devant moi. Sans un mot, il me tendit le mug de café, en avançant l'autre main pour saisir le verre vide. Nous fîmes l'échange, et je marmonnai un merci en prenant ma première gorgée de pur paradis depuis très longtemps.

— Pourquoi ne les garderais-je pas toutes ?

Mon esprit semblait bloquer là-dessus.

Cela signifiait-il que je perdrais le feu ? Si je perdais ce…

— Tu ne perdras pas le feu, Ruby. Tu conserveras tous les dons que tu possédais avant ta transition, mais en plus puissants. D'autres aptitudes que tu as développées pendant la transition devraient également te rester et certaines probablement que non.

Je hochai la tête en l'écoutant, même si cela n'avait pas beaucoup de sens pour moi. Pourquoi en garderais-je certains et pas d'autres ? Ça me paraissait idiot. Allistair soupira et Laran gloussa. Apparemment, ils trouvaient ça amusant.

— Pendant la transition, un démon développe tous les pouvoirs présents dans son patrimoine génétique. Lorsque ton corps commence à changer pour s'adapter à l'immortalité, les pouvoirs les plus faibles ne demeurent généralement pas. Au lieu de cela, cette énergie est absorbée et redistribuée vers d'autres choses. Comme la guérison rapide.

Si ses explications étaient logiques, de toute évidence mon corps ne faisait pas son satané boulot. La douleur entre mes cuisses, même si elle n'était pas douloureuse en soi, n'en restait pas moins désagréable. Allistair me lança un sourire impitoyable et Laran resserra sa main autour de ma taille.

— Tu n'as pas encore achevé ta transition, dit Allistair en guise de réponse.

— Pas encore ? demandai-je.

Il hocha la tête, et je bus une autre gorgée de café.

— Tu as traversé le pire quand tu te trouvais dans le chalet. À ce stade, tu devrais te sentir beaucoup mieux dans moins d'un jour. En attendant, ton corps aura besoin de beaucoup de sommeil et de nourriture...

Ses yeux se portèrent sur mes lèvres que j'humectais.

—... de la vraie nourriture, pas simplement du kama, ajouta-t-il d'une voix ferme.

La tension dans l'air était de plus en plus palpable, son sexe était dressé comme une colonne. Les mains magiques de Laran libéraient la tension dans mes épaules, déversant, derrière moi, du kama qui frôlait ma peau et ramollit mon cerveau l'espace d'un instant.

Un fracas suivi d'un juron sonore venu de la cuisine me tira de ma torpeur. Je levai les yeux et vis Julian lancer à Laran un autre regard noir, ainsi qu'une menace mentale qu'il pensait que je ne pouvais entendre. Je souris discrètement, me dissimulant derrière mon mug de café dont je bus une longue gorgée. La brûlure amère remplit tout à fait son rôle, effaçant de ma tête toute idée de sexe.

— Donc... commençai-je d'une voix traînante. Pourquoi m'avez-vous amenée dans ce chalet et non ici ?

— Nous n'avions pas d'endroit assez résistant pour te contenir, répondit Julian de la cuisine.

Il sortit avec une assiette de bacon, leva mes pieds et s'assit au bout du canapé.

— Nous avions espéré que celui-ci serait assez renforcé, mais après ton escapade de la dernière fois, je ne voulais pas courir le risque.

— *Une escapade ? Ah ! Je leur ai botté le cul et j'ai sauté trois étages comme une pro. Façon élégante de minimiser la chose, Julian. Très élégante.*

Allistair s'étouffa sur son scotch et toussa deux fois pendant que Rysten grommelait dans la cuisine. Seul Laran semblait à moitié aussi amusé que moi et éclata d'un rire sonore.

— Alors vous m'avez emmenée au fond des bois pour que je ne puisse pas m'échapper ? Ou si j'y parvenais, que je n'aie nulle part où aller...

Julian acquiesça d'un hochement de tête et me proposa l'assiette de bacon. Je l'acceptai avec joie et me mis à grignoter.

— Vous vous rendez compte que c'est tordu, pas

vrai ? Vous m'avez littéralement emmenée au milieu de nulle part pour pouvoir...

— Te baiser ? dit Julian, en me fixant sans aucun scrupule.

Je haussai les épaules. Me baiser. Me fesser. Ce n'était pas si différent quand je le faisais avec lui. L'éclat sombre qui illumina ses yeux m'apprit qu'il avait entendu et qu'il avait prévu encore plus de sexe et de fessées. Je frissonnai, uniquement de désir. Pas la moindre peur.

— Nous devions également t'éloigner de la ville, chérie. Trop de personnes auraient pu mourir si tu avais décidé de jouer aux supernovas pendant ton sommeil, ajouta Rysten en entrant dans le salon en se grattant l'arrière du crâne.

Sur son torse, juste au-dessous du creux de sa gorge, un pentagramme bleu foncé tournoyait comme de la fumée. D'un côté, c'était plutôt sympa, car d'habitude les marques n'agissaient pas ainsi, mais de l'autre, mon feu n'avait pas de fumée, alors je ne comprenais pas pourquoi mes marques se manifestaient de la sorte. Il jeta un œil pour voir comment tout le monde était installé puis décida de s'asseoir sur le canapé à côté.

Je savais que les démons étaient assez à l'aise avec la nudité, mais ce truc d'être à poils en groupe passait vraiment à un niveau supérieur. J'allais avoir besoin de temps pour accepter cette nouvelle dynamique.

— Nous aurons tout le temps devant nous, ma petite succube, dès que nous...

Allistair s'interrompit d'un coup et jeta un regard vers Julian. Je fronçai les sourcils et penchai la tête sur le côté.

Allaient-ils encore essayer de me cacher des choses ? Quelle connerie !

— Ce n'est pas ce que tu crois, dit Laran.

Il promena sa main sur le haut de mes épaules pour tenter de soulager la tension en me massant. Il m'avait lové contre lui et posait son menton sur le sommet de mon crâne.

— Je vous croirais plus facilement tous les quatre si vous arrêtiez de me dissimuler des trucs et de contrôler tous les aspects de ma vie, répliquai-je, vraiment vénère.

Nous étions supposés être partenaires. Et ce n'était pas du tout le cas. Ou raisonnables. Ça aussi on pouvait l'oublier.

— Nous ne le faisons que pour ta sécurité, chérie...

— Arrête tes conneries, Rysten ! coupai-je.

Quelque chose manquait. Quelque chose de si évident que c'était là, devant moi...

— Où est Moira ?

Silence.

Il semblait que j'avais mis le doigt dessus, toute seule.

— Où. Est. Moira ? répétai-je.

Elle était ma proche, par tous les diables. S'ils ne voulaient pas me le dire, je réussirais bien à trouver toute seule. J'ouvris mon esprit, tentai d'entrer en contact, essayai de la ressentir...

— *Elle finira bien par le découvrir, de toute façon.*

— *Des têtes vont tomber quand elle saura.*

— *La banshee a pris sa décision...*

—*... Moira est sa proche, tout comme Bandit.*

Laran était le seul à ne pas considérer mon raton laveur comme un nuisible. À ce propos...

— Où se trouvent Moira et Bandit ? Où sont mes proches ?

Je me tus en voyant une scène se dérouler devant mes yeux.

Dans le souterrain, Julian m'avait attrapée. Je me souvenais le sentant me saisir, et je n'avais pas réalisé que Bandit était tombé quand il l'avait fait. Il s'était précipité entre nos jambes et avait plongé dans la foule. Personne ne l'avait vu depuis...

... ni Moira.

Je clignai des yeux, légèrement vacillante en m'écartant de Julian et mon souvenir s'arrêta. Il allait vraiment regretter de m'avoir liée à lui avec la magie du sang, car ma transition n'était pas terminée, mais ils avaient disparu... et à présent, je le savais.

** Moira **

. . .

Je piochai dans les restes de sandwichs à la dinde à moitié mangés que l'un des gardiens était en train de grignoter la nuit dernière. Même si ce n'était vraiment pas appétissant, ça n'en restait pas moins de la nourriture, et potentiellement la seule nourriture que je verrai avant quarante-huit heures. Les gens n'apportaient pas grand-chose venant du monde extérieur, jusqu'ici, à part des strip-teaseurs, de l'alcool, et des pigeons pour leurs combats barbares.

Pendant mon enfance, j'avais été piégée dans des combats comme ceux-là, maintes et maintes fois. Aujourd'hui, personne ne savait que je me trouvais là. J'étais libre de me promener et d'observer, mais ils ne pouvaient ni me voir ni m'entendre, et je ne pouvais interagir directement avec eux... ni moi, ni le panda glauque.

À sa décharge, l'aptitude de ce petit salaud à trouver des trucs à manger nous avait bien aidés, dans ce sous-sol, même si je n'avais jamais imaginé en avoir besoin un jour. J'étais juste contente que ce petit con paraisse suffisamment concerné par notre survie à tous les deux pour partager au lieu de ne penser qu'à se péter le bide. Même s'il faisait un oreiller plus dodu quand il se goinfrait.

Je partageai le sandwich en deux et lui tendis un morceau. Bandit enroula ses pattes autour et commença à l'engloutir. Au moins, grâce à ma dextérité j'avais réussi à prendre des bouteilles d'eau au bar pour nous hydrater. Même si ça n'empêchait pas les gardiens de vider les bols d'eau que je remplissais pour lui, pensant que c'était des ordures. Je subissais cette malédiction depuis deux semaines. Je déployai mes ailes pour regarder les runes dans mon dos.

Putain de Fae. Putain de Seelie.

Je jurai que si je sortais d'ici... et je le ferais... quelqu'un allait mourir.

— Crois-en quelqu'un d'expérience, les Fae ne sont pas faciles à tuer.

Je me craquai le cou en tournant la tête si brusquement, et Bandit sauta pour me défendre.

— Vous pouvez me voir ? demandai-je, incrédule.

Après deux semaines à vivre comme un fantôme, ça devait être une hallucination. Seule mon imagination pouvait matérialiser une femme aussi belle qui pouvait me parler à un moment aussi critique.

— Je le peux, mais je suis en fait venue pour lui.

Elle tendit une griffe mauve vers le panda glauque, et soudain cela réveilla un souvenir.

— Je vous ai déjà vue, lui dis-je.

Elle me lança un sourire diabolique et claqua des doigts. Sa tenue de combat en cuir noir se transforma en un jean moulant et un tee-shirt court où était écrit « Voodoo Doughnuts » en lettres rose Pepto-Bismol[1].

— Toi !

— Moi, acquiesça-t-elle, en hochant la tête comme si c'était amusant.

— Que fais-tu ici ? Et comment cela se fait-il que tu puisses me voir ? demandai-je en plissant les yeux.

Ayant beaucoup hurlé et parlé, j'avais finalement appris à contrôler les ondes acoustiques jusqu'à un certain point, mais c'était beaucoup plus facile de les ignorer totalement étant donné que je ne pouvais rien faire contre ma malédiction.

— Les pourquoi et les comment ne sont pas très importants.

Elle dégaina une main crochue et attrapa Bandit avant que je ne puisse réagir. Le raton laveur se tourna pour la mordre, mais elle s'écarta immédiatement.

— Par contre, je reprendrais du poil de la bête si j'étais toi, Ruby sera bientôt là.

Elle disparut comme elle était arrivée, mais malgré l'obscurité j'avais aperçu ce qu'elle avait pris sur Bandit. Des poils. Cinq petits poils bleus et noirs.

Je serrai le raton laveur contre moi, saisie d'un élan protecteur. Quoi qu'elle fût venue chercher, elle l'avait obtenu, et j'avais un mauvais pressentiment concernant ce qui pourrait pousser Ruby à arriver en courant.

16

— **V**ous les avez laissés dans le souterrain ? hurlai-je.

Ce n'était pas vraiment une question.

Je sautai du canapé et atterris sur mes pieds, toujours un peu chancelante. L'assiette de bacon tomba du canapé et s'écrasa sur le sol sans que personne essaie de la retenir. Tous les regards étaient braqués sur moi, les bras croisés, et fusillant Julian du regard. Bien sûr, ils étaient tous responsables, mais c'était Julian qui avait interrompu les recherches.

Laran. Laran était le dernier à m'avoir rejointe pendant ma transition. Il était resté le plus longtemps dehors à chercher Moira et Bandit, mais ils semblaient avoir disparu. Sauf que je savais que cela ne pouvait pas être vrai, car ils étaient mes proches, et s'ils souffraient un tant soit peu, je l'aurais ressenti... pas vrai ?

Merde. Merde. Espèces de connards suceurs de boules...

— Je peux te promettre que je ne suce pas de boules, intervint Allistair.

Ma tasse de café à la main, je m'en pris à lui et fis la seule chose qui me vint à l'esprit, je lui jetai la tasse.

Mon lancer fut parfait, il reçut du café bouillant au visage et moi j'avais fait valoir ma position. Je n'eus même pas le réflexe de courir, comme j'aurais probablement dû le faire.

— Bande de connards, vous les avez laissés là-bas, hurlai-je.

Quelque chose clignota tout au fond de moi. Ce n'était ni la bête ni les liens avec les Cavaliers de l'Apocalypse. C'était quelque chose de différent. Quelqu'un d'autre.

Je le rangeai dans un coin de ma tête, pratiquement certaine que ce n'était pas Bandit.

— Nous ne voulions pas les abandonner, Ruby, mais tu avais besoin de tes autres partenaires... essaya d'expliquer Julian.

— On dirait qu'on se débrouille très bien sans eux, répondis-je sèchement.

D'accord, ce n'était peut-être pas la meilleure des insultes, mais j'avais passé le stade de la colère.

Moira et Bandit se trouvaient quelque part dehors, probablement effrayés, seuls et...

— Je doute fortement que le raton laveur se sente

effrayé ou seul, chérie. C'est un animal sauvage. Il sait comment survivre dehors.

Les paroles de Rysten ne me calmèrent pas. Je savais qu'il n'aimait pas Bandit, mais je n'en avais rien à foutre.

— Et la banshee est une Légion, à présent. Elle peut se débrouiller toute seule...

— Vous avez laissé mes *proches* dans un club de combats clandestins où ils prennent plaisir à *tuer*. Vous comprenez la gravité de la situation ? demandai-je, les poings serrés le long de mon corps, pas le moins du monde amusée.

Quoi qu'il eût à dire, il valait mieux que ce soit positif.

— Nous avons appelé une de tes amies pour les retrouver. Si quelqu'un peut le faire, c'est bien elle.

Elle ? Je ressentis quelque chose de désagréable dans ma poitrine. De la *jalousie*.

Allistair gloussa dans sa barbe, malgré le café qui dégoulinait sur mon corps.

— Bordel, qu'est-ce qui t'amuse ? coupai-je sèchement.

— Toi. Je n'arrive pas à croire que tu éprouves de la jalousie après les deux semaines que nous venons de passer, dit-il en continuant de rire.

Au fond de moi, cette idée me fit horreur.

— Ils sont coincés dans ce sous-sol depuis deux semaines ? dis-je sans hausser le ton cette fois-ci.

Pas d'hystérie. Juste un ton glacial, à l'image de ce que j'avais fait.

Moira qui avait été tellement effrayée qu'elle pouvait à peine avancer quand nous étions là-bas... elle était prisonnière. Je le savais. Sinon pourquoi ne les avaient-ils pas retrouvés ?

— Nous ne savons pas s'ils sont en bas dans le souterrain.

Je perçus le mensonge derrière ces paroles.

— Où voulez-vous qu'ils soient ? répliquai-je froidement.

— Ils ont pu s'échapper, chérie...

Rysten s'interrompit en croisant mon regard noir.

— Tu n'y crois pas plus que moi.

— Je suis certain qu'ils vont bien... commença Allistair avant que je ne le coupe sèchement.

— Ne me dis pas ça !

J'avais la tête qui tournait sous l'effet de l'énergie qui me submergeait. Le feu léchait ma peau, consumant toutes les substances innommables qui la recouvraient.

— Arrêtez de me dire que penser ou comment je dois me sentir parce que vous avez merdé, les gars. Encore une fois. Vous saviez qu'il ne fallait pas les laisser là-bas. J'aurais préféré effectuer ma transition dans la douleur plutôt que vous les abandonniez dans ce sous-sol. Vous le saviez, putain.

Je tournai la tête violemment pour regarder Julian

en face. Il le savait, mais il ne s'intéressait qu'à si peu de choses hormis moi, ses frères et son devoir, qu'il n'en avait pas fait sa priorité pendant que nous étions ensemble. C'était si facile pour lui de prendre une décision, il ne le regrettait même pas.

— Vous avez laissé ma meilleure amie et Bandit dans une ville hostile. Aux Portes de l'Enfer, tant qu'à faire. Vous les avez laissés dans un des pires clubs de combats clandestins du continent, où l'un d'entre eux, ou même les deux pourraient...

Ma gorge se serra. Je ne devais pas penser ainsi. Je ne pouvais pas me permettre de laisser la colère, la jalousie ou quoi que ce soit d'autre entraver mes actions.

L'atmosphère s'allégea dans la pièce.

Je sortis en trombe dans le couloir et entrai dans la première chambre que je trouvai.

Mon cerveau échafaudait des milliers de scénarii pendant que j'ouvrais violemment les tiroirs devant moi. Je m'habillai sans réfléchir, sans rien ressentir... non, c'était un mensonge. Je ne pouvais rien ressentir, mais ce que je sentais... ça faisait mal. Les Cavaliers de l'Apocalypse avaient fait beaucoup de choses dingues et stupides. Moi également, pourtant cette décision me faisait l'effet d'une trahison.

Ce n'était pas comme s'ils ignoraient qu'elle était là, avec Bandit. Ils savaient, et ils avaient quand même choisi de partir. J'avais beau tourner cela dans tous les sens, c'était impardonnable. Moira n'était pas qu'une de mes proches, elle et Bandit étaient ma famille, putain, alors s'ils n'étaient pas capables de comprendre ce que cela signifiait pour moi, et bien je n'allais pas perdre mon temps avec eux.

— Où vas-tu ?

Je ne les voyais pas, cependant je savais qui avait posé la question. Lui seul savait phraser sa question d'une telle manière que je me sentais obligée de me la poser à moi-même. Ils savaient ce que j'allais faire, et étrangement, il le disait comme une menace.

— Je m'en vais, *Mort*, crachai-je. Quelqu'un doit trouver Moira et Bandit.

Une partie de moi avait l'impression d'être un peu dure. C'était vrai que c'était la bête qui les avait entraînés, et j'étais celle qui voulait descendre là-bas pour discuter avec Le Ban Dia, cependant cela n'excusait pas le peu de considération pour leurs vies. Cela n'excusait en rien le fait que Moira était peut-être là-bas en train de se faire torturer, ou pire encore...

Une main se posa sur mon épaule, mais je me dégageai d'un mouvement et enfilai un débardeur. Il y avait un tas de chouchous sur la commode. J'en volai deux et ramassai en arrière mes cheveux gras. Ils avaient besoin d'un bon shampoing, mais cela devrait attendre. Moira était dehors, quelque part, et Bandit aussi.

— Ruby.

Une autre main attrapa mon épaule et je tentai de m'en débarrasser. Encore une fois, toute la force que je possédais semblait avoir disparu. Peut-être cela faisait-il partie de ces pouvoirs que je ne conserverais pas. Si c'était le cas, ça craignait, mais bon, ce n'était pas comme si c'était à moi de choisir. C'est la vie.

Rysten se posta devant moi quand je me dirigeai vers la porte d'entrée. Je savais qu'il s'agissait de lui grâce au pentagramme sur son torse et à la marque blanche sur son bras. On aurait dit une sorte de symbole indiquant un danger biologique entouré d'un cercle. Je m'arrêtai avant de lui foncer dedans, mais je refusai de le regarder. Je ne voulais pas. Rysten était doux et bienveillant et... manipulateur. Il connaissait la nature humaine. Il savait jouer avec les émotions mieux qu'aucun d'entre eux. Il suffirait de vingt minutes, de suffisamment de doutes et ils essaieraient à nouveau de m'enfermer en me convainquant qu'ils pourraient réparer tout ce bordel. Ça ne m'intéressait pas. Ni maintenant, ni jamais.

— Ruby, chérie, je n'essaie pas de te manipuler, murmura-t-il.

D'un geste doux, il leva la main sur le côté de mon visage, son pouce me caressant la joue. Comme une idiote je me penchai vers lui, incapable de résister. Je le dégageai d'une tape sur la main et m'écartai d'un pas.

— Ne me donne pas du « chérie » Peste. C'est ma meilleure amie, et Bandit est... enfin, *animal de compa-*

gnie ne convient pas, mais il est très important pour moi. Ils sont ma famille et je refuse de les laisser là-bas pendant que je finis ma transition.

Rysten poussa un gros soupir et quelqu'un s'approcha de lui. Je levai la tête suffisamment pour apercevoir ses yeux couleur miel.

— Si tu tentes de m'endormir, je t'émascule, Famine, grognai-je.

Malgré la magie de sang, la bête fit légèrement surface. Ma transition touchant à sa fin, la magie devait s'affaiblir.

— Je ne vais pas t'endormir…

Il s'interrompit soudainement et lui et Rysten se tournèrent d'un seul homme.

Que faisaient-ils ?

Julian sortit le premier et les autres lui emboîtèrent le pas. Je restai là, abasourdie.

Prenaient-ils tous cela pour une blague ? Trouvaient-ils cela amusant ?

Je les suivis, déterminée à leur donner le fond de ma pensée si…

Je m'arrêtai net en apercevant la fille du Voodoo Doughnut debout au milieu du salon, rien que ça. Je disais la fille, mais dans ses yeux je pouvais lire toute une vie de tristesse et la force d'y résister. Elle portait une combinaison de combat en cuir noir maculé de bleu. Du sang de démon. Mes pensées se figèrent en voyant ce qu'elle portait dans ses bras.

Mon cœur fit un bond. Puis un deuxième.

C'était un tas de fourrure, bleue et noire. Sa tête était inclinée sur le côté et bien que ses pattes tremblaient, ils perdaient très rapidement en énergie.

Je courus vers lui, des larmes dans les yeux. Parce que je savais. Tout au fond de moi je savais ce que cela voulait dire.

Je m'arrêtai à quelques centimètres, les Cavaliers de l'Apocalypse restaient silencieux. L'échec leur déchirait le cœur, les emmaillotait, les serrait si fort que...

Je m'écartai d'eux. Je ne voulais pas l'entendre, ni le voir.

— Donne-le-moi, insistai-je.

Ma voix tremblait de douleur à cause de la perte et de la tristesse qui allaient très vite me ronger. La femme aux yeux couleur argent avança et le plaça dans mes bras. Un léger regain de vie l'illumina quand elle me le tendit, mais ce n'était pas assez. Ça ne suffirait pas. Une fois dans mes bras, j'aperçus les profondes entailles et le sang que sa fourrure camouflait. La femme parla, mais je n'entendis rien.

Je compris que les Cavaliers de l'Apocalypse étaient en train de parler. De dire quelque chose.

Mais je n'entendais pas.

Quelqu'un lui avait fait du mal.

Quelqu'un l'avait tué.

Je regardai mon proche. Mon raton laveur. Mon Bandit.

Mon cœur se brisa lorsque le dernier souffle de vie quitta ses yeux.

Je pouvais guérir une âme, mais je ne pouvais sauver un corps.

Je pouvais brûler la terre, mais je ne pouvais le sauver.

À ce moment-là, je sus qu'une partie de moi serait changée à jamais.

Je l'arrangeais dans mes bras, incapable de voir autre chose que lui à travers les larmes qui voilaient mes yeux. Je plaçai une main sur sa poitrine et diffusai autant d'énergie que je le pouvais, espérant réussir à guérir son âme alors que la lumière le quittait.

Bleue, la même couleur que la mienne.

Et lorsqu'elle mourut...

Quelque chose de sombre et laid se libéra en moi.

Quelqu'un allait payer pour cela.

Quelqu'un allait mourir.

— Qui a fait ça ?

La voix qui sortit de ma bouche n'avait rien d'humain, mais ce n'était pas la bête. C'était la colère qu'elle me laisse affronter ça toute seule.

La femme avança, une expression indéchiffrable sur le visage. Impassible.

— Je l'ai trouvé dans le sous-sol qui appartient à Le Dan Bia. Ils l'ont mis dans la fosse avec un molosse et... dit la femme en regardant vers les Cavaliers de l'Apocalypse derrière moi, hésitant à dire ce que j'avais déjà deviné. Moira m'a demandé de te le rapporter avant que tu ne quittes ce monde.

Bien que submergée de douleur et de désespoir, mon esprit isola les informations dont j'avais besoin. J'avais raison, ils n'avaient jamais échappé à Le Dan Bia. Comment les Cavaliers de l'Apocalypse ne les avaient-ils pas trouvés... je n'étais pas certaine de savoir qu'en penser. Cependant, il y avait des choses plus importantes en jeu que de créer un précédent.

Ils l'avaient tué, et Moira n'était pas revenue.

Pourquoi ?

— Pourquoi n'est-elle pas avec vous ? demandai-je.

Question. Information. Le battement dans ma poitrine m'indiquait que je n'avais que peu de prise sur le feu qui mourait d'envie de leur sauter dessus.

Les Cavaliers de l'Apocalypse l'avaient abandonnée. Je l'avais abandonnée.

Les battements s'accélérèrent.

— Elle était enfermée dans une cage, mais en vie. Je ne pouvais pas le ramener et la sauver. Elle m'a demandé de te l'apporter pour que tu lui dises au revoir.

Je grimaçai. Moira avait choisi de rester dans son propre cauchemar afin que je puisse voir Bandit une dernière fois.

Une petite lumière me transperça en pensant à son abnégation.

Je la sauverais, et je les tuerai tous en le faisant.

— Ruby, il faut que tu y réfléchisses...

Julian posa une main sur mon épaule, je m'en dégageai, envahie d'une froide détermination.

— Nous sommes peut-être liés, mais tu n'es *pas* mon gardien, dis-je sèchement.

Quelque chose qui n'avait rien de sain m'enveloppait petit à petit, autour de mes mots. Je n'essayai pas de repousser ce lambeau de noirceur. Ce fragment d'ombres et de nuit que Rysten avait marqué au cœur de mon âme.

— c'est dangereux, insista Julian.

Il essaya d'avancer d'un pas, mais un seul regard noir suffit à le stopper net.

— Tu n'as plus à décider ce qui est dangereux ou pas. Vous avez échoué.

Il y avait en moi cette dureté qu'il ne parviendrait pas à infléchir. Aucun d'entre eux.

— Je suis l'héritière. Je suis la fille de Lucifer. Pas vous.

Il cilla, comme frappé par mes mots. En vérité, le frapper aurait été plus clément.

— Ils me l'ont pris. Ils l'ont tué, et je ne vais pas rester là et l'accepter. Je ne vais pas les laisser me prendre Moira aussi.

À présent, je sentais en moi quelque chose qui grattait, griffait et hurlait.

La vengeance.

— Le Dan Bia va apprendre ce que cela signifie de défier la Reine des Enfers, alors tu peux rester à mes côtés comme un partenaire, ou bien continuer à faire la gueule, mais moi j'ai pris ma décision.

Cela dit, je me tournai vers l'étrange femme aux yeux couleur argent et aux cheveux blancs dont les pointes mauves étaient mouchetées de sang. Bleu et rouge.

Elle fit un pas en avant, une main tendue. Un geste silencieux pour m'assurer qu'elle m'emmènerait où je le souhaitais. Je ne savais rien des liens entre elle et les Cavaliers de l'Apocalypse. Clairement, ils en savaient plus sur elle qu'ils ne me l'avaient dit. Aussi j'imagine que je n'étais pas le seul à avoir des secrets.

— Attends, dit Julian.

Je m'arrêtai et me tournai à demi vers lui.

Il serrait la mâchoire de colère. J'étais certaine qu'il mourait d'envie de discuter puis de me baiser dans tous les sens. Mais ce n'était pas le moment, et il le savait.

Il le sentait. Mon chagrin. Ma colère. Mon désespoir.

Il sentait tout cela grâce à ce fichu lien du sang qu'il m'avait imposé.

Et à présent, cela me retombait dessus.

— Oui ? demandai-je d'une voix aussi glaciale que l'impression de mort qui nous collait à la peau. À lui et à moi.

— Nous venons avec toi.

Il ne dit que ça. Aucune excuse. Aucune courbette. Aucun joli discours ou de promesses qu'il ne pourrait tenir.

Il venait. Lui et mes autres partenaires. Je les regardai l'un après l'autre, cherchant une lueur d'approbation en chacun d'eux.

Peut-être savaient-ils que je ne souhaitais aucun discours. Rien de ce qu'ils pourraient me dire n'arrangerait les choses. Seules les actions comptaient. Je voulais savoir que je pouvais compter sur eux. Qu'ils se battraient pour moi ! Et qu'à la fin, ils n'essaieraient pas de m'arrêter.

Parce que s'ils essayaient, ils ne le pourraient pas.

Pas en ce moment. Pas alors que mes émotions étaient tellement chamboulées et que le souffle de la folie commençait à s'enrouler autour de mon âme imprégnée de douleur.

Non. En ce moment précis, une seule chose pouvait arranger les choses.

Le sang de mes ennemis.

Ils se pressèrent, s'habillèrent un peu comme moi, jean noir, chaussures renforcées. Mon petit haut léger n'était pas idéal pour ce qui nous attendait, mais j'étais très consciente de la fièvre sous ma peau. Ces vêtements risquaient de ne pas durer longtemps.

Le Dan Bia non plus.

Très bientôt, les légions de l'enfer sauraient que leur Reine n'était pas une femme qui s'enfuyait, mais bien une femme forte et vivante qui n'avait pas peur de brûler la fange des démons, peu importe de quels bas-fonds elle pouvait venir.

J'en avais assez de fuir. J'en avais assez de me cacher.

J'en avais assez de tout garder pour moi.

17

Je me tins en face de la ruelle plongée dans l'ombre. La dernière fois que nous étions ici, je pensais que la bête était folle. Bien sûr, j'avais voulu libérer le Fae, j'avais prévu de le faire une fois qu'on se serait occupé de Le Dan Bia... mais je n'avais pas eu les tripes d'encaisser vraiment ce qu'il se passait sous les rues de La Nouvelle-Orléans. Des monstres dans la nuit. Les choses qui effrayaient même les démons.

Oui, j'avais été préparée avant.

Et cette fois-ci, je l'étais.

Julian me tendit la main, puis Mort et moi avançâmes dans l'obscurité comme deux vieux amis. La chaleur de la transition ne me brûlait pas autant que la tristesse qui alourdissait mon âme. Que des cendres et des ombres.

Désolation et destruction.

Colère... et désespoir.

Un hurlement déchira l'air au moment nous revînmes à nous.

Un hurlement qui me frappa droit dans la poitrine. Mon cœur fit un bruit sourd et un voile de sueur me couvrit la peau lorsque je l'aperçus. Ça grouillait de démons de toutes sortes. Ils sortaient des murs et de l'ombre. Ils jetaient des piques vénéneux et les âmes des morts. Ils affluaient de tous les coins de la pièce, prêts à l'attaque.

Moira n'était pas enfermée dans une cage comme n'importe quel animal.

Elle était debout en plein centre. Ses ailes de feu claquaient dans son dos et sa marque scintillait sur son front. Une lueur déterminée éclairait ses yeux bleus et brillants alors qu'elle jaugeait les démons qui se précipitaient vers elle. Ils devaient être des centaines, et la seule chose qui la gardait en vie, c'était leur nombre... ils étaient trop nombreux pour tenter de fait de la tuer.

Enfin, ça et aussi son hurlement.

Ils couraient vers elles et s'enfuyaient, mais aucun d'entre eux ne réussissait à la toucher. Tout ce qui approchait à moins de trois mètres explosait sous la pression de son hurlement sonique. Les démons se mirent à se broyer les uns les autres quand la débandade commença. Moira s'élança dans les airs, montant en flèche vers le plafond.

Comment elle avait survécu même un moment dans ces sous-sols, me dépassait totalement, mais j'allais m'assurer qu'elle n'avait pas fait ça pour rien.

Au-dessus de nous, un portail de feu léchait le plafond. Les flammes brûlaient, orange et rouges. Les démons en dessous hurlaient des obscénités, cependant, rien de ce qu'ils disaient ne pouvait empêcher Laran et Allistair de leur tomber dessus.

Ils atterrirent avec un boum et le vrai combat commença. C'était notre signal. L'heure de bouger. Je voulais que le feu prenne vie comme une extension de moi-même et mes mains s'allumèrent. Le démon le plus proche de nous n'eut pas le temps de réagir jusqu'à ce qu'il prenne feu et, alors c'était déjà trop tard. Il tomba à terre et commença la longue agonie qui ne finirait que lorsque les flammes auraient grignoté la moindre parcelle de son corps de l'intérieur.

Avait-il participé à la mort de Bandit ?

Je n'en savais rien. Je m'en fichais.

Sans aucun scrupule, je déversai le feu autour de moi. Il remonta le long de mes bras, un peu plus haut, un peu plus fort, tandis que les corps explosaient en nuages de paillettes noires.

L'un après l'autre, ils connurent une mort horrible de ma main, si rapidement que l'air ne sentait même pas la chair calcinée. Seulement la sueur, le sang et l'agonie. Parce qu'ils m'avaient mis dans une colère aveugle que je ne pouvais pas ni ne voulais contenir.

Quelqu'un m'attrapa par-derrière et je donnai un coup de coude dans sa gorge. Instantanément, le poids qui me freinait disparut tandis que je me retournais pour déverser une autre vague d'énergie.

Dans mes rêves je l'avais déjà fait, et beaucoup plus facilement. J'avais détruit totalement un chalet et des hectares de forêt sans m'en rendre compte. Mais ce genre de feu ne venait pas de ce type de douleur. Chacun d'entre eux me faisait l'effet d'une déchirure dans ma poitrine que je ne parvenais pas à guérir. Quelqu'un ici avait tué Bandit. Peut-être plusieurs, mais je ne saurais jamais qui. Je ne pourrais jamais les identifier et les faire souffrir plus longtemps. Faire en sorte qu'ils craignent leur mort tout en me regardant dans les yeux.

De ce que j'en savais, le coupable mourrait des foudres de Guerre, serait décapité d'un seul coup de hache. Ou bien, ce serait Rysten, qui l'infecterait de l'intérieur de maladies mortelles qui rongeraient son corps plus vite que n'importe quel poison. Les méthodes d'Allistair étaient plus à mon goût pour une vengeance, sa façon de marcher sans bouger le petit doigt et de voir les corps tomber au sol. Il aspirait leurs émotions comme une sangsue. Plus puissant que tous les incubes, il les laissait vides. Aucun amour-propre. Aucune conscience de la vie. Ils tombaient simplement au sol les yeux grand ouverts. Ça aurait dû me perturber, mais ce n'était pas si différent de ce qui arrivait quand leurs âmes meurent. Ils ressentaient une douleur et un vide si profonds que souvent ils n'arrivaient même pas à hurler, et puis c'était fini. Mon feu les dévorant était probablement un soulagement pour eux, et je détestais cette idée. Je détestais le fait que, quoi que je fasse, ça n'arrangeait rien.

Les tuer n'arrangeait rien. Les laisser vivre n'arrangerait rien.

Rien ne pourrait réparer le trou béant en moi où aurait dû se trouver Bandit.

À cette pensée, le feu intérieur se tarit. Je me tournai seulement à moitié investie, et peut-être était-ce pour cela que je ne fus pas surprise par ce qui arriva ensuite. La vague de douleur qui me submergea ne me choqua pas, elle n'était pas assez violente pour dominer l'état émotionnel dans lequel je me trouvai, mais suffisamment pour ronger l'adrénaline.

Une banshee hurla d'en haut, et je levai les yeux en m'attendant à ce que la douleur ne soit pas la mienne, mais la sienne. Cette idée me remplit de terreur, jusqu'à ce que je voie qu'elle allait très bien. Elle descendit en battant ses ailes de feu qui déversaient des braises sur la foule en bas. Elle portait les mêmes vêtements que le soir où Julian m'avait prise. Du sang mouchetait ses pieds et ses tibias, mais sa peau était immaculée. Elle était intacte.

Alors pourquoi avait-elle crié avec tant d'angoisse ?

Mes yeux papillonnèrent alors que j'essayais de concentrer mon regard sur son visage.

À présent, je voyais l'horreur absolue qui l'avait fait crier.

... c'était moi.

J'avançai en chancelant et suivis sa ligne de mire... directement jusqu'au pique qui sortait de mon estomac.

Je déglutis.

Pas bon. Pas bon du tout.

J'avais éliminé démon après démon cette nuit, mais un pique m'avait échappé. Un pique qui venait indéniablement d'un Chupacabra. Leur venin était vénéneux pour les démons. Pas suffisant pour tuer un immortel, mais assez pour les blesser gravement.

Et moi ? Étais-je enfin immortelle ?

Je ne le savais pas.

L'horrible vérité me fit tourner la tête, mais je n'arrivais pas à me résoudre à rester là à attendre la mort. Malgré l'épuisement qui m'envahissait, je voulais provoquer le feu. Plus dru. Plus rapide.

Il éclata de ma poitrine en une vague d'une puissance jamais égalée, et se répandit hors de moi. Il lécha les murs et balaya le sol, car j'utilisais tout ce que j'avais en moi pour incinérer intégralement ce satané immeuble.

D'une façon ou d'un autre, j'allais mettre un terme à tout cela. Mes genoux tremblaient dans tous les sens alors que j'avançai d'un pas. On aurait dit que je ne pouvais plus porter mon propre corps. En fait, j'avais l'impression de ne plus le contrôler du tout.

Le monde s'inclina sur son axe. Ma vision se brouilla. Mes jambes fléchissaient.

Je remarquai à peine le craquement qui résonna. Était-ce ma tête ? La vision brouillée, je me laissai convaincre que oui.

Était-ce la fin ? Détruire Le Dan Bia serait donc l'unique chose que j'accomplirais en tant qu'Héritière de l'Enfer ?

Étrangement, ça paraissait tellement merdique.

Quel intérêt d'être une précieuse héritière si on ne pouvait tout faire ?

Je me jurai alors que si je vivais, je suivrais mon destin. Si je survivais... j'éliminerais le mal dans les deux mondes en marchant vers mon trône.

Tandis que l'obscurité me submergeait, je priai pour retrouver Bandit de l'autre côté si c'était la fin. Et que nous irions ensemble vers l'avenir. Et que les Cavaliers de l'Apocalypse... tout maladroits qu'ils étaient... trouvent la paix et le bonheur. Qu'ils ne se blâment pas. Que Julian ne succombe pas à sa culpabilité. Que Rysten conserve son humanité. Que Laran fasse à nouveau confiance. Qu'Allistair n'essaie pas de boire jusqu'à tout oublier.

Que Moira ne s'en veuille pas.

L'obscurité me submergea, ses griffes d'ombres et de nuit me retenaient.

Pourtant, même dans les tréfonds de mon esprit, je l'entendis.

J'entendis un rugissement monstrueux.

** Julian **

J'avais vécu ce que les humains considéreraient comme un millier de vies. J'avais vu des guerres. Des rois couronnés. Des démons et des empires chuter. J'avais enduré plus que mon lot d'épreuves. J'avais succombé à un millier de morts et même plus.

Pourtant, pas une seule fois je n'avais ressenti une peur aussi dévorante.

Jusqu'à aujourd'hui.

Un pique de cinq centimètres de diamètre sortait de son ventre. Même si les corps des démons tentaient de s'éloigner d'elle, je pouvais la voir s'illuminer de toute sa gloire. La bête ne pouvait pas sortir, mais ce n'était plus nécessaire. À présent, Ruby savait maîtriser les flammes, et même à l'agonie, elle allait se déchaîner.

Cela commença par une lueur sous sa peau. Ses yeux devinrent bleu irisé, reflétant une lumière extraordinaire. On pouvait lire la détermination et la douleur sur son visage. Elle serra ses poings et l'air vacilla soudainement. Des flammes surgirent de son corps, mais contrairement aux incendies qu'elle déclenchait en dormant, ces flammes prirent la forme d'animaux... des ratons laveurs... et se mirent à poursuivre tous les démons qui tentaient de fuir. Elles étaient si rapides et soudaines que le béton commença à se fendre, car sa composition même était modifiée. Sa puissance soufflait sur les sols et grimpait le long des murs, jusqu'au plafond. Elle recouvrait chaque centimètre d'espace, si bien qu'à ce moment précis, la seule chose que je pouvais voir, c'était elle.

Puis elle chuta.

Je serais incapable de dire ce qu'il se passa autour d'elle après cela. Je ne saurais dire si le hurlement qui s'ensuivit venait de moi ou d'un autre de ses partenaires, ou même de sa compagne. Je me mis à courir, glissant sur mes genoux pour la rattraper avant qu'elle se fracasse le crâne sur le béton inégal.

Elle cligna des yeux. Des yeux déjà vitreux qui me fixaient sans me voir.

— Non... Non... Non... Putain, Ruby... Tu ne peux pas faire ça...

Sur le coup, je ne pouvais même pas m'effondrer.

Elle n'avait pas le droit de partir. Elle ne pouvait pas *nous* abandonner.

Je ne le permettrais pas.

Le pique dans son ventre semblait dire le contraire, car le sang se mit à gicler, coulant et infectant sa blessure. Sous la tache de sang, sa peau commençait à noircir. Le poison.

Je déglutis, car il n'y avait qu'un moyen pour qu'elle survive.

Il y avait une bonne raison pour laquelle je ne l'avais pas marquée en premier. En fait, je voulais être le dernier. Être marquée par Mort était plus puissant qu'avec n'importe lequel des Cavaliers. Je voulais lui en parler, lui laisser le choix puisque j'avais choisi à sa place pour tout le reste.

C'était censé être un cadeau, mais à présent même cela nous était enlevé.

Il fallait qu'elle vive. J'étais resté ferme à ce propos.

Ce qui signifiait qu'elle devait changer.

Je retirai le pique et le lançai sur le côté, couvrant de la paume de ma main la blessure d'où jaillissaient à présent du sang et du venin. Grâce à ma magie, je siphonnai un peu de mon âme pour l'insuffler en elle.

Se marquer entre partenaires était un acte unique, car on offrait une part de soi, et ce faisant, on rendait une partie de l'autre identique à soi. J'étais plus qu'un nécromancien, cependant il n'existait aucun mot pour décrire ce que j'étais capable d'accomplir. Comment je pouvais exister, dans la mort comme dans la vie. Dans ce voile, mais pas tout à fait.

Aucun autre nécromancien ne pouvait défier Mort, j'étais l'exception. J'avais gagné ma réputation. Je l'avais bâtie.

Sa peau était froide au toucher, mais le poison noir commençait à s'atténuer. La plaie déversait toujours du sang et du fiel, mais la magie de mon âme était à présent en elle. Un morceau de moi pour le morceau de feu qu'elle m'avait donné.

C'est ce qui rend les partenaires différents de tout autre lien. Il y avait cette notion de partage qui n'était pas naturelle chez les démons. Même dans les nombreux harems qui existaient en Enfer, il y avait toujours un démon qui prenait de ses conjoints, et qui ne donnait jamais rien en échange. En ce qui concernait les partenaires, c'était un choix.

Et je venais de faire le choix de la rendre immortelle.

Réellement immortelle.

18

Beaucoup de gens avaient tendance à prononcer des paroles profondes quand ils mouraient, des pensées apaisantes, liées entre elles, qui ne voulaient rien dire pour moi. Des choses comme « La mort était facile. La vie était dure ». Alors que ça ne pouvait pas être plus éloigné de la vérité. La mort c'était la fin. C'était permanent. Au-delà du voile où j'évoluais, il y avait une éternité d'errance. Conserverai-je mes facultés mentales ? Je n'en avais pas la moindre idée, mais je n'avais pas confiance. Pas du tout.

Ici, dans cet endroit l'existence fluctuait, la douleur n'existait pas. Du moins, pas la douleur physique. Je marchais, mais il n'y avait pas de sol. Il n'y avait personne. Pas la moindre voix. Aucun murmure. Pas même cette fameuse lumière éclatante que tout le monde prétend avoir vue.

Il n'y avait rien.

Rien d'autre que moi, et cette obscurité sans fin.

Je levai ma main droite et appelai le feu. Il était rayonnant dans ces profondeurs sombres et troubles. Si rayonnant que je grimaçai avant de l'éteindre. Même si ça craignait, l'obscurité était plus agréable. La bête acquiesça d'un air sombre en s'agitant en moi.

Tout cela me paraissait étrange. De me retrouver là, où que ce soit, dans un corps qui, j'en étais convaincue, n'était en fait pas réel… que la bête soit toujours en moi. Si c'était une sorte de corps onirique, elle aurait pu trouver son propre corps ? Serait-elle même seulement présente ?

Encore une fois, je n'étais sûre de rien, mais je n'avais pas confiance.

Quelque chose n'allait pas.

Les morts ont-ils d'habitude une telle activité mentale ?

— Tu n'es pas morte.

Je levai la tête d'un coup et me tournai en direction de la voix.

Dressée dans l'ombre, une silhouette blanche et lumineuse, vêtue de sang et de cuir, s'avança vers moi.

La fille du Voodoo Doughnut.

Mon aspirante assassin devenue ma sauveuse.

— Où sommes-nous ? demandai-je.

Ma voix résonna contre les murs non existants. C'était étrange…

La femme aux yeux couleur mercure croisa les bras et fit passer d'un coup de tête, sa queue de cheval longue et soyeuse sur son épaule. Les pointes étaient blanches et non plus mauves comme c'était le cas une heure plus tôt. Ce qui signifiait...

— Nous ne sommes pas réelles ni toi ni moi.

Elle sourit. Sans être froide, elle n'en restait pas moins prudente. Ses yeux abritaient des secrets pour lesquels beaucoup étaient morts. Des vérités ancestrales que je ne pouvais que rêver d'apprendre un jour. Cette femme était vieille et puissante. Elle ne ressemblait à aucun des démons que j'avais pu croiser.

— Très bien, Fille de l'Enfer. Nous ne sommes pas réelles. Pas dans le sens où tu l'entends, du moins. Cet endroit, c'est l'entre-deux. Le voile.

Mon sang se glaça. Ainsi, j'étais proche de la mort... mais que faisait-elle ici ?

N'aurait-il pas été plus logique de trouver Julian ? Elle inclina la tête pour m'observer avec intérêt.

— Ce serait plus logique de trouver Mort ici... si tu étais sur le point de mourir. En fait, en ce moment il est occupé à enlever le pique de ton ventre. Saleté de poison, pourtant tu t'en sortiras.

D'accord, à présent ça commençait vraiment à me faire flipper. Les Cavaliers de l'Apocalypse avaient dit que je captais leurs pensées. Et que je projetais les miennes. Mais, si je n'avais pas de corps, et que nous nous trouvions dans le voile... n'aurais-je pas dû pouvoir me protéger ou quelque chose comme ça ? Était-ce seulement une chose ?

La femme continua à me fixer. Étrangement, l'appeler femme ne me semblait pas vraiment convenir. Elle n'était certainement pas une fille, mais je n'étais pas non plus certaine qu'elle était une démone. La magie du sang n'était pas un don que possédaient les démons. Ce qui me fit penser que, comme moi, elle était quelque chose *d'autre*.

Quelque chose de… différent.

— Qui êtes-vous ? demandai-je.

Elle m'observa un instant.

— Je m'appelle Sin, mais ce n'est pas ce que tu voulais savoir, dit-elle avec plus de confiance dans la voix.

Elle possédait une inquiétante sagesse. J'avais le sentiment de savoir que cette personne devant moi n'était pas ce qu'elle paraissait.

— *Qu'*êtes-vous ? me repris-je.

Elle hocha la tête, c'était la question qu'elle attendait.

— C'est un secret. Un secret que tu n'es pas encore prête à connaître.

Je fronçai les sourcils, et pris une profonde inspiration. D'accord, on était revenues aux devinettes. Son manque de précision ne m'énervait pas autant que cela aurait dû. Elle était censée être un assassin, après tout, qui avait été lancé à mes trousses très longtemps auparavant pour me tuer. Pourtant... ni la bête ni moi ne nous sentions en danger. Même si elle était redoutable, la lame de son poignard n'était pas dirigée vers nous en ce moment. Cela ne voulait pas dire que je lui faisais confiance, mais on n'a pas nécessairement besoin de faire confiance à un allié pour l'écouter.

— J'ai été poignardée. Je suis pratiquement sûre que c'est la raison pour laquelle je me trouve ici. En revanche, ça n'explique pas le fait que vous soyez ici, vous aussi. Ce qui me pousse à penser que cela a quelque chose à voir avec moi. Pourquoi êtes-vous ici ?

Je me rapprochais.

— Difficile à expliquer étant donné que je ne comprends pas très bien moi-même. La dernière fois que je t'ai vue, nous avons passé un pacte de sang, et tu me devais un service. J'ai signé ce pacte en insufflant un peu de ma magie en toi. Cette part de magie était censée rester en toi. Latente. En attente du jour où je te solliciterais, et alors, elle m'aurait été restituée.

— D'accord, dis-je d'une voix traînante. Mais j'ai failli mourir et c'est vous que je vois. Je ne suis pas sûre de comprendre comment une infime part de magie peut provoquer ça.

— Tu es entrée dans la transition moins de vingt-quatre heures plus tard...

Elle s'interrompit lorsque j'ouvris la bouche pour lui demander comment elle était au courant, mais je la refermai immédiatement en réfléchissant à qui je m'adressais. Bien entendu qu'elle savait.

— ... et tu as commencé à dévoiler ta présence à toute La Nouvelle-Orléans.

Elle me lança un regard peu amusé auquel j'eus la décence de rougir en détournant les yeux, à l'inverse de la bête... dont c'était la faute.

— Je ne vois toujours pas le rapport avec...

— Entre le moment où je t'ai quittée et le moment où les Cavaliers de l'Apocalypse m'ont appelée pour que je te retrouve, tu as commencé à utiliser de la magie que tu n'aurais pas dû détenir. Une magie très dangereuse à détenir si mon maître venait à l'apprendre.

Elle haussa les sourcils pour m'encourager à suivre ce qu'elle m'expliquait.

Elle voulait que j'en vienne à...

Rien. Je ne trouvai rien à répondre.

Sin soupira, décroisa ses bras et fit rouler ses épaules.

— Je ne sais pas comment, mais tu as utilisé cette infime partie de magie qu'il y avait en toi et tu l'as assimilée.

Oh... Était-elle en train de dire que j'avais imité sa magie ? Comment cela était-il possible ?

— Euh... Vous savez que je suis une démone, pas vrai ? Les démons ne peuvent pas utiliser...

— *La plupart* des démons ne peuvent pas utiliser la

magie de sang. Quatre démons très spéciaux, que nous connaissons toutes les deux, en sont capables. Ils ont été créés ainsi pour parvenir à t'entraver. Comme ils l'ont tenté. Quoi qu'il en soit, tu as réussi à briser le sort... non pas grâce à ta seule puissance... mais parce que tu possédais en toi une parcelle de ma magie et que tu l'as multipliée. Le pacte de sang tient toujours. Tu ne l'as ni absorbé ni rompu. Tu l'as simplement... imité, comme tu l'as dit.

Elle fronça les sourcils, et j'eus l'impression que cette femme ne laissait pas facilement transparaître ses émotions. Ce qui me troublait un peu.

— Vous avez dit que c'était dangereux pour moi de la détenir... commençai-je sans trop savoir comment le formuler.

— Si mon maître apprend ce que tu détiens, nous sommes mortes toutes les deux. Il n'existe aucun monde où tes gardiens pourront te cacher pour qu'*elle* ne puisse te trouver, répondit rapidement Sin sans prendre de gants.

Je grimaçai en comprenant ce que cela impliquait. Clairement, je n'étais pas encore morte, mais ça pouvait très bien arriver sans crier gare. Les choses prenaient souvent ce genre de tournure, dans ma vie.

— Alors, je la dissimulerai. Ça ne devrait pas être trop difficile de...

— Tu ne pourras pas le cacher. Les Cavaliers de l'Apocalypse se doutent déjà de quelque chose à cause de ta puissance télépathique. Ce que tu appelles les conversations mentales, que tu réussis à entendre, c'est quelque chose que moi seule sais faire. Ce qui ne laisse qu'une possibilité...

Je reculai d'un pas et levai mes mains devant moi. Je n'aimais vraiment pas la tournure que cela prenait. Chaque fois que quelqu'un me posait des ultimatums, ça finissait toujours par me tuer ou me torturer. Je me fichais de qui elle était, ou si ce corps était réel ou non. Je n'étais pas encore morte et je ferais tout pour que ça reste ainsi.

— Écoutez, vous m'avez peut-être donné un ou deux coups de main, mais je...

Je m'interrompis lorsqu'elle leva une main et se mit à dessiner.

Était-elle... non.

Non. Ce n'était pas possible.

Je savais que je l'avais déjà dit et pensé, mais ce... elle... je ne parvins même pas à finir de formuler mes pensées, avant que les formes qu'elle avait dessinées ne deviennent des symboles couleur indigo flottant en l'air. L'instant d'après, je ressentis comme si l'air s'aspirait autour de moi.

Je secouai la tête, gênée par le vertige qui m'assaillit tout à coup.

— Qu'avez-vous fait... marmonnai-je en appuyant mes paumes sur mes tempes pour les masser en petits cercles.

— Silence. Je me suis assurée que ni tes pensées ni tes liens avec les Cavaliers de l'Apocalypse ne te trahissent. Quand tu te réveilleras, ils ne pourront plus entendre tes pensées, et toi non plus tu n'entendras plus les leurs. Si tu essaies d'en parler, tu n'y parviendras pas. Ce sera comme si cette réunion n'avait jamais existé.

Je reculai en tentant de secouer la tête, mais je ne réussis qu'à m'étourdir un peu plus. Comment était-ce possible ? Comment tout ceci était-il possible ?

— Ils ne doivent pas savoir, Ruby. Personne ne doit savoir. Tu es l'avenir de l'Enfer, et je refuse de le sacrifier ou mon avenir si tu nous fais tuer toutes les deux.

Le monde tournoyait tandis qu'une brume lourde m'entraînait vers le bas... tout en bas... en dessous. Elle m'enveloppait comme une couverture, me berçait, jusqu'au sommeil.

Mais je ne voulais pas m'en aller. Je ne pouvais pas. Pas avant de savoir une chose.

— Êtes-vous une...

Le dernier mot ne franchit jamais mes lèvres. J'avais l'impression de ne même plus posséder le pouvoir de parler.

— Au revoir, Ruby. Jusqu'à la prochaine fois.

À ces mots, mes yeux se fermèrent et je perdis connaissance.

19

Quel était ce hurlement horrible ?

J'essayai de rouler sur le côté et de cacher ma tête sous mes bras, mais une vive douleur, comme une déchirure, me réveilla d'un coup. Je clignai deux fois des paupières et m'essuyai les yeux d'une main. Toute cette cendre et cette poussière assaillaient mes sens, mes yeux coulaient et me démangeaient. J'avais la gorge aussi sèche que le sable du désert. Que disaient-ils à propos de l'Enfer ? Une torture sans fin où tu supplieras Dieu pour une seule goutte d'eau ? Même si cette sensation s'avérait proche de la vérité, ce n'était pas ce qu'il se passait ici.

Déjà, j'étais quasi convaincue qu'il n'y avait pas de raton laveur de trois mètres de haut crachant du feu en Enfer...

J'écarquillai les yeux, essayant d'assimiler le

moindre détail de la scène qui se déroulait sous mes yeux. Près de moi se tenait un raton laveur noir et bleu si grand que j'aurais pu le chevaucher. Il affichait une expression si sauvage en se concentrant sur quelque chose que je ne pouvais voir.

Je grognai, car j'avais un mauvais pressentiment en constatant que la majeure partie de la pièce avait explosé en cendres. Peu de choses survivaient aux flammes de l'Enfer.

— Alors, écoute-moi, vermine, entendis-je dire Rysten.

Je l'imaginai avancer les mains levées en signe de reddition.

— Ruby ne va pas très bien pour le moment, et je dois passer pour la voir...

— Bandit ? murmurai-je.

Le raton laveur s'assit sur ses pattes arrière et se tourna vers moi.

Des yeux d'un bleu surnaturel où se dessinaient des pentagrammes me fixèrent. Ses oreilles remuèrent en signe de reconnaissance et il se baissa pour me flairer doucement.

Je pleurai presque de soulagement en essayant de me redresser pour m'asseoir, mais une main sur mon épaule m'en empêcha fermement. Sous la pression, je grognai en tournant la tête sur le côté, et réalisai alors qu'en fait je n'étais pas allongée sur le sol. Ma tête reposait sur les genoux de Moira et Julian était agenouillé près de moi. Derrière lui, Laran et Allistair se tenaient là, à me regarder l'air inquiet. Je ne voulais lire aucune des émotions sur leurs visages. Elles étaient beaucoup trop sombres comparées à l'euphorie qui m'envahissait.

Bandit était vivant. Il était...

À cet instant même, en train de sauter pour essayer à nouveau de mordre Rysten parce qu'il s'approchait trop.

— Qu'ai-je fait au diable pour être traité de la sorte alors que ce mangeur de poubelles sous hormones fait ce qu'il veut ? marmonna Rysten.

Je gloussai et ma gorge me démangea provoquant une quinte de toux qui déclencha une douleur déchirante dans mon ventre. Je gémis et me recroquevillai sur les genoux de Moira qui écartait les cheveux de mon visage.

— Eh, Rubes, dit-elle doucement. Je croyais que nous t'avions perdue...

Elle s'interrompit au lieu de dire des choses qu'il valait mieux garder pour plus tard quand nous serions que toutes les deux, même si je n'étais pas sûre de pouvoir être seule dans un proche avenir.

— J'imagine que je suis devenue plus difficile à tuer à présent, répondis-je d'une voix éraillée en souriant malgré la douleur dans mon ventre.

Moira fit la grimace tout en me regardant puis haussa un de ses sourcils délicats.

Elle savait exactement ce que je ressentais, que je fasse semblant ou pas. Satanés liens entre proches.

— Pas encore assez. Je ne comprends pas à quoi tu pensais en venant ici, dit-elle.

Je pensais à quoi ?

— Tu étais prisonnière. Bien sûr que je suis venue te chercher.

Les Cavaliers de l'Apocalypse se figèrent près de moi. Je m'avançai légèrement en ouvrant mon esprit vers eux... mais je ne rencontrai qu'une barrière invisible.

Putain !

Sin ne plaisantait pas. Je ne sais pas ce qu'elle avait fait, mais, quel que soit le sort qu'elle m'avait jeté, il m'empêchait tout à fait de les écouter. Juste quand je commençais à m'y habituer. Pouah. Elle et moi allions avoir une discussion la prochaine fois que nous nous rencontrerions à propos de ce qu'elle m'a fait et pourquoi elle l'a fait.

J'avais la nette impression qu'elle omettait de me donner certaines informations, cependant, je n'aurais aucune réponse avant d'avoir mieux compris l'étendue de mes pouvoirs et *comment* j'avais fait pour dupliquer sa magie. Ce n'était pas comme si je pouvais en parler à qui que ce soit, puisque, comme par hasard, elle s'en était assuré.

J'avais besoin d'apprendre plus de choses à propos de l'Enfer et de ceux qui étaient après moi. Sin était suffisamment puissante pour contourner les Cavaliers de l'Apocalypse, même si elle craignait son maître. Ça ne m'inspirait rien de bon, pourtant, j'avais beau lui en vouloir de l'avoir fait sans me demander, si les gens au courant souhaitaient vraiment m'accrocher une plus grosse cible dans le dos, je m'en tirais probablement mieux avec son satané sort. Non pas que cela m'empêchera de lui balancer mes quatre vérités quand nous nous reverrons, parce que ça allait arriver. Je n'en avais aucun doute.

— Comment l'as-tu su ? demanda vivement Moira, me tirant de mes pensées.

— Tu te souviens de la démone du Voodoo Doughnut ?

Ses yeux s'assombrirent et elle pinça les lèvres.

— Elle est venue te voir ?

Je hochai la tête et Moira détourna la tête pour dissimuler le trouble dans ses yeux. Je m'approchai, ouvrit la bouche pour lui demander ce qu'il y avait, quand j'entendis des bruits de pas. Soudain Bandit ne fut plus le seul à grogner. Je me tournai, mais ne réussit qu'à jeter un rapide coup d'œil entre les pattes de mon raton laveur géant.

— Eugene ? demandai-je.

L'air sembla s'épaissir entre nous, et même si je ne pouvais plus lire leurs pensées, je pouvais sans problème lire leurs expressions.

Un sentiment de jalousie et de possessivité prit le

relais, et je savais sans le moindre doute qu'ils le tueraient. Si ce n'était pas eux, alors ce serait Bandit ou la banshee près de moi.

Merde.

—Ruby ? appela Eugene.

Il ne prit pas le temps d'expliquer pourquoi il était venu ou ce qu'il faisait. Ce fut sa première erreur. La seconde fut de ne pas réfléchir avant d'avancer vers un raton laveur en train de rugir. Bandit se cambra et un grognement se forma dans sa gorge. Et tout à coup, une flamme bleue jaillit, et malgré ce satané trou dans mon ventre, je bondis.

—Arrêtez ! hurlai-je.

Tout le monde se raidit.

Je saisis cette seconde de silence pour inspirer profondément, apparemment plus profondément que mon corps semblait prêt à le supporter. Je me penchai en respirant bruyamment, un bras enroulé sur mon ventre. Moira saisit mon bras et le passa par-dessus ses énormes ailes pour le placer sur son épaule. Je grimaçai de douleur pour la remercier et me relevai tant bien que mal dans une position suffisamment décente. Les Cavaliers de l'Apocalypse se serrèrent autour de nous, à l'exception de Rysten qui se trouvait à présent près de Bandit, en un front uni contre le très massif... mais peu intelligent... rubrum.

— Que fais-tu ici, Eugene ? demandai-je d'une voix rauque.

Tout penaud, il cligna des yeux et baissa la tête, toujours en ignorant le raton laveur qui s'avançait furtivement pour lui arracher la tête. Je tendis le bras et posai une main sur sa queue aux poils drus noirs et bleus, le caressant pour le rassurer. Bandit s'arrêta et s'assit sur ses pattes arrière. Ma gorge se serra à nouveau et les larmes que je retenais me brûlèrent les yeux.

Il était en vie. Je ne savais pas comment il avait fait. Je l'avais vu mourir. J'avais vu son âme mourir.

Mais il était vivant, et je ne pouvais que présumer que c'était grâce à la magie au vu de sa nouvelle taille et du feu.

Je m'intéressai à nouveau à Eugene qui paraissait de plus en plus mal à l'aise à ce stade.

— Que fait cet *homme* ici, Ruby ? demanda Julian comme si c'était de ma faute.

— Pouvons-nous le tuer ? demanda Laran totalement sérieux.

— Quoi ?

J'avançais en titubant pour tenter de m'interposer entre le stupide démon et mes partenaires, oubliant momentanément ce fichu trou dans mon ventre et cette douleur déchirante qui me transperçait.

— Connard... non, tu ne peux pas le tuer ! Bandit... n'y pense même pas !

Bandit arrêta de s'approcher et ronchonna son mécontentement, sauf que c'était cent fois plus sonore à présent qu'il avait la taille d'un gros chat. Je levai les yeux au ciel. Il n'y avait que mon raton laveur pour manquer de mourir et revenir avec une taille flippante et du feu tout en gardant un problème de comportement.

— Eugene, au cas où tu ne t'en rendrais pas compte, ce n'est pas le meilleur moment. Pourquoi es-tu ici ? demandai-je en plaçant une main sur le trou dans mon ventre qui se résorbait. Il se refermait. Lentement. Cela signifiait que ma transition arrivait à son terme, même si du sang bleu foncé s'écoulait encore d'entre mes doigts qui apposaient une pression dessus. Se faire poignarder par un pique vénéneux était en haut de ma liste de choses à ne plus jamais faire.

— Donnach m'a envoyé, dit Eugene.

Ses lèvres se serrèrent dessinant un sourire triste.

— Il voulait vous rappeler votre marché.

Le rubrum s'agitait, mal à l'aise, soudain je réalisai qu'il n'était en fait pas si innocent qu'il le paraissait.

— Je vois... répondis-je lentement. Eh bien, on dirait qu'aucun démon n'a survécu, au moins ici. Je présume qu'il le sait déjà s'il accepte de te faire effectuer tout ce chemin.

Eugene me lança un regard peiné et j'eus l'impression que malgré ce que j'avais fait pour lui, il n'avait pas envie d'être là, pas plus que j'avais envie qu'il y soit. Donnach devait vraiment souhaiter libérer ces Seelie.

— Ça ne devrait plus être très difficile de les libérer maintenant...

Je m'interrompis, submergée par le trop-plein d'émotions venant de Bandit et de Moira, mais aussi des Cavaliers de l'Apocalypse.

— Votre marché ? De quoi parle-t-il ? demanda Rysten sans détourner le regard d'Eugène.

— La bête et moi avions fait une sorte de marché avec un gars nommé Donnach pour libérer les... gens qu'ils retiennent prisonnier ici. C'est pourquoi j'y suis venue la nuit où vous êtes venus me chercher.

Personne ne releva mon hésitation, mais les mains caressant ma hanche nue voulaient tout dire. Du scotch millésimé, des flirts passionnés, et des choses totalement immorales me submergèrent.

— Pourquoi ce Donnach ne peut-il pas les libérer lui-même ? demanda Allistair.

Sa voix ondulait, légèrement persuasive. Je me penchai vers lui, attirée par la force qui me séduisait. Il écarta délicatement mes cheveux et rit tout bas à mon oreille. Moira s'irrita près de moi et Julian émit un grognement qui brisa le charme.

Malheureusement, Eugene n'eut pas la chance d'échapper au charme de Famine.

— Donnach ne pourrait pas les libérer sans risquer

une guerre avec les démons, répondit-il en se renfrognant, très confus.

Je me tournai et donnai une tape sur le bras d'Allistair, mais j'aurais tout aussi bien pu frapper du béton. La claque résonna dans le souterrain sombre et étouffant.

— Pourquoi y aurait-il une guerre ? demanda Laran, un soupçon d'énervement dans la voix.

Je laissai échapper un soupir. J'aurais vraiment dû savoir qu'il était impossible de le leur cacher.

— Parce que Donnach est un Seelie et Le Dan Bia a capturé plusieurs personnes de son peuple pour les utiliser lors de combats clandestins. Ils sont détenus ici, sous l'arène, et je dois les libérer.

Je fis une pause en entendant les soupirs indignés et les ronchonnements des Cavaliers de l'Apocalypse. Personne ne me dit franchement que je ne pouvais le faire, cependant ils n'étaient pas ravis de ce nouveau revirement.

— Il a juré sur la magie que son peuple ne me ferait aucun mal une fois les otages libérés, et en tant que future Reine des Enfers, j'ai pensé qu'il était important de ne pas commencer mon règne en fermant les yeux sur les saloperies que des démons ne devraient pas commettre. Mon père le faisait peut-être, mais moi, je ne suis pas ce genre de démone, et je refuse d'être ce genre de Reine.

En face de moi, les épaules de Rysten s'affaissèrent

légèrement.

— Je suppose que cela signifie que le rubrum doit rester entier ? demanda-t-il entre ses dents.

Mais je perçus la menace à peine voilée. Rysten, le plus doux des quatre, n'appréciait pas la présence d'Eugene. Et plus étrange encore, je n'aurais pu dire si leur nature possessive m'irritait ou si je commençais à l'apprécier... nan.

Ça ne pouvait pas être cette dernière option. Irritable, plutôt.

— Oui, et j'apprécierais que vous ne vous comportiez pas comme des connards. Ni la bête ni moi ne sommes intéressées par l'idée d'en faire un de nos partenaires, par tous les diables !

Je levai les yeux au ciel et Eugene se pétrifia, les yeux écarquillés.

— Les gars, vous avez cru...

Il s'interrompit en nous regardant tour à tour, moi, les Cavaliers et Bandit qui avait recommencé à grogner contre le démon rouge.

— Non, non... je dois un service à Ruby. Elle a sauvé mon âme. Je jure sur le sixième anneau où je suis né que je n'ai aucune envie de la solliciter comme partenaire... en plus, je suis gay.

Il baissa les yeux, n'osant plus affronter les regards à présent qu'il avait compris pourquoi ils bombaient tous le torse.

Rien à voir avec le fait que j'aie failli mourir, c'était

à cause de sa virilité.

Connards.

— Si nous en avons fini avec les devinettes sur qui est ou n'est pas un partenaire de Ruby, alors nous pouvons aller libérer ces satanés Seelie que je puisse enfin me coucher. Je suis fichtrement crevée et j'ai envie d'un steak, grommela Moira.

Je ne pouvais pas lui donner tort. Tout ce que je désirais en ce moment précis, c'était une tasse de thé, un bon bain chaud et un lit douillet. Et de préférence dans cet ordre.

— Par ici, lança Moira en prenant la tête.

Elle nous mena à une porte derrière l'endroit où se trouvait le bar. À présent, ce n'était plus qu'un tas de cendres et de bouts de béton. Nous approchâmes en groupe du trou noir dans le mur.

— Tu es déjà passée par là.

C'était plus une affirmation qu'une question.

— Je n'étais pas en cage, m'assura Moira.

Je fronçai les sourcils.

— Je t'expliquerai... plus tard.

Elle posa les yeux sur Eugene. Elle ne lui faisait pas confiance. À juste titre.

Nous la suivîmes dans l'escalier vers une partie plus profonde du souterrain. Je haletai à cause de l'effort physique que me demandait cette descente. Apparemment, c'était trop demander de pouvoir évoluer sur une surface plane.

— Ça va, chérie ?

— J'y arriverai, répliquai-je les mâchoires serrées pour essayer de ne pas laisser entendre ou voir ma douleur.

Moira ralentit le pas et attendit que je la rattrape en bas, puis elle enroula un bras autour de ma taille pour m'aider à me remettre en marche.

— Merci.

— De rien, murmura-t-elle.

Laran me toucha le bras. Je savais que c'était lui à la chaleur de sa main et à son odeur de faune sauvage.

— Permettez-moi.

Il nous décala et prit la tête. Je n'avais pas la force de les empêcher de faire du mal à Eugene, de libérer les Fae et de se disputer pour me surprotéger. J'avais été poignardée et j'avais frôlé la mort. Alors, je supposais que ce n'était pas vraiment de la surprotection, cette fois-ci. Pas si on le considérait sous cet angle.

Une boule de feu jaillit dans les airs et il la suspendit en descendant, éclairant le chemin vers le bas de l'escalier. Nous le suivîmes, le reste des Cavaliers de l'Apocalypse derrière nous.

En bas de l'escalier, une porte en métal rouillé nous bloquait l'accès. Ou du moins le fit jusqu'à ce que Laran la détruise d'un coup de pied. La porte en elle-même ne s'ouvrit pas, mais le mur en pierre qui la retenait se fendit. Les blocs de pierre autour éclatèrent et le chambranle tout entier, ainsi qu'une partie du mur s'écroulèrent. Un nuage de poussière s'éleva et me fit tousser jusqu'à ce qu'il retombe. Moira me retint durant tout l'épisode.

Du feu jaillit de ses mains, d'énormes boules scintillantes rouge et orange flottèrent à plusieurs mètres du sol, illuminant les barres en métal et provoquant des cris de panique autour de nous.

Je laissai échapper un petit cri de surprise, mais Moira resta silencieuse.

Elle savait à quoi s'attendre. Ce qui guettait dans le noir.

Des cages. Tellement de cages. Alignées le long des murs, empilées les unes sur les autres du sol au plafond. La plupart d'entre elles étaient vides. La plupart, mais pas toutes.

Ainsi que Donnach nous l'avait promis, dans quatre cages dans un coin, au fond à droite se tenaient des silhouettes grises. Leurs cheveux noirs étaient hirsutes et tout emmêlés, leur peau couleur ardoise n'était vêtue que de haillons crasseux. Elles étaient couvertes de bleus, de coupures en voie de guérison, et d'anciennes cicatrices.

C'était horrible. Répugnant. Je dus combattre une violente envie de vomir en repensant à l'état dans lequel se trouvait Moira quand elle était venue à moi. Il se trouvait qu'en fait, Moira les fixait avec une expression sombre et le regard éteint. Son bras se serra fermement autour de ma taille, comme si elle m'aidait à tenir le coup. Mes jambes tremblaient à chaque pas dans cette pièce, parce que dans le fond, il y avait quelque chose qui grognait... rauque et profond... dans un but bien défini.

— Nous devons les faire sortir et nous tirer d'ici avant que cette chose s'échappe, dit Julian.

Sans déconner. Je plissai les yeux pour tenter de voir ce qu'il y avait dans le coin du fond, mais c'était dissimulé dans l'obscurité et derrière des barres de métal. Seule la respiration profonde du monstre nous laissait deviner ce qui pouvait se trouver là-bas avec nous. J'avançai d'un pas pour examiner le Fae dans la première cage. C'était une femme, pas plus âgée que moi, apparemment, mais c'était difficile à voir à cause de la crasse.

Je voulus déverrouiller sa cage, mais il n'y avait qu'un seul problème.

Il n'y avait aucun verrou.

Pas de verrou... et pourtant, il était évident que la Seelie était enfermée.

J'avançai en titubant avec Moira à mes côtés pour les voir de plus près. Laran nous suivait, juste derrière nous. Il s'approcha pour essayer de forcer la porte, mais le métal refusa de céder. Il ne se plia pas. Il ne se rompit pas.

Ça n'annonçait rien de bon.

— Le Seelie avec qui tu as passé un marché t'a-t-il dit comment tu étais censée les faire sortir ? demanda

Allistair arrivant de l'autre côté.

Deux cages plus loin, j'aperçus la tentative d'Eugène d'y aller doucement, s'avançant pour les secourir. Le sol céda sous ses pieds, mais les barreaux en métal résistèrent ne lui permettant pas d'entrer. Il laissa échapper un grognement, accroché à la cage, tout en sortant du trou que sa force avait creusé.

— Non, il a omis de me donner cette information, marmonnai-je.

Sans parler du fait que ni la force ni l'approche progressive ne fonctionnaient, je me demandais quelles autres options j'avais. Je pourrais essayer de les faire fondre. Ça avait peu de chance de réussir et ça risquait de blesser ou tuer les créatures qui se trouvaient à l'intérieur. J'étais presque certaine que les cages étaient non seulement faites d'un acier prévu pour affaiblir les Seelie, mais elles devaient en plus être renforcées par une magie destinée à éviter de pouvoir les forcer. Comme si tâtonner dans la merde était normal, mais bon, pour un démon ça l'était.

— Tu sais comment faire ? demanda Moira.

Elle prit une profonde inspiration, ses yeux étaient aussi agités et tourmentés qu'une tempête de feu.

— Je ne suis pas sûre...

Cela signifiait qu'elle s'inquiétait. Moira donna un coup dans la cage, du bout de sa chaussure.

— Eh toi, lança-t-elle à la jeune femme quasi catatonique.

Je l'aurais crue morte si son petit doigt n'avait pas tressailli.

— Oui, toi. Comment fait-on pour ouvrir ces cages ?

Le petit doigt tressaillit à nouveau. Elle tourna lentement la tête, le visage tuméfié et les lèvres gercées, elle répondit.

— La magie de sang, cracha-t-elle avec une virulence qui me surprit, car elle paraissait à l'article de la mort.

Moira soupira et me tira en arrière. À en juger par son expression, elle l'avait deviné. De la magie de sang pour ouvrir ces cages pouvait signifier pas mal de choses, et je ne savais pas comment défaire un sort jeté par un Unseelie. La plupart des démons l'ignoraient. Les Unseelie n'étaient pas légion, presque aussi rares que les Seelie. Ils gardaient jalousement leur magie donc toute information à ce sujet se vendait à prix d'or.

Cependant, j'avais rencontré une femme qui connaissait les deux magies. Ce qui m'intriguait d'autant plus. Lentement, nous reculâmes, tandis que ses yeux se refermaient. La fatigue me rattrapait, finalement. Entre mes vertiges et le comportement étrange de Moira, nous nous éloignâmes un peu plus.

— Qu'allons-nous faire ? demandai-je en essayant de couvrir le grondement qui provenait du fond de la pièce.

Il me pénétrait jusque sous ma peau.

— Nous ne pouvons pas les laisser ici.

— Bien sûr que si, marmonna Moira.

Je lui jetai un regard en coin et elle serra les mâchoires en soupirant bruyamment.

— Je ne dis pas que nous devrions le faire, ou même que je veux les laisser là. Cet endroit est un cimetière. Des âmes le hantent. Les morts parlent, dit-elle en secouant la tête. Mais la magie de sang est rare. Les Unseelie ne la confient pas à n'importe qui. Je ne sais pas. Quelque chose cloche.

Moira gratta sa nuque en respirant lentement. Elle observait tout. Elle était d'une nature plus para-noïaque que moi, pourtant j'étais d'accord avec elle. Le Dan Bia était le clan le plus puissant d'Amérique du Nord depuis plus d'une décennie. Ils étaient partis de rien pour devenir les gardiens des Portes, engran-geant les pouvoirs. Aujourd'hui, ils touchaient même à la magie de sang et... c'était assez pour être inquiétant.

Je serrai les lèvres et jetai un coup d'œil vers Julian. J'aurais tout le temps de ruminer à propos de Le Dan Bia plus tard.

— Peux-tu ouvrir les portes ?

Les mâchoires de Julian se crispèrent tandis qu'il me dévisageait en passant son pouce sur sa lèvre infé-rieure. Je frissonnai, malgré la sueur sur ma peau et l'air moite, épais comme dans un marécage infesté de moustique. J'espérais sincèrement que l'Enfer ne serait pas une version extrême de l'Australie.

Je ne pensais pas pouvoir supporter la chaleur *et* toutes ces bestioles qui essaieraient de me dévorer.

— Elle a dit que c'est la magie de sang qui les retient prisonniers ? demanda-t-il.

J'acquiesçai d'un hochement de tête, et les ailes de Moira me balayèrent le dos.

— Je peux ouvrir les cages, mais je veux que tu me fasses une promesse avant.

Bien sûr, quel démon ferait quelque chose gratuitement ? À part moi, Ruby Morningstar, artiste tatoueuse, Reine de l'Enfer, et apparemment également tueuse de démons à en croire les histoires tristes. Je pourrais ajouter ça à ma liste des choses que je devais améliorer.

— Quel genre de promesse ? lui demandai-je en me dégageant des bras chauds de Moira.

Je dus écarter mes mèches sales de mon visage pour pouvoir lever les yeux vers lui. Même si j'étais grande, Julian était un géant.

— Tu ne t'échappes plus. Tu ne nous abandonnes plus pour des hommes bizarres, dit-il en lançant un regard vers Eugene. Tu ne passes plus de marchés sans nous en parler avant.

Je me penchai en avant, à la fois à cause de mes vertiges, mais également mue par mon incontrôlable attirance pour lui.

— Je sais que tu vas être Reine, et que nous allons devoir apprendre à gérer cette dynamique...

Il s'interrompit en apercevant les autres Cavaliers de l'apocalypse. Je savais qu'il ne parlait pas seulement de Moira et de Bandit, mais aussi des quatre partenaires que la bête et moi avions choisis. Il me regarda à nouveau, ses yeux verts et profonds noyés d'ombres.

— Mais ça ne m'empêchera pas de t'attacher sur mon lit pendant trois jours.

Je me mis à haleter... incapable de dire si c'était dû à ses paroles ou à la noirceur de son regard quand il les prononça.

— Eh bien, en voilà une liste de requêtes.

—Je ne demande pas.

Je déglutis avant de hocher la tête. Oui, nous y arrivions, mais il y avait encore du chemin à parcourir avec lui. Avec eux tous, en fait... et il se pourrait que nous n'arrivions jamais nulle part. Mais au moins, le sexe serait génial pendant que nous essaierions.

— Non, ce serait beaucoup trop normal pour toi, soupirai-je.

— Si tu veux quelqu'un de *normal*, adresse-toi à Rysten, rétorqua Julian.

Il avança la main et caressa ma mâchoire de ses phalanges avant de faire demi-tour sans un mot.

Je restai où j'étais, chancelante, à regarder Laran lui tendre sa hache. Julian saisit le pommeau avec aisance puis posa sa main dessus. Du sang frais gicla sur la rangée de cages. Le métal se mit à rougeoyer là où le sang avait éclaboussé. Julian rendit la hache et se pencha pour ouvrir en force les portes des cages.

La jeune femme leva la tête et plongea ses yeux dans ceux de Mort.

Elle avait nullement l'air effrayée ni reconnaissante. Il n'y avait que la haine et le dégoût profondément ancrés en elle. Il passa à la cage suivante et elle glissa les yeux vers moi. Elle parut curieuse en me voyant. Je m'avançai vers Laran et inclinai la tête de côté.

C'est alors que je le sentis.

Elle m'avait reconnu.

— Tu es l'Héritière, dit-elle.

Sa voix n'était guère qu'un murmure où perçait cette légère cadence particulière que possédaient également les chasseurs de démons.

— Suis-je toujours l'Héritière si le Roi est mort ?

Je ne savais pas pourquoi je lui avais posé cette question. Probablement parce que tout le monde parlait de moi ainsi, malgré le fait que Lucifer était mort depuis longtemps. Il était décédé depuis des mois.

— Donnach avait raison à ton sujet. Quand il disait que tu serais différente.

Ce n'était pas vraiment une réponse.

— Comment sais-tu que je lui ai parlé ? demandai-je.

Elle se leva et se glissa hors de la cage. Des vêtements en lambeaux pendaient sur son corps, dévoilant ses runes orange.

— Parce que j'ai été envoyée ici pour tester et pour me punir. Je suis heureuse de constater qu'il avait raison, car je serais restée pourrir ici s'il s'était trompé.

Ses mots me firent vaciller et la pièce se mit à tanguer plus fort.

Quand le tournis cessa et que ma vision s'éclaircit, je vis que les quatre Fae avaient été libérés et qu'ils étaient regroupés. La femme leva à nouveau la tête pour me regarder dans les yeux, sans porter le moindre intérêt au démon qui venait de la libérer ni au raton laveur géant que je sentais rôder dans mon dos.

— Il voulait me tester ? Pourquoi ?

Elle sourit, et ça n'avait rien d'amical. Ses dents noires étincelaient dans la lueur des flammes, acérées et menaçantes.

— Parce que mon frère veut rentrer à la maison.

Elle n'en ajouta pas plus, leva la main et commença à dessiner. Comme avec Donnach, l'air s'épaissit et les marques se mirent à tournoyer ensemble. Un petit bruit caractéristique résonna, et la magie explosa. Un petit portail se forma où flottait seulement une fine brume orange entre cette dimension et l'autre.

— Je ne sais même pas ce que ça signifie, dis-je.

Les Seelie passèrent avant elle, l'un après l'autre, jusqu'à ce qu'elle se retrouve seule. Elle s'arrêta à quelques centimètres du portail.

— Pour le moment, ça n'a aucune importance.

La sombre Fae leva la main et dessina une autre rune, qui flotta devant elle, comme suspendue.

— Mais quand ce sera le moment, j'aurais une dette envers toi. Prends soin de toi, Jeune Morningstar.

L'explosion de magie transperça l'atmosphère, me frappant droit dans l'épaule. Le souffle coupé sous l'effet de la douleur, je posai violemment ma main dessus. Elle était brûlante, plus chaude que les flammes de l'enfer. Je retirai mes doigts un à un, tressaillant au contact de l'air.

La peau était orange et éclatante. Une série de hachures et de lignes reliées les unes aux autres formèrent une rune.

Putain, pourquoi ça m'arrivait sans cesse ?

D'abord ce satané pacte de sang, et maintenant ça. Je me tournai vers la jeune femme pour qu'elle me l'enlève, mais elle était déjà partie... et alors que Julian se précipitait vers la silhouette qui disparaissait, le portail se referma d'un coup derrière elle.

— Qu'est-ce qu'elle m'a fait ?

Allistair se mit devant moi et repoussa ma main, les yeux plissés d'inquiétude, mais je savais qu'il y avait autre chose. Plus il observait la rune, plus la préoccupation le submergeait.

— Il y a une bonne et une mauvaise nouvelle, dit-il finalement.

Je blêmis et grognai d'impatience pour qu'il crache le morceau. Un petit sourire se dessina sur ses lèvres, mais le cœur n'y était pas.

— La mauvaise nouvelle, c'est que je ne sais pas ce que signifie cette rune.

Eh, bien, bravo.

— Et la bonne nouvelle ? lui demandai-je, mes épaules tremblantes de fatigue.

— Je connais quelqu'un qui pourra nous éclairer.

Je hochai la tête, levai la main pour la passer sur mon visage en me frottant les yeux pour enlever la poussière. Après tout ça, ils me piquaient énormément.

— Bon, je suppose qu'on peut l'ajouter à la liste des « merdes que Ruby doit découvrir », murmurai-je entre mes dents.

Il glissa une main sous ma mâchoire, enroulant ses doigts autour de mon menton pour le relever.

— Nous le découvrirons ensemble, d'accord ?

Quand il me regardait ainsi, je n'avais aucune envie de discuter. Je me laissai aller, incapable de me contrôler, et caressai ses lèvres avec les miennes. Allistair émit un léger gémissement en m'attirant contre lui. Une main se faufila autour de ma taille tandis qu'il lâcha mon menton pour saisir les cheveux au-dessus de ma nuque.

Ma langue jaillit et entrouvrit le bord de ses lèvres…

— Ruby, bébé, je t'aime à la folie, et tu le mérites après avoir frôlé la mort aujourd'hui, mais s'il te plaît, est-ce que ça peut attendre d'être rentrés à l'appartement ? nous interrompit Moira.

Je grognai et m'écartai à contrecœur. Le sol se déroba sous mes pieds et je dus agripper violemment les épaules d'Allistair qui me soutenait pour que je reste debout. J'avais l'impression que ma tête et mes jambes avaient décidé qu'elles en avaient assez fait pour la journée.

Les mains qui me soutenaient, chaudes et douces, devinrent délicieusement fraîches lorsqu'Allistair me passa à quelqu'un d'autre.

— Elle saigne encore, dit Allistair.

Je n'aimais pas l'inquiétude dans sa voix.

— Ne me maternez pas. Ça va aller…

Malgré mon insistance, Julian me porta en passant ses bras sous mes genoux et dans mon dos. Il me lova avec précaution contre son torse, les lèvres pincées en regardant le trou dans mon ventre. Il ne faisait plus que la taille d'une pièce, mais j'étais couvert de sang bleu, de poussières noires et de toutes sortes de substances. J'avais vraiment besoin d'une bonne douche au Karcher.

— Tu souffres, dit-il.

— Je ne savais pas qu'être poignardée était censé

être agréable, répondis-je sèchement.

Julian fronça un peu plus les sourcils. Même si je n'aurais pas dû, je posai ma tête contre son torse, luttant contre mes vertiges.

— Nous allons nous occuper de tout, Ruby, dit Allistair.

Dans sa voix, douce et posée, on ressentait une force crue et indomptable. Je compris alors ce qu'il essayait de faire.

— Si tu m'endors, je jure devant le diable que plus jamais je ne te sucerai, grognai-je en me pelotonnant tout contre Julian, comme s'il allait me protéger.

— Chérie, je n'ai besoin de rien faire. Tu seras endormie avant même que nous soyons arrivés à l'appartement.

Il n'avait pas tort. Julian se tourna vers mon raton laveur et les Cavaliers de l'Apocalypse commencèrent à discuter. Quelque chose à propos de Bandit qui ne rentrerait pas dans l'appartement. Avant même que je m'en rende compte, l'obscurité affleurait. La pénombre m'envahit, mais cette fois-ci, j'y trouvai du bien-être. Un réconfort. Au lieu d'un désespoir qui s'immiscerait en me laissant esseulée, c'était une ombre qui s'enroulait autour de moi et me réconfortait. Une ombre qui portait un peu de Rysten en elle, un soupçon de quelque chose qui n'était pas là avant. Une autre sorte d'obscurité suffisamment forte pour m'attirer dans ses profondeurs sans jamais me lâcher. Une sorte de pérennité. Un peu comme... la mort.

20

De la fourrure me chatouilla le nez. Bandit. Ce raton laveur démon n'arrivait pas à me laisser dormir...

Je me relevai d'un bond dans mon lit, me rappelant trop tard que j'avais été poignardée. Je grimaçai en attendant la douleur qui allait suivre, pourtant je restai un moment assise et rien ne se produisit. Je jetai un œil, m'attendant à voir ma peau nue, mais un tee-shirt propre couvrait mon corps. Le tissu était long et ample, ça devait appartenir à un des gars. Je baissai la tête pour le renifler. Frais. Propre. Juste un soupçon de...

— Es-tu en train de renifler mon tee-shirt ?

Je me raidis en regardant sur ma gauche où se trouvait Julian, appuyé contre ma tête de lit noir ébène. Ses cheveux blonds étaient lisses, pas la moindre poussière en vue. Il portait un tee-shirt blanc décontracté, un peu comme celui que je portais, et un jean noir. Il était pieds nus, et aussi dingue que cela pouvait paraître, il avait de très jolis pieds. Est-ce que ça existait seulement ? Le lit sur lequel nous étions assis avait une couette couleur ivoire. Les murs étaient blancs. Étonnamment blancs.

Nous étions assis, comme si de rien n'était, aussi tranquillement que possible. J'étais totalement désorientée, pourtant la première que je trouvai à dire fut :

— Ouaip. Fais-moi un procès.

Julian esquissa un de ses rares sourires et secoua la tête.

— J'ai une meilleure idée, répondit-il d'une voix rauque.

La succube en moi ronronna et se pencha vers lui, mais Bandit ne l'entendait pas de cette oreille. Un grognement mécontent résonna derrière ma tête et je sentis un courant d'air tandis que quelque chose me frôlait le crâne, alors Bandit, ayant retrouvé sa taille normale, se retrouva assis sur mes genoux.

— Bandit, m'écriai-je joyeusement.

Il leva ses yeux extraordinaires vers moi. Bleus avec des pentagrammes, et à part ses poils bleus et noirs, il était redevenu mon Bandit, celui qui tortillait ses sourcils.

— Il est redevenu petit, dis-je ayant du mal à trouver la bonne question.

Mon raton laveur s'accrocha à mon tee-shirt alors que je le rapprochai de moi et m'avançai pour enrouler ses pattes autour de mon cou. Je le pris dans mes bras, et le tins ainsi.

— Apparemment, le raton laveur peut changer de taille, et cracher du feu, expliqua Allistair.

Je levai les yeux et l'aperçus debout dans l'embrasure de la porte.

— Ta magie a dû déteindre sur lui, la tienne ou celle de la bête.

— Hmm, dis-je d'une voix traînante. Et je revis... ma magie a-t-elle cet effet sur lui également ?

Bandit se serra plus fort contre moi, en ronronnant.

— Nous n'en sommes pas sûrs, répondit Julian. Je pense que cela a un rapport avec le fait qu'il fait partie de tes proches.

Je le grattai derrière l'oreille en y réfléchissant.

— Cela veut-il dire que Moira aussi est immortelle ?

Si c'était le cas, ce serait une inquiétude en moins en Enfer. C'était une banshee ayant les pouvoirs d'une Légion à présent, mais elle n'était pas impossible à tuer. À moins que d'une manière ou d'une autre le lien qui nous liait avait sauvé Bandit et pourrait aussi la sauver.

— Nous ne sommes pas sûrs, répéta Julian, mais plus fermement cette fois-ci.

Je levai les yeux au ciel et rangeai cette idée dans la case des choses à ne jamais tester. Peut-être était-ce vrai. Ou non.

Curieusement, j'arrivais toujours à sortir de ma transition, mon âme et mes proches intacts. Ça voulait dire quelque chose.

— Alors... dis-je d'une voix traînante. Que fait-on maintenant ?

N'était-ce pas la question du jour ? Que fait-on ? Où allons-nous après ? J'imaginais que Moira et moi ayant effectué notre transition, en toute logique, l'étape suivante était probablement l'Enfer. Mais qu'allions-nous faire là-bas ? Et qu'en était-il de Sin et de ce mystérieux maître contre lequel elle n'arrêtait pas de me mettre en garde. Ces questions et ces incertitudes me donnaient la migraine.

Dans l'embrasure de la porte, Allistair se racla la gorge.

— C'est quelque chose dont nous devrons discuter, mais d'abord... Tu as faim ?

Il portait un jean taille basse qui mettait en valeur ses hanches. C'était la première fois que je le voyais porter quelque chose de si décontracté, et en plus torse nu. Non que je m'en plaignais. Il croisa ses bras bronzés et les gonfla, ce qui provoqua des trucs bizarres sur ma libido. Je m'humectai les lèvres sans y penser lorsqu'en inclinant la tête ses cheveux noirs ondulèrent. Il haussa un sourcil, d'un air interrogatif.

Merde. Il ne voulait pas dire faim de sexe. Il parlait de nourriture. De vraie nourriture.

Bien sûr, après notre petite débauche en groupe, mon esprit était complètement à l'ouest. Enfin, mon esprit et celui de la bête. Alors que je tournai la tête pour dissimuler le rouge qui colorait certainement mes joues, *elle* se fichait du caractère direct de ce que nous avions sous-entendu. En fait, elle était plus que partante, mais il fallait que nous discutions de certaines choses.

Après ça... enfin, je n'étais pas une sainte.

— Je prendrais bien un café, si c'est possible.

Il hocha la tête et tourna les talons, m'offrant une jolie vue de son postérieur. Julian laissa échapper un petit grognement et je le regardais. Espèce de merde arrogante et possessive.

— Aux dernières nouvelles, vous étiez tous d'accord avec cet arrangement, et ça n'avait vraiment pas l'air de te déranger de partager quand nous étions dans le chalet, grommelai-je.

Bandit se remit à siffler et lâcha mon cou pour se rouler sur le dos à plat sur mes genoux. Satané raton laveur. Il *était en train* de rire. Était-ce possible ? Les ratons laveurs pouvaient-ils rire ?

J'imaginais que oui, tout comme il pouvait cracher du feu ou changer de taille.

— J'ai choisi d'être lié à toi, de mon propre gré, tout comme tu nous as choisi tous les quatre comme partenaires. Cela signifie-t-il que tu feras toujours ce que nous te demanderons ? Il est clair que non, ou tu n'aurais pas failli mourir dans mes bras.

Je déglutis. Comment faisait-il pour tourner un commentaire innocent en quelque chose de si profond et si cru ?

— Ça ne veut pas dire que nous n'aurons pas de soucis de possessivité. Ce n'est pas dans la nature des démons de partager, Ruby. Les plus puissants d'entre nous ont des harems, oui, mais généralement c'est une question de pouvoir. Pas... là.

Ah, finalement nous arrivions au cœur du problème.

— Mais, c'est ce que tu veux, dis-je.

Il hocha la tête.

— Oui. Tout comme Rysten, Laran et Allistair. Nous sommes des hommes à part entière, et même si nous sommes frères lorsque nous te protégeons, partager ton lit ne sera pas toujours facile.

Il s'arrêta un instant et se massa la mâchoire.

— En même temps, la vie l'est rarement.

Je pris une profonde inspiration puis expirai, sentant mes épaules se dénouer légèrement.

— Eh bien, trouve un moyen pour que cela fonctionne, dis-je.

Ma voix semblait plus confiante qu'elle aurait probablement dû être.

— Fais en sorte que ce soit... juste, ajoutai-je.

J'aimais le son de cette phrase. Julian aussi, apparemment, car il grogna son approbation et se leva.

— C'est tout ce que je souhaite. Je vous laisse discuter, toutes les deux.

Sur ces mots, il sortit de la pièce, manquant de renverser Moira au passage alors qu'elle entrait dans mon champ de vision. Elle l'évita de justesse en écartant ses énormes ailes. Un mouvement gauche, mais tellement plus agile que ce que j'aurais attendu d'une femme ayant ses ailes que depuis quelques semaines.

Prisonnière dans ce souterrain, elle avait peut-être dû se forcer à les maîtriser. Cette idée me fit l'effet d'un lourd nuage et assombrit mon humeur.

— Comment vas-tu ? demanda-t-elle.

Elle portait un débardeur blanc et ses cheveux vert foncé étaient ramassés en un chignon lâche, d'où dépassaient deux cornes bleu foncé.

— Ce ne serait pas plutôt à moi de te le demander ? dis-je doucement.

Elle serra les lèvres et détourna les yeux.

— Je suis désolée, je...

— Ne fais pas ça, se hâta de répondre Moira en soupirant avant de poser doucement sa main sur mon bras. Je t'en prie, ne t'excuse pas. Tu ne savais pas ce qui allait arriver. Ce n'est pas de ta faute.

— Nous étions là-bas à cause de moi...

— Ruby, insista-t-elle, d'un ton ferme où pointait

une légère lassitude. Les démons ne m'ont pas enfermée. Je n'étais pas en cage. J'étais...

Elle fit une pause pour déglutir.

— D'abord, j'ai cru que j'étais morte. Je pouvais me déplacer, parler et toucher... mais personne ne savait que j'étais là. Personne, à part Bandit et un des cerbères qu'ils gardaient en cage. J'ai mangé leur nourriture. J'ai brisé leurs bouteilles d'alcool. J'en ai même frappé un, mais personne ne pouvait interagir avec moi. Ils pensaient que j'étais un fantôme.

Elle avait le regard sombre et regardait partout, sauf moi. Elle était trop crispée et se balançait d'avant en arrière sur ses pieds. Le fait de se trouver là-bas ne l'avait peut-être pas tuée, mais elle s'était construit des barrières pour protéger son esprit. Pour protéger son cœur. Des barrières qu'elle n'aurait pas dû ériger entre elle et moi.

— Je ne sais que dire, avouai-je sincèrement.

Car je n'avais aucune idée de ce que j'étais supposé dire étant donné qu'elle refusait que je m'excuse.

— J'ai l'impression que tu étais là-bas à cause de moi et pendant que les Cavaliers m'ont exfiltrée, toi tu étais coincée...

— Je n'étais pas coincée, coupa Moira.

Elle se tourna sur le côté et leva une de ses satanées ailes. Je clignai des yeux et déglutis.

— C'est une rune.

— Je crois que Donnach a fait usage de ses

pouvoirs de Fae pour que je ne puisse m'enfuir. Bandit en a une identique en bas de sa patte arrière gauche.

Elle se retourna en repliant son aile autour d'elle.

L'avait-elle fait consciemment ? Se rendait-elle compte qu'elle avait déjà changé sa manière de bouger ?

Je n'en savais rien, mais j'étais loin d'être rassurée par cette rune rouge dans son dos. Je ne parlais pas le Fae, ni aucune autre langue d'aucune autre race, cependant la marque qui ressemblait à une cage à oiseaux, était suffisamment explicite.

— Ainsi il vous a jeté un sort afin de vous garder Bandit et toi. Comment ? Je le surveillais tout le temps...

— J'y ai beaucoup réfléchi, et le seul moment où à mon avis il a pu le faire, c'était au moment où nous avons été transportées, avant que nous ne retrouvions nos esprits. Si Bandit lui aussi avait été paralysé, alors nous n'aurions probablement pas remarqué...

Sa logique se tenait, mais si c'était exact... qui sait ce qu'il aurait pu faire d'autre et où nous aurions pu trouver d'autres marques sur notre corps. Je passai ma main sur mon épaule, me sentant violée même si ce n'était pas moi qu'il avait violée.

— C'était prémédité. Il avait tout fait pour que j'entre dans ce souterrain et que je sauve la Seelie d'une manière ou d'une autre. Je ne sais pas comment il l'a su, par contre, dis-je en soupirant.

Mon attention fut attirée par un coup à la porte. Allistair tendit une main avec une tasse de café fumant. Je la saisis et lui souris, reconnaissante.

— Tout se passe bien ici ? demanda-t-il d'une voix beaucoup trop détachée.

Moira retira une peluche de son legging, restant à l'écart. Je hochai la tête et il se retourna pour s'en aller.

— Je vous laisse papoter alors...

Il traîna, puis s'en alla gauchement.

— À quoi penses-tu ? lui demandai-je en m'asseyant sur l'immense lit blanc.

Moira joua avec ses ongles tout en réfléchissant longuement. La méfiance et la paranoïa la rongeaient.

— Ça va te paraître dingue, commença-t-elle.

Je souris.

— Je crois que j'ai fait plus dingue.

L'espace d'un instant, un léger sourire se dessina sur ses lèvres.

— Je pense qu'Eugene jouait un double jeu. Que le Seelie a tout orchestré, d'une manière ou d'une autre : le fait que tu fasses confiance au rubrum. Qu'il nous mène à lui. Qu'il fasse appel à ton cœur afin que tu te rendes chez Le Dan Bia pour libérer les siens...

Elle avait raison. Ça paraissait dingue, cependant ça ne voulait pas dire que c'était faux.

— Je ne sais pas comment il aurait pu le faire. Je suis consciente qu'en nous forçant à rester là-bas c'était sûr que tu reviendrais pour te frotter à eux. Quelque chose ne colle pas...

Elle prit une profonde inspiration en mordillant son pouce, songeuse. Je passai la main dans la fourrure de Bandit et il se roula sur le dos pour que je puisse lui gratter le ventre. Cette rune dont elle m'avait parlé apparut clairement et ma main s'immobilisa. Quelque chose à quoi je n'avais pas pensé me traversa l'esprit.

— Tu as bien dit que Bandit était aussi avec toi ? Qu'il ne pouvait pas sortir ?

— Oui, acquiesça-t-elle d'un hochement de tête. Comme avec moi, ils ne pouvaient ni le voir ni interagir avec lui. Quand il a cru que tu étais morte, il a pété les plombs et s'est mis à grandir, et c'est la première fois qu'ils ont semblé nous remarquer. Ils m'ont vue quand tu as franchi le seuil, alors je pense que c'est ce qui a brisé le sort pour nous deux.

Elle jeta un regard furieux vers la rune dans son dos en serrant les bras autour d'elle.

— C'est...

Je m'étouffai. Je clignai rapidement des yeux, me pliai en deux et fus prise d'une quinte de toux rauque. Moira fit le tour du lit et me prit la tasse de café des mains avant que je la renverse. Elle me tapota le dos, en attendant que la toux se calme.

— Tu vas bien ?

— Oui, j'essayais juste de te dire que c'est...

Je m'étouffai à nouveau. Je me mis à tousser plus

fort en peinant à respirer. Ma poitrine se comprima et l'effroi me submergea. Je savais ce qu'il venait de se passer. Ou du moins, certaines parties. Suffisamment pour qu'*elle* sache que j'allais deviner. Que j'additionnerais les événements pour comprendre ce qui était arrivé avec Donnach, et son timing impeccable quand elle avait apporté ce que je croyais être le corps de Bandit, quelques instants après que j'étais revenue du chalet. Nous étions justement en train de nous disputer sur la nécessité d'aller les chercher quand elle était apparue. Julian refusait de me laisser sortir. Les autres n'auraient probablement pas accepté non plus, alors lorsque j'ai cru que Bandit était mort, j'ai complètement perdu la tête. Pourtant, si Bandit était enfermé là-bas depuis le début, elle ne pouvait pas m'avoir apporté sa dépouille, ce qui signifie qu'elle m'a montré, je ne sais comment, quelque chose qui lui ressemblait comme deux gouttes d'eau... et qui m'a convaincue qu'il était mort. Et que Moira serait la prochaine.

Je ne sais ni comment ni pourquoi elle l'a fait, mais elle l'a bien fait.

Des larmes se formèrent aux coins de mes yeux et je renonçai à les contenir. Ce silence invisible qu'elle m'avait imposé me poussa à me demander s'il y avait une rune quelque part sur mon corps. Il faudrait que je regarde plus tard.

— C'est quoi ? me demanda Moira après que je me sois assise sans un mot.

Je n'avais aucun moyen de lui raconter la vérité, mais je refusais d'entretenir des mensonges.

— C'est de la manipulation mentale, répondis-je.

Elle hocha la tête en signe d'acquiescement et me rendit mon café avant de se replonger dans les conspirations qu'elle ressassait dans sa tête. J'avais le cœur brisé en y pensant. En me demandant depuis quand c'était prévu. En essayant de comprendre depuis quand rien n'était dû au hasard, et que le plan de Sin avait pris le relais... le sien et celui de Donnach. Je n'en savais trop rien, mais j'avais des doutes sur ce qu'elle était vraiment, et si j'avais raison... elle aidait Donnach... Je bus une grande gorgée de café que j'avalai difficilement.

— Si Donnach t'a jeté un sort, commençai-je.

Elle me fixa, les yeux sombres.

— Pourquoi penses-tu qu'il l'a fait ?

Moira cligna des yeux, essayant de comprendre mon changement de questions. Ou tout au moins, je pensais que c'était ce qui la troublait, car elle plissait les yeux et fronçait les sourcils.

— De toute évidence, il voulait que les Seelie soient libérés.

— Oui, mais c'est un détail, répondis-je en réfléchissant à voix haute. La Seelie m'a laissé entendre qu'il y avait autre chose de plus important. Quand je lui ai demandé pourquoi, elle a répondu *pour rentrer à la maison*. Que penses-tu qu'elle voulait dire ?

Une fois de plus j'avais mon idée sur la question, mais je ne voulais pas tirer de conclusions hâtives.

— Tout le monde sait que les Seelie sont arrivés de l'Enfer, mais qu'est-ce que cela a à voir avec le fait de sauver sa pauvre sœur des combats clandestins ? Ça n'a pas de sens, et j'ai l'impression qu'ils veulent qu'il en soit ainsi.

Je hochai la tête. Donc nous étions d'accord. Elle parlait bien de l'Enfer. De quoi d'autre pourrait-il s'agir ? Ils venaient de l'Enfer. C'était leur univers, mais Lucifer et Lilith les en avaient chassés.

Ce n'était pas très surprenant qu'ils souhaitent y retourner, mais je ne voyais pas en quoi cela nous concernait ni en quoi le fait que je libère les Seelie était important. Ou plutôt, que je demande à Julian de les libérer, vu qu'il était celui qui avait donné son sang.

Le silence qui suivit était agréable, un moment privilégié où je caressais le ventre de Bandit qui ronronnait si fort qu'il meublait le calme qui aurait pu devenir gênant. Moira soupira de fatigue et s'allongea sur le lit, près de moi.

— Tu veux en parler ? demandai-je.

Elle fixa ses mains et se mit à les tourner dans tous les sens.

— Pas particulièrement. Tu te sens coupable et je

ne suis pas en état de te réconforter, car je dois gérer mes propres trucs.

Elle dénoua ses mains comme si elle venait de se rendre compte qu'elle était en train de s'agiter.

— Peu importe sous quel angle on le regarde, c'est un beau merdier.

— C'est vrai, acquiesçai-je.

Elle ne voulait pas que je m'excuse, alors je ne le ferais pas, et je ne lui demanderais pas de me réconforter après tout cela. Même si je n'avais pas choisi de l'abandonner là-bas, c'était quand même arrivé. Ça faisait vraiment chier, mais ainsi allait la vie parfois. Parfois, il n'y a pas de mots, rien qui puisse réparer ou arranger les choses.

Cependant, nous pouvons faire en sorte qu'elles n'empirent pas.

— Tu veux que nous regardions un film, juste toi et moi ?

Elle sourit, et l'espace d'un instant je perçus à nouveau la lumière en elle. Je savais que ça ne durerait pas, mais c'était pareil pour la claustrophobie et l'angoisse qui la rongeaient. Exactement comme lorsque nous étions gamines, ça s'arrangerait, et même si une partie d'elle risquait de changer, elle restait ma Moira. Elle était plus forte que ça. Plus forte que toutes les merdes que la vie nous balançait. Nous étions plus fortes que ça, toutes les deux.

— D'accord, répondit-elle.

Nous allâmes dans le salon et nous installâmes avec un grand plaid douillet et des trucs à grignoter. Bandit se lova sur mes genoux et Moira s'appuya contre moi. Si on me l'avait demandé, j'aurais été incapable de dire ce que nous avions regardé. Je pense que nous n'étions pas vraiment intéressées ni l'une ni l'autre. Mais nous restâmes ainsi, tous les trois serrés, car nous en avions vu de toutes les couleurs et avions survécu.

Les gars ne vinrent pas me voir, et même si nous n'en avions jamais reparlé, j'appréciai vraiment ce geste.

21

Je me frottai les yeux pour me réveiller et me levai du canapé pour tituber vers les toilettes. Nous nous étions endormies là, la nuit dernière avec une bouteille de vin et un paquet de Oreos. Bandit rouspéta lorsque je m'éloignai de lui et cette espèce de feignasse sauta du canapé pour me suivre. Il gratta mes jambes nues en miaulant.

— Putain, marmonnai-je.

Je le portai et me dirigeai vers la salle de bain où je le posai sur le comptoir. Il était hors de question que je pisse avec lui sur mes genoux et il était beaucoup trop tôt pour gérer ses pleurs si je l'avais laissé dans le couloir.

Je vaquai à ma routine du matin et fis couler un bain. Bandit décida que la poignée brillante du tiroir de la coiffeuse était assez intéressante pour ne pas geindre parce que je l'ignorais. Je fis ce que j'avais à faire pendant qu'il passait deux minutes à ouvrir et fermer le tiroir le plus près de lui, totalement fasciné par la manière dont la lumière se réfléchissait sur la poignée en métal. J'étais en train de rincer ma brosse à dents lorsque je remarquai quelque chose...

Pourquoi avais-je du bleu sur la main ? Je fis tourner mon poignet et aperçus ce qui ressemblait à une fine plante bleue un peu comme du lierre qui grimpait le long de mon bras et disparaissait sous mon tee-shirt.

Bordel de merde. Putain, qu'est-ce qui m'arrivait ?

Je baissai les mains pour saisir le bord de mon tee-shirt blanc et large. Voulais-je voir ce qu'il y avait en dessous ? J'avais été poignardée, après tout. Quoi qu'il en soit, c'était là, alors autant m'y faire. Je le fis passer par-dessus ma tête et le jetai sur le comptoir de la salle de bain. Des plantes grimpaient le long de mes deux doigts et sur ma poitrine, directement là où se trouvait le pentagramme, lové entre mes seins. Il ne semblait pas avoir changé. Noir uni. Immobile. Les plantes rayonnaient et s'étiraient sur ma peau puis descendaient sur mon ventre et le long de mes jambes. C'était dingue que je ne l'aie pas remarqué avant, et j'étais absolument certaine qu'elles ne venaient pas des Cavaliers de l'Apocalypse.

Il y avait une marque sur mon ventre, ressemblant à un crâne imprécis. Il avait la bouche bizarrement ouverte. Je plissai les yeux et m'approchai pour mieux voir. Je passai mes doigts le long des contours en relief et les trouvai durs. La peau était plissée en tissus cicatriciels durcis.

Ma blessure due au coup de poignard, compris-je. C'était là où j'avais été poignardée, et même si j'aurais dû la reconnaître immédiatement, la cicatrice était à peine visible entre la marque et la cicatrisation. Ce n'était plus du tout un trou, et cela ressemblait plus à une cicatrice vieille de plusieurs années et non de quelques jours ou semaines. Je me demandai si c'était grâce à mon aptitude à guérir naturellement, à présent que j'avais fait ma transition, ou si la marque de Mort y était pour quelque chose et m'avait modifiée d'une manière ou d'une autre.

J'imaginai que l'avenir me le dirait.

Je passai mes cheveux par-dessus mes épaules pour mieux voir le lierre qui rampait sur ma poitrine. C'était assez étrange et plutôt sexy. Peut-être que ça venait de Lola ?

Je n'avais jamais entendu parler de démons ayant deux marques, mais qu'en savais-je ? Rien du tout, apparemment.

Mes yeux glissèrent sur la rune que m'avait laissé la femme Unseelie puis se posèrent sur autre chose. Une sorte de décoloration sur la courbe de mon cou à la jointure avec ma mâchoire. Je me tournai sur le côté et dégageai mes cheveux. La marque de Rysten. Elle était blanche, si blanche qu'elle ressortait sur ma peau. Sa marque était un symbole de danger biologique modifié avec des anneaux le transperçant. Elle ne devait pas faire plus de quinze ou seize centimètres, mais on ne voyait que ça dès qu'on savait qu'elle était là. Même si ça ne me dérangeait pas, je me demandais si je ne devrais pas avoir une discussion avec eux à propos des endroits où ils pouvaient me marquer. Autrement, Laran pourrait essayer de me marquer de son satané nœud celte sur mon front pour asseoir sa domination.

Si on les laissait faire, ils seraient capables de me pisser dessus pour marquer leur propriété, et la bête pourrait sortir pour leur botter le cul à nouveau afin que ce soit parfaitement... douloureusement... clair qui était aux commandes.

Dans l'ensemble, ce n'était pas aussi mauvais que ça aurait pu l'être, et je ne constatai aucune marque causée par Sin qui pourrait indiquer la raison de mon silence. Cela me troubla un peu plus, le fait qu'il n'y ait aucune marque même si sa magie était de toute évidence présente. Je ne savais pas si c'était mieux ou pire qu'elle ne m'ait pas marquée. Tout cela était certainement extrêmement planifié.

Je me détournai du miroir et plongeai un pied dans l'eau bouillante. Je m'installai dans le bain en grognant de plaisir. À peine mon dos toucha-t-il la porcelaine de la baignoire, une queue poilue s'enroula autour de mon cou. Je levai les yeux vers Bandit qui s'était installé comme un oreiller. Je soupirai de contentement, heureuse de rester assise là pendant une heure jusqu'à ce que ma peau se fripe et se ride.

Malheureusement, le sort en voulut autrement, une fois de plus.

Alors que je commençai à raser mes jambes, horriblement poilues, une sonnette retentit. Je ne savais même pas que nous avions une sonnette. Putain, je ne savais même pas où se trouvait la porte d'entrée. Les Cavaliers de l'Apocalypse avaient le chic pour me transporter à droite et à gauche comme une ombre, ou à me téléporter par le feu, ou encore en traversant un miroir. Il semblait que ma transition ne m'avait pas donné le don de me téléporter, mais si je les écoutais, ils me transporteraient partout comme si j'étais invalide.

Je continuai de me raser les jambes en espérant et priant pour que, qui que ce soit, il s'en aille, ou au moins, que je n'aie pas à aller ouvrir.

La sonnette résonna une seconde fois.

— Ruby, appela Moira. Il y a quelqu'un à la porte.

— Sans déconner, Sherlock, marmonnai-je en finissant ma jambe droite. Tu peux ouvrir ?

Le grognement sonore résonna dans le salon.

— Je ne peux pas bouger, dit Moira. Je fais un coma diabétique après tous ces Oreos.

Je levai les yeux au ciel.

— Ce n'était qu'un sachet, répliquai-je.

Je l'avais déjà vue en dévorer deux et demi avant de jeter l'éponge.

— Oui, mais ceux-là étaient doublement fourrés, grommela Moira si doucement que je l'entendis à peine.

— Par tous les diables !

Je posai mon rasoir et me levai en éclaboussant de l'eau partout autour de la baignoire.

Bandit sauta et s'ébroua. Je me séchai à l'aide d'une serviette et pris le seul peignoir que je trouvai. Il était beaucoup plus moulant que le mien ce qui me fit sourire. Il était trop large pour appartenir à Moira et il y avait encore l'étiquette du prix. Un de mes partenaires était allé faire des courses et avait pensé à me l'acheter. À en juger par le tissu doux et onéreux, j'optai pour Allistair.

Je me penchai pour prendre Bandit dans mes bras et ouvris la porte de la salle de bain pour retourner dans le salon. La sonnette résonna une troisième fois.

Dans une autre pièce, sans que je sache laquelle, un chapelet d'insultes retentit.

Une porte s'ouvrit et Laran apparut seulement vécu d'un pantalon de jogging. Sa peau dorée brillait dans la lumière matinale et le nœud celte sur sa hanche dépassait de l'élastique de son pantalon. Il avait peigné ses cheveux noirs en arrière, et des reflets rouges se mirent à luire lorsqu'il se posta devant moi en inclinant la tête.

— Tu te lèves généralement plus tard, dit Laran.

Il baissa les yeux vers le V de mon peignoir qui laissait apparaître ma marque. Ces satanées plantes bleues bougeaient sous ma peau comme si elles ressentaient sa présence et voulaient s'enrouler autour de lui.

— Vous pourriez arrêter de vous reluquer et ouvrir cette fichue porte, grogna Moira.

Elle avait un bras nonchalamment posé sur le dossier du canapé et ses immenses ailes étaient étrangement placées derrière elle.

— Les autres s'en occupent, répondit Laran.

— Quoi ?

Laran posa une main sur mes reins et m'entraîna à travers la cuisine vers un autre couloir que je n'avais pas remarqué avant. Un escalier menait à une simple entrée où j'aperçus un crâne rasé et rouge à travers la fenêtre qui se trouvait au-dessus de la porte. Les trois autres Cavaliers de l'Apocalypse se rassemblèrent autour de la porte alors que Julian actionnait la poignée pour ouvrir la porte.

— Eugene ?

Mon ami rubrum leva les yeux vers moi en souriant timidement. Il était gêné. Comme d'habitude, les gars se comportaient comme des connards et ne voulaient pas de sa présence parce qu'il avait un pénis.

Je levai les yeux au ciel en descendant l'escalier et me faufilai entre eux, les frôlant chacun leur tour *acciden-tellement* en passant. Je sentis les regards dans mon dos lorsque j'avançai devant eux pour fixer Eugene.

— Salut, Ruby, marmonna-t-il en virant au mauve. Vous avez l'air... en forme.

Il me regarda intentionnellement droit dans les yeux même si nous savions tous les deux que ma fémi-nité sous le peignoir ne l'intéressait pas. Ça aurait été une bonne idée de trouver des sous-vêtements avant d'enfiler mon peignoir.

— Merci, toi aussi, dis-je un peu gauchement.

Il ne fallait pas mal interpréter mon comporte-ment. J'étais contente de constater qu'il avait survécu, mais je ne comprenais pas bien pourquoi il se présen-tait devant ma porte sachant ce qu'en pensaient les Cavaliers de l'Apocalypse. Je n'arrivais pas non plus à décider à quel point notre « amitié » était sincère ni à quel point il avait joué le jeu de Donnach. Savait-il ce dont son amant était capable ? Était-il conscient que nous avions été leurrés ? Peut-être que cela aussi n'était qu'une ruse.

Soudain, je ne me sentis plus aussi accueillante. La paranoïa qui rongeait Moira commençait à m'envahir.

— Pour quelle raison es-tu ici ? demanda Laran derrière moi en enroulant son bras musclé autour de ma taille.

Je sentais qu'il lui lançait un regard noir par-dessus ma tête. Eugene déglutit et tendit d'un geste vif la boîte qu'il tenait dans ses mains.

— Donnach voulait vous remercier.

Il baissa les yeux et Laran saisit la boîte, car j'avais Bandit dans mes bras.

— Pour m'avoir manipulée afin que j'accepte son marché ? demandai-je sèchement.

— Je... je ne sais que dire.

Moi non plus.

— Il a créé une arme pour vous aider... en Enfer. Elle ne fonctionnera que pour vous.

Il piqua ma curiosité.

— On s'en occupe, répondit froidement Allistair en se rapprochant de moi.

J'allais mourir d'une surdose de testostérone avant que quelqu'un d'autre me poignarde. C'était inévitable.

— Bien sûr.

Eugene se tourna pour s'en aller, et putain, je me sentis mal parce qu'il était désolé. J'avançai à contrecœur.

— Attends...

Je restai comme ça, un peu gauchement en tendant les bras vers lui. Je n'étais pas du genre à serrer les gens dans mes bras, mais après avoir sauvé son âme et passé cinq jours avec lui, agent double ou pas, je sentis que ça valait plus qu'un commentaire sarcastique ou un regard de travers.

— Merci Eugene. Pour tout.

Eugene prit mes mains dans les siennes, les secoua gentiment, et ses yeux se plissèrent lorsqu'il me sourit.

— Merci à vous, Ruby. Si jamais vous avez besoin de moi...

Apparemment, ce fut le moment où la patience des Cavaliers de l'Apocalypse atteignit sa limite. Laran me tira d'un coup sec et lui ferma la porte au nez.

— Les gars, vous êtes des connards !

Mais je n'étais pas le moins du monde énervée.

Allistair se contenta de hausser les épaules, il enroula ses doigts autour de mon coude pour me conduire dans l'escalier. Je secouai la tête en gloussant.

— C'était quoi, ça ? demanda Moira du haut de l'escalier.

Nous nous retrouvâmes autour du plan central dans la cuisine et Allistair me tendit une tasse de café noir et Laran posa la boîte devant moi.

— Je ne sais pas trop...

Tout en prenant une gorgée de café, je tapotai sur mon épaule pour inviter Bandit à sauter. Il s'installa autour de mes épaules comme une écharpe. Je saisis les bords de la boîte et l'ouvris.

— Qu'est-ce que c'est ? demanda Moira en laissant échapper une sorte de couinement.

— Un cadeau, répondis-je tandis qu'un sourire se dessinait sur mon visage.

Donnach m'avait fait quelque chose de spécial. Je

me demandai si c'était pour demander pardon de m'avoir manipulée ou si c'était un véritable merci.

J'espérai ne jamais avoir à le découvrir.

C'était une sorte d'arbalète, mais petite avec un harnais en cuir pour l'attacher à mon bras. L'engin lui-même était en métal sombre moucheté de jaune. Des runes rouge vif ornaient l'arbalète et il y avait une petite carte blanche posée dessus.

À un nouveau départ, était-il écrit.

Un nouveau départ, en effet.

Je la sortis et la bête afficha un petit sourire en coin pour la première fois de la journée. Elle aimait les choses qui brillaient. Elle aimait les choses qui faisaient mal. Et ceci remplissait ces deux critères, ce qui éveilla sa curiosité.

— Sais-tu seulement utiliser une arbalète ? demanda Moira, en haussant un sourcil à la fois sceptique et amusée.

Il y avait encore des ombres dans son regard, mais plus aussi prononcées. La nuit précédente l'avait un peu apaisée, mais l'avait endurcie à d'autres niveaux.

Nous savions que le voyage ne serait pas de tout repos.

— Non, mais je vais le découvrir.

Plusieurs grognements accueillirent ma réponse et je me mis à jouer avec le petit engin. Une grosse main se posa sur la mienne et je levai les yeux vers Laran.

— Nous devons l'inspecter avant que tu ne puisses l'utiliser, dit-il très sérieusement.

Une partie de moi voulait se comporter en gamine et demander pourquoi, mais mon côté adulte fit taire cette petite garce.

Oui, c'était un chouette jouet. Non, je ne pouvais pas me permettre de baisser ma garde parce que Donnach n'avait pas essayé de me tuer directement. Il était quand même responsable de conneries impardonnables, qu'il sache que je m'en étais rendu compte ou pas.

J'abandonnai l'arbalète à Laran pour qu'il puisse l'examiner avec Allistair.

— Il y a une carte au fond de la boîte, dit Moira.

Elle plongea la main dans la boîte vide et en sortit une enveloppe blanche.

— À Ruby Morningstar, vous êtes de retour. Nous avons hâte de vous rencontrer, lut Moira à voix haute.

Laran se raidit près de moi et les autres Cavaliers de l'Apocalypse s'approchèrent de la lettre dans sa main. Ces mots ne ressemblaient pas à Donnach.

Euh...

— C'est signé par qui ? demandai-je.

Moira retourna le bout de papier et elle blêmit. Les doigts légèrement tremblants, elle tendit la main pour me montrer la carte.

Les Six Péchés.

Laran la lut par-dessus mon épaule et lâcha un chapelet d'injures.

— Putain, Julian… elles savent… les Péchés savent.

À peine Laran avait-il parlé que Julian devint silencieux et Allistair laissa échapper un long soupir presque dramatique.

— Nous savions que ça allait arriver, Mort. Nous ne pouvons pas la cacher éternellement. Ce n'était qu'une question de temps depuis que ça s'est su en Enfer, et nous avions un marché, dit Allistair.

— De quoi parlez-vous ? demanda Moira, en haussant le ton sous l'effet du stress.

Elle tendit la main pour saisir la mienne et je ne savais pas si elle réalisait que la baie vitrée venait de trembler.

— Les Six Péchés l'ont convoquée, et en tant qu'héritière, elle se doit de répondre à leur assignation, répondit Julian.

Il se résigna d'un seul coup à cette nouvelle, et comme nous n'étions plus liés par la magie de sang, il dissimulait soigneusement ses émotions. Ses tentatives ne fonctionnaient pas totalement. Ses émotions ressortaient. Inquiétude. Anxiété. Rien qui ne me fasse penser que j'étais condamnée, mais suffisamment inquiétant pour savoir que ce n'était pas génial.

— Eh bien, j'imagine que ça répond à ma question suivante. On dirait que nous sommes partis pour l'Enfer, dis-je d'un ton lugubre.

C'était réel. C'était vraiment en train d'arriver. J'allais en Enfer pour rencontrer les Péchés, même elles faisaient partie de l'ancien harem de mon père. Ça ne m'empêcherait pas de faire ce que je devais faire.

Bien sûr, j'avais encore beaucoup à apprendre, et peu de temps. Mes ennemis étaient là quelque part, et si Moira et moi avions raison... certains d'entre eux étaient plus près qu'on le croyait.

Mais. J'étais en vie. Je respirais. Mes proches étaient en bonne santé, et j'avais également la force de mes quatre partenaires derrière moi. J'étais aussi prête que l'héritière de l'Enfer pouvait l'être.

Et cette fois-ci, c'était du sérieux.

Cette fois-ci... je jouais ma couronne, et personne, pas même les Six Péchés ne m'arrêteraient.

ÉPILOGUE

Elle avança sur la corniche, une simple ombre dans la nuit. Le vent était tombé et le ciel s'était calmé, mais une tempête se préparait. Une tempête dont l'issue allait durer pendant une éternité.

Elle fixa la jeune femme, la fille de Lucifer. Elle avait ses yeux bleus, mais elle ressemblait à sa mère. Aussi belle que le Péché Capital de Luxure. Si la jeune femme avait ne serait-ce que la moitié de son ingéniosité et pas l'ego de son père, ils gagneraient probablement la partie. *Probablement.*

— Tu as des doutes, Sinumpa ? dit la voix derrière elle.

Un Seelie noir avec des runes rouges sur la peau avança sur la corniche. Ils observaient la jeune femme et ses gardiens de loin, tout comme Sin l'avait toujours surveillée.

— Non. Je ferai ce qui doit être fait, dit-elle avec une détermination qui flotta sur la ville endormie.

— Et forcer mon amant, cela faisait-il partie de ce qui devait être fait ? demanda l'homme légèrement agressif, mais en sachant qu'il ne devait pas insister.

— Son esprit était trop puissant pour que je te l'envoie directement. C'était plus facile avec le rubrum. Plus accommodant. Nous en avons déjà parlé. Tu sais pourquoi je l'ai choisi. Ne me dis pas que tu as un cœur, maintenant.

Elle pencha la tête vers lui et haussa un sourcil. Ses yeux couleur mercure se plongèrent dans les siens, renfermant des secrets que même l'ancien Fae ne savait ni ne pouvait connaître.

— Non, se radoucit-il. Mais tu as presque montré ta main. La femme verte est après toi, et elle n'est pas distraite par quatre amoureux, elle n'arrêtera pas de chercher.

— La femme verte n'a pas assez d'informations. En fait, Ruby avait besoin d'être bousculée, répliqua Sin.

Comme un loup solitaire, elle avait surveillé cet enfant pendant vingt-trois ans. Patientant dans l'ombre. Toujours à observer. Même son maître n'était pas au courant qu'elle avait suivi Lola et la fillette depuis de longues années, qu'elle les avait surveillées bien avant la chute de Satan.

Son maître était puissant et fourbe, mais Sin avait

planifié sa liberté depuis de nombreuses années. Elle avait appris du meilleur.

Près d'elle, le Seelie ricana.

— Tu lui as fait croire que son compagnon était mort. Elle aurait pu détruire la ville si tu avais amplifié ce sort. Elle n'a ressenti qu'en partie la perte d'un proche. C'était assez risqué. Je ne suis pas en désaccord, mais c'était dangereux.

— Elle n'est pas facile à briser. J'avais besoin de quelque chose qui les unisse et qui la fasse réagir. Si je ne l'avais pas fait, ta sœur serait toujours emprisonnée là-bas, ai-je besoin de te le répéter.

Elle ne le regardait pas, mais il jeta un coup d'œil en coin et serra les lèvres, irrité.

— Ils auraient fini par venir pour ses proches, et Morvaen aurait géré. Elle a été punie pour avoir désobéi, et maintenant j'ai quatre Seelie qui veulent témoigner de sa moralité. Tout le monde y trouve son compte, selon moi. Elle aura des alliés pour prendre la place de l'assassin de son père, et nous aurons une chance de rentrer à la maison.

Il serra fermement les poings, et reporta son attention sur la femme aux cheveux bleus. Son arbalète de poing était attachée à son bras. Elle lui allait parfaitement, mais ce n'était pas surprenant, car il avait utilisé ses cheveux pour élaborer quelque chose qui n'appartiendrait qu'à elle. Qui ne raterait jamais sa cible, qui ne serait jamais à court de flèches et qu'elle ne perdrait jamais.

La magie qu'il avait utilisée pour la créer n'était qu'un prix modique à payer pour ce que la jeune reine lui apporterait. C'était pour s'excuser de ce que la femme aux cheveux blancs et lui avaient fait. Ce qu'ils lui feraient pour atteindre leurs objectifs.

— Rentrer à la maison... dit Sin attirant à nouveau son attention. Tu désires encore rentrer à la maison après tout ce temps ? L'Enfer n'est plus ce que c'était.

L'homme se tut tandis que la nuit les enveloppait. Il n'y avait pas d'air, mais ce n'était pas étouffant. Il détestait vraiment ce monde et ses limites.

— Tout vaut mieux qu'ici, où j'ai l'impression que mon immortalité s'étiole. Cet endroit n'aime pas la magie...

Il s'interrompit en examinant les petites rides qui avaient commencé à marquer ses mains. Cinq mille ans, à arpenter cette terre.

Mais l'âge le rattrapait. Après si longtemps, on pourrait croire qu'il était prêt pour la suite, mais tout ce que souhaitait l'ancien Fae, c'était de rentrer à la maison. Ça faisait bien trop longtemps.

— Le moment est venu. Les Péchés l'ont convoquée, et même Mort sait qu'il ne faut pas ignorer leurs assignations. Elle sera testée et devrait survivre, ils l'accompagneront. Ce ne sera plus long à présent, Donnach.

Sin serra l'épaule de l'ancien Fae et il fit de même. C'était un signe de respect ; une sorte de séparation, comme un au revoir, mais moins informel.

— Elle doit survivre. Le sort du monde en dépend.

Dans sa voix, il y avait une note de désespoir et le poids des ans. Il avait tenu bon pendant des milliers d'années, juste pour ce moment. Il refusait de le laisser passer à cause des Péchés et de leurs jeux.

— Que ton peuple se tienne prêt, mon ami. Je la surveillerai.

Comme elle l'avait toujours fait.

Mais elle avait hâte du jour où elle n'aurait qu'à surveiller ses arrières.

La liberté était si proche. Un seul faux pas détruirait tout.

Elle ne le permettrait pas. Elle ne le pouvait pas.

Le Seelie lui adressa un petit mouvement de tête et Sin s'éclipsa dans la nuit. Sa chevelure blanche disparut en un clin d'œil, laissant dans son sillage une odeur florale dont elle ne pouvait se débarrasser malgré tous ses efforts.

Donnach se retourna et regarda de l'autre côté de la rue à travers la baie vitrée pendant que Ruby et ses protecteurs ne se rendaient pas compte que le Fae les surveillait. Elle était jeune et sans expérience, cependant elle restait son seul espoir.

Car dans cette partie d'échecs mortelle, tout le

monde savait que le pion le plus puissant sur l'échi-
quier était la Reine.

À suivre...

NOTES

CHAPITRE 8

1. Crescent City, surnom de La Nouvelle-Orléans.

CHAPITRE 15

1. Le Pepto-Bismol (bismuth sous-salicylate) est un médicament utilisé pour aider à soulager les brûlures d'estomac, l'indigestion, la nausée et la diarrhée.

9 798987 252338